Andrea Isari
Römische Affären

SERIE PIPER

Zu diesem Buch

Als die römische Kommissarin Leda Giallo eines Morgens nach dem obligatorischen Cappuccino bei Mario ins Präsidium kommt, findet sie einen Zettel mit einer unbekannten Telefonnummer. Doch als sie den Bankinspektor Gianpiero Puccio zurückrufen will, ist dieser nicht zu Hause, sondern nur seine Frau, die von einem mysteriösen Einbruch erzählt. Wenig später findet man den vermißten Gianpiero Puccio tot am Tiberufer, und alles deutet darauf hin, daß es kein Unfall war. Leda Giallo, die sympathische Heldin mit Format, beginnt zu recherchieren und stößt auf seltsame Verbindungen zwischen angeblich gemeinnützigen Spendenkonten der Banca di Credito mit ihren zahlreichen Filialen in ganz Italien und einigen moralisch höchst zweifelhaften Kardinälen. Ein ebenso spannender wie atmosphärischer Kriminalroman in der Ewigen Stadt, hinter deren Fassade sich erbitterte Kämpfe um Macht, Geld und Vertuschung abspielen.

Andrea Isari, geboren 1954 in Koblenz am Rhein, ist Volljuristin und war jahrelang als politische Journalistin in Rio de Janeiro, Bonn und Rom tätig. Zuletzt erschien mit »Eine Arie für die Diva« der zweite Fall der couragierten und ungewöhnlichen Kommissarin Leda Giallo.

Andrea Isari
Römische Affären

Roman

Piper München Zürich

Von Andrea Isari liegen in der Serie Piper vor:
Römische Affären (3651)
Eine Arie für die Diva (4038)

Sämtliche Personen und Ereignisse sind frei erfunden. Sollten sich Parallelen zur Wirklichkeit auftun, handelt es sich um bloßen Zufall.

Für Andros

Originalausgabe
1. Auflage Januar 2003
4. Auflage April 2005

Umschlag/Bildredaktion: Büro Hamburg
Isabel Bünermann, Julia Martinez/
Charlotte Wippermann, Katharina Oesten
Foto Umschlagvorderseite: A. Pistolesi/The Image Bank
Foto Umschlagrückseite: Ulrike Hölzinger-Deuscher
Gesamtherstellung: Clausen & Bosse, Leck
Printed in Germany ISBN 3-492-23651-0

www.piper.de

I Der Mann zog den Mantel fest um sich. Er hatte seinen Hut im Büro vergessen. Nun schlich die Nässe von den Haaren bereits den Nacken hinunter in seinen Hemdkragen. Er fror. Kurz überlegte er, ob er sich zu Hause umziehen sollte. Nein, er hatte es eilig. Er mußte handeln. Heute noch, unter Inkaufnahme aller denkbaren Folgen. Er beschleunigte seinen Schritt. Wenn er es jetzt nicht tat, würde er es vielleicht nie mehr wagen.

Als er in die Via degli Ombrellari einbog, überfiel ihn die abendliche Stille des alten Stadtviertels Borgo. Hier, zwischen den grauen Häusern, die einst den Pilgern zum Petersdom Unterschlupf geboten hatten, war er groß geworden. Als Kind hatte er es albern gefunden, in der Via dei Tre Pupazzi, der Straße der Drei Puppen, zu wohnen, schließlich war er ein Junge. Als er das seinem Vater eines Tages gestanden hatte, war dieser böse geworden und hatte dem Sohn mit wütendem Blick erwidert:

»Mein Sohn, ich habe es mir nicht ausgesucht, hier zu leben. Die Faschisten haben uns dazu gezwungen. Und der Vatikan natürlich. Wenn Kirche und Staat gemeinsam Macht ausüben, haben weder Mensch noch Wahrheit eine Chance.«

Lange hatte er sich auf die Äußerung des Vaters keinen Reim machen können. Ihm hatte der Mut gefehlt, ihn zu fragen, weil das Thema den Vater offensichtlich zutiefst erzürnte. Seine Mutter war es gewesen, die ihm später die Hintergründe erklärt hatte.

Dort, wo heute die breite, von Prunkbauten gesäumte Via della Conciliazione den Borgo in zwei Teile reißt, standen bis 1936 kleinere Häuser und Kirchen. Der Besucher von einst mußte ein Gassengewirr durchdringen, ehe er unvermittelt auf dem imposanten Petersplatz stand.

In einer dieser Gassen hatte er das Licht der Welt erblickt. Als er zwei Jahre alt war, wurde ihr Haus abgerissen. Ein Beschluß des Duce, Benito Mussolini, alte Pläne aus dem 15. Jahrhundert zu verwirklichen. Eine repräsentative, gerade Straße sollte von der Engelsburg den freien Blick auf und den Zugang zum Petersdom gewähren, um so aller Welt die 1929 vertraglich festgelegte Versöhnung zwischen dem Vatikan und dem italienischen Staat zu demonstrieren.

Mit dem Umzug in die neue Wohnung hatte der Vater der Kirche und dem Staat seinen persönlichen Krieg angesagt. Jedesmal, wenn sie die Via della Conciliazione überquerten und von einem eisigen Wind erfaßt wurden, sagte der Vater:

»Siehst du, mein Sohn, diese Kälte schickt Gott durch die Straße des Faschisten direkt zum Vatikan, um zu zeigen, daß der Himmel seinen Segen für die Teilung unseres Borgos nicht gegeben hat.«

Die Erinnerung an seinen Vater ließ ihn lächeln, als er in eine Bar trat.

»Ciao, Federico«, begrüßte er den Mann hinter der Theke. »Heute möchte ich keinen Kaffee. Ich habe es eilig.«

Federico nickte ihm zu, offensichtlich erstaunt über sein Erscheinen.

»Sie sind heute hier?«

»Ausnahmsweise«, antwortete der Mann und sah zu, während Federico den rotflüssigen Inhalt einer kleinen, schlanken Aperitivoflasche in ein bereitstehendes Glas goß. Schweigend zog Federico eine Schublade unter der Theke auf, nahm einen Schlüssel heraus und reichte ihn dem Mann.

Dieser nahm ihn, ging hinter der Theke durch einen kleinen, muffig riechenden Flur an Getränkekisten vorbei und kletterte an dessen Ende eine dunkle Stiege nach der nächsten hinauf. Der Versuch, das Licht anzuknipsen, scheiterte, weil offenbar wieder einmal die Birne durchgebrannt war. Er hielt sich am Geländer fest und fühlte das glatte, jahrhundertealte Holz in seinen Handflächen. Er hing an diesem verrotteten Gebäude, in dem der Putz von den Wänden fiel.

Oben angekommen, ertastete er zunächst den Türrahmen, dann die Tür und schließlich den Griff. Er steckte den Schlüssel ins Schloß und drehte ihn um. In diesem Raum funktionierte das Licht. Noch im Mantel setzte er sich auf den wackligen Stuhl vor dem Tisch und zog einen Zettel hervor, der unter dem Fuß einer modernen Halogen-Schreibtischlampe steckte.

Dann zog er sein Telefonino aus der Tasche.

II An diesem Morgen war Leda Giallo gut gelaunt. Pünktlich nach drei Tagen hatte der Tramontana sein Unwesen eingestellt. Leda haßte diesen Nordwind, der ihr mit schneidender Kälte ins Gesicht und unter den Mantel fuhr, sobald sie einen Fuß vor die Tür setzte. Dabei neigte sie keineswegs zum Frieren. Sie fühlte sich nur regelmäßig betrogen, wenn ihr Blick aus dem Fenster auf einen blankgeputzten, klaren Himmel eine angenehme Außentemperatur versprach und sie dann feststellen mußte, daß die winterschwache Sonne über der Stadt dem Tramontana nicht gewachsen war. Schon in der Nacht hatte sie seinen Rückzug bemerkt, weil die Rolläden ihr rhythmisches Windgeklappere eingestellt hatten.

Als sie nun aus dem Haus trat, kniff sie die Augen zusammen, um sie vor dem schräg einfallenden Winterlicht zu schützen. Zufrieden, daß die wärmenden Sonnenstrahlen wieder die Oberhand gewonnen hatten, öffnete sie den obersten Knopf ihres Mantels, sog die saubere Luft tief durch die Nase ein und ging zu ihrem Wagen.

Sie hatte Glück. Direkt vor der Bar fand sie einen Parkplatz auf dem Bürgersteig.

»Ciao, bello«, begrüßte sie Mario, den graumelierten Inhaber, der im offenen Kragen seines Hemdes eine Goldkette trug, dick genug, um im dichten Haarpelz seiner Brust noch aufzufallen.

»Buon giorno, Signora Commissaria.«

Die Zeitung und eine Packung Zigaretten lagen auf der Theke für sie bereit. Mario reichte ihr unaufgefordert ein Cornetto mit Cremefüllung. Sekunden später stellte er einen duftenden Cappuccino daneben. Leda fühlte sich mit der

Welt im Einklang, was selten genug vorkam. Sie knöpfte ihren Mantel nun ganz auf und wuchtete ihre Leibesfülle auf den hohen Hocker.

Seit über zehn Jahren begann Ledas Arbeitstag mit dem Frühstück bei Mario und seinen Ausführungen über Wetter, Fußball, den Papst, die Politik, Kriminalfälle oder Liebesgeschichten. Er interessierte sich für alles und hatte zu jeder Angelegenheit eine Meinung. Leda schaute ihn erwartungsvoll an.

»Was gibt's Neues bei den Mädchen?«

Das war es also!

»Wir wissen, wer es war.«

»Und wer? Der Arzt, nicht wahr?«

Mario hatte vor ein paar Wochen in der Zeitung von dem Doppelmord gelesen, mit dem Leda gerade befaßt war, und sich mit dem Instinkt des Laien sofort auf einen Schuldigen festgelegt. Hin und wieder hatte er sich nach dem Fortschritt der wochenlangen Ermittlungen erkundigt.

Obwohl die Erkenntnisse zwischenzeitlich auch einen anderen Täter als möglich erscheinen ließen, war Mario stur bei seiner Arztthese geblieben. Er sollte recht behalten. In der vergangenen Nacht war der Mediziner per Gentest als Täter überführt worden. Ein zehn- und ein zwölfjähriges Mädchen waren ihm zum Opfer gefallen. Er hatte sie erst vergewaltigt und anschließend erwürgt.

Leda war klar, was nun kommen würde: In tiefstem römischem Dialekt forderte Mario die Wiedereinführung der Todesstrafe.

»Dieses Ungeheuer hat doch kein Recht, auch nur einen Tag länger zu leben. Wie kann einer den armen Kindern nur so etwas antun? Man müßte ihn genauso quälen, wie er es mit den kleinen Engeln gemacht hat. Via, weg mit seinem Ding, ohne Betäubung abschneiden und ihn anschließend verbluten lassen«, tobte Mario, während er seine Äußerungen mit eindeutigen, sich unterhalb der Gürtellinie abspielenden Handbewegungen begleitete.

»Wenn ich den zu fassen bekäme, würde ich ihn eigenhändig erwürgen«, meinte er und streckte alle zehn Finger, die einen unsichtbaren Hals würgten, demonstrativ über die Theke.

»Ein Glück nur, daß wir diese Leute immer vor dir erwischen. Du hättest sicher schon einige umgebracht«, erwiderte Leda beruhigend.

Doch auch ihr waren die Tränen gekommen, als sie im Leichenhaus die geschundenen Kinderkörper gesehen hatte. Und sie war den Anblick von Leichen wahrhaftig gewohnt.

Auf der Fahrt ins Polizeipräsidium, die Questura, merkte sie, daß sie zu warm angezogen war. In ihrem Arbeitszimmer bullerte die Heizung so, als befände sich das winterliche Rom am Nordpol. Nur das Öffnen der Fenster konnte sie vor dem Hitzetod bewahren, denn eine individuelle Temperaturregelung für jeden Raum existierte nicht.

In jedem Winter hatte sie denselben Streit mit Ugo Libotti, ihrem Mitarbeiter. Sie teilten sich seit fünf Jahren ein Büro. Leda mochte ihn, auch wenn er in ihren Augen ein durch und durch langweiliger Mensch war, für den der Beruf den gesamten Lebensinhalt darstellte. Es gab nur einen einzigen Punkt, in dem er sich gegen seine Chefin regelmäßig zur Wehr setzte: die Raumtemperatur.

»Leda, ist es denn so unbegreiflich, daß dünne Menschen eher frieren als Sie?« hatte er ihr gestern mit grimmigem Gesicht entgegengeschleudert, als sie das Fenster aufgerissen hatte, um die saunaartige Hitze etwas zu senken.

Sie hatte eine Weile überlegt, ob sie ihm diese wenig dezente Anspielung auf ihre Körperfülle durch ein Machtwort als Vorgesetzte zurückzahlen sollte. Doch sie hatte sich entschieden, es nicht zu tun und das Fenster zu schließen.

Denn Ugo hatte erstens recht, was ihr Gewicht betraf,

auch wenn ein Herr (der Ugo zweifelsohne war) einer Frau (für eine Dame hielt Leda sich selbst nicht) so etwas nicht so direkt sagen sollte. Zweitens hatte er sich zum letzten Mal vor genau elf Monaten aus dem gleichen Grund mit ihr angelegt.

Von ihren Kollegen wußte sie, wie schwer sie es mit ihren Mitarbeitern hatten, die ihre Vorgesetzten nur zu gern in deren Abwesenheit kritisierten und sich beim Mittagessen stundenlang über deren kleine menschliche Schwächen den Mund zerrissen.

Das würde Ugo niemals tun. Er war Leda gegenüber bedingungslos loyal. Wenn er ihr etwas zu sagen hatte, dann tat er es direkt. Und das wußte sie zu schätzen.

Leda brauchte eine Ewigkeit, bis sie im Büro ankam. Wie immer waren Roms Straßen völlig verstopft. Wie immer war Ugo mit der U-Bahn gekommen und vor ihr da. Wie immer kam Ugo gleich zur Sache, während Leda, noch atemlos vom Treppensteigen, ihren Mantel an den Haken hängte.

»Wie lange hat es denn gestern noch gedauert, den Doktor weichzuklopfen?«

»Er hat sich schnell den unwiderlegbaren Erkenntnissen der Wissenschaft gebeugt. Als er das Geständnis unterschrieb, hat er wie ein kleines Kind geweint. Die Mädchen täten ihm im nachhinein so leid. Er habe das alles gar nicht gewollt. Du kennst das, wenn der Täter dir erklären will, daß er selbst das eigentliche Opfer seiner Taten ist.«

»Schreiben Sie den Bericht?«

»Ja«, seufzte Leda.

Die Schreiberei kam ihr regelmäßig wie verlorene Zeit vor. Sie wußte ja, wer was wann und wo getan hatte. Schon oft hatte sie sich eine automatische Übertragung ihres Wissens auf ihren Computer gewünscht. Statt dessen würde sie nun Stunden vor dem Bildschirm verbringen, um dem Staatsanwalt eine saubere Grundlage für die Anklage zu liefern.

»Gestern abend hat übrigens noch jemand angerufen. Sie möchten sich bitte schnell melden. Er versucht es heute noch einmal.« Ugo reichte Leda einen Zettel mit zwei Telefonnummern.

»Wer war es denn?«

»Das weiß ich nicht. Er hat seinen Namen nicht genannt. Es klang aber sehr dringend. Ich habe ihn gefragt, was los ist. Aber er wollte nur mit Ihnen sprechen.«

Leda wählte nacheinander beide Nummern und war ganz zufrieden, sich noch ein paar Minuten lang vor dem leidigen Berichtschreiben drücken zu können. Doch niemand antwortete. Eine automatische Ansage teilte ihr mit, daß der Teilnehmer derzeit nicht erreichbar sei. Sie möge es später noch einmal versuchen.

Resigniert schaltete Leda ihren Computer ein und begann mit der ungeliebten Schreibarbeit. Von Zeile zu Zeile schwitzte sie mehr. Irgendwann blickte sie Ugo an, der ihr stummes Flehen erhörte.

»Leda, sollen wir nicht das Fenster ein wenig öffnen?« schlug er galant vor.

Leda wußte, daß dies die Wiedergutmachung für seine gestrige Entgleisung sein sollte. Sie akzeptierte dankbar.

»Ugo, du bist der aufmerksamste Mann, den ich kenne.«

»Ich hole uns jetzt einen Kaffee. Sie möchten doch?«

Bevor Leda antworten konnte, war er bereits durch die Tür entschwunden, um der einströmenden Kälte zu entfliehen. Leda atmete tief durch und zündete sich eine Zigarette an. Ugo mochte es nicht, wenn sie rauchte, während er im Büro war. Sie respektierte seinen Wunsch, nutzte allerdings jeden Moment seiner Abwesenheit, um ihrer Sucht zu frönen.

»Ist es nicht herrlich, daß uns Gott fast jeden Tag einen neuen Toten beschert?« platzte kurz darauf Kollege Nicola Grunziola ins Zimmer.

»Und was findest du daran so schön?«

»Jeder einzelne von ihnen weist unsere Existenzberechtigung nach und sichert unsere Arbeitsplätze.«

»Du Zyniker!«

Sie war seit langem davon überzeugt, daß Nicola mit der gleichen Besessenheit Krimineller geworden wäre, wie er heute Polizist war. Gott sei Dank hatte das Schicksal für ihn die Karriere der Legalität gewählt und Leda so einen außerordentlich fleißigen Mitarbeiter beschert, der sich mit Leichtigkeit in die Gedanken und Gefühle der Unterwelt hineinversetzte. Eine Gabe, die vielen Polizisten nach Ledas Meinung völlig fehlte, obwohl sie häufig gebraucht wurde.

»Ist es bei euch immer so kalt?«

»Nur, wenn Ugo draußen ist. Wer ist der Tote des Tages?«

»Ein Mann, Mitte Sechzig, Kopfschuß, den sie am Tiberufer gefunden haben. Eben haben sie angerufen, daß wir kommen sollen. Ich schreibe gerade an einem Bericht, der muß heute noch raus. Kannst du vielleicht hinfahren?«

»Ich quäle mich auch mit einem Bericht herum.«

»Ist dein Täter denn geständig?«

»Ja, wieso?« fragte Leda.

»Meiner nicht, die Beweislage ist ziemlich kompliziert. Daher glaube ich, du fährst besser hin«, meinte Nicola mit der für ihn typischen Entscheidungsfreudigkeit, die Leda manchmal ärgerte, weil sie sich überrumpelt fühlte.

»Sieht ganz so aus«, willigte sie ein, denn ihr behagte die Aussicht, sich für ein paar Stunden von der Sklaverei der Tastatur befreien zu können. Sie ließ sich von ihm den Zettel mit den Notizen über den Fundort der Leiche geben. Den Kaffee tranken Ugo und Leda bereits im Stehen.

Mehrere Polizeiwagen mit Blaulicht zeigten den beiden, an welcher Stelle die Treppen zum Uferweg hinunterführten. Ihr Blick schweifte über das ruhig dahinfließende Wasser des Tibers. Beinahe wäre sie auf den feuchten Blättern ausgerutscht, während sie zur kalten, schattigen Flußniederung hinabstieg. Bis hierhin hatte es die Sonne noch nicht geschafft.

Auf der gegenüberliegenden Seite des Flusses erhob sich majestätisch der Aventin-Hügel mit dem Turm von Santa Sabina. Für Bruchteile einer Sekunde sah sie sich selbst als junge, schlanke Frau im Brautkleid. Dort, in der frühchristlichen Basilika aus dem 5. Jahrhundert, hatte sie Thomas ihr Ja-Wort für die Ewigkeit gegeben.

»Wie kurz doch die Ewigkeit ist«, murmelte Leda vor sich hin.

»Was sagen Sie?« fragte Ugo.

»Nichts, ich habe nur mit mir selbst gesprochen.«

Der Tote lag im Gebüsch zwischen winterbraunen Gräsern und Büschen. Vom Weg aus war er kaum zu sehen. Leda betrachtete sein bleiches Gesicht. Ohne das blutige Loch in der Schläfe hätte er ein Schlafender sein können.

»Das muß in der letzten Nacht passiert sein«, meinte einer der anwesenden Polizisten.

»Wer hat ihn gefunden?«

»Ich«, antwortete ein älterer Herr mit Hut. Er hielt einen zottigen Hund mit hängender Zunge an der Leine. »Oder besser gesagt, mein Hund.«

Dann erzählte er aufgewühlt, daß er mitten in Trastevere wohne und wegen seines vierbeinigen Freundes bei gutem Wetter jeden Tag hier vorbeikomme. Aber eine Leiche mit einem Loch im Kopf sei ihm noch nie begegnet. Erst habe er gedacht, der Mann schlafe oder sei betrunken.

»Hier am Ufer treibt sich ja das merkwürdigste Volk herum. Sehen Sie, da hinten am Brückenpfeiler hat sich sogar einer eine Hütte gebaut.«

»Ugo, sprich doch mal mit dem Bewohner«, schlug Leda vor.

»Schon erledigt, Signora Commissaria«, erklärte ein Uniformierter voller Stolz über sein vorausschauendes Handeln.

»Und?«

»Er hat nichts gehört, sagt er. Das glaube ich ihm auch. Er war vorhin noch oder schon wieder so betrunken, daß er einen Polizisten nicht vom Parkwächter unterscheiden konnte.«

»Nehmen Sie ihn bitte mit zur Ausnüchterung. Vielleicht kommt mit der Klarheit des Geistes auch die Erinnerung wieder. Was ist mit der Tatwaffe?«

»Die lag direkt neben dem Toten«, sagte er und reichte ihr eine kleinkalibrige Pistole im Plastikbeutel. Sie mußte noch auf Fingerabdrücke untersucht werden.

»Fußspuren?«

»Wir haben schon die Spurensicherung gerufen. Die müssen gleich dasein, um Abdrücke zu nehmen. Das Ganze sieht mir nach einem sauberen Selbstmord aus. Anzeichen für Kampfhandlungen sind jedenfalls nicht zu entdecken.«

»Papiere?«

»Alles durchsucht, nichts gefunden. Die Taschen sind völlig leer. Wahrscheinlich wollte der Mann aus irgendwelchen Gründen gar nicht so schnell identifiziert werden«, antwortete der eifrige junge Mann in Uniform.

Leda wartete noch den Arzt und die Spurensicherung ab. Sie bat um die Abdrücke aller Schuhe in der Umgebung und den Arzt um einen möglichst schnellen Bericht über die Todesursache.

Auf dem Rückweg ins Polizeipräsidium beauftragte sie Ugo, die Vermißtenlisten zu überprüfen und – falls er dort nichts fände – ein Foto des Toten an die Presse zu geben. Vielleicht erkannte ein Leser oder Zuschauer den Mann.

Zurück im Büro ließ Leda sich aus der Kantine eine Pizza und ein Fläschchen Wein bringen. Ihr Magen hatte schon im Auto bedrohlich geknurrt. Ein ganz normaler Selbstmord konnte ihr den Appetit nicht verderben. Ugo wartete, bis Ledas Essen auf dem Schreibtisch stand, und wickelte erst dann sein Tramezzino aus dem von mütterlicher Hand liebevoll zubereiteten Päckchen. Er betrachtete es beinahe zärtlich, bevor er hineinbiß.

Irgendwann, während Leda weiter an ihrem Kindermörder-Bericht schrieb, fiel ihr der Anrufer vom Vortag wieder ein, und sie versuchte ihn zu erreichen.

»Pronto«, erklang eine offensichtlich junge Frauenstimme am anderen Ende der Leitung. Leda erfuhr, daß sie mit Signora Puccio verbunden war, und erklärte ihr den Grund ihres Anrufs.

»Das muß mein Mann gewesen sein. Wann hat er denn versucht, sie zu erreichen?«

»Das war um kurz vor sechs gestern abend.«

»Merkwürdig, wir haben ein paar Stunden später noch miteinander telefoniert, und da hat er nichts von einem Anruf bei Ihnen erzählt. Keine Ahnung, was er von Ihnen wollte. Jedenfalls ist er im Moment nicht zu Hause. Ihre Kollegen waren aber schon hier.«

»Wieso waren meine Kollegen bei Ihnen?« fragte Leda erstaunt.

»Wegen des Einbruchs. Als ich heute nachmittag aus Florenz zurückgekommen bin, wo ich ein verlängertes Wochenende verbracht habe, bemerkte ich, daß bei uns eingebrochen worden ist. Ich habe deshalb gleich bei der Polizei angerufen. Daraufhin sind mehrere Herren gekommen. Sie haben alles untersucht und sind eben erst wieder weggegangen.«

»Das tut mir leid. Ist denn viel gestohlen worden?«

»Erstaunlich wenig, meinten Ihre Kollegen, nur ein bißchen Schmuck und etwas Bargeld. Das gesamte Silber, die Fotoausrüstung und die Musikanlage sind hiergeblieben, und die wertvollen Bilder haben sie ebenfalls an den Wänden gelassen. Das konnten Ihre Kollegen auch nicht verstehen«, sagte Frau Puccio.

»Wann ist denn der Einbruch geschehen?«

»Er muß passiert sein, nachdem mein Mann heute morgen das Haus verlassen hat. Aber warum fragen Sie mich das? Ich habe ihren Kollegen doch schon alles erzählt.«

»Ich habe von dem Einbruch gar nichts gewußt. Hoffentlich klären die Kollegen den Fall bald auf«, sagte Leda und dachte mitleidig an die junge Frau, die jetzt offenbar allein zu Hause saß, mit dem unangenehmen Gefühl, daß jemand in ihre Privatsphäre eingedrungen war.

Als Leda das Büro verließ, war es schon dunkel und der Bericht noch immer nicht fertig. Sie verspürte erneut Hunger, die Pizza hatte nur kurze Zeit vorgehalten. In ihrem Kühlschrank zu Hause würde sie umsonst nach Eßbarem suchen. Sie hatte auch keine Lust, noch einzukaufen und sich etwas zu kochen. Seit sie allein lebte, zündete sie die Gasflammen ihres Herdes nur selten an.

»Rom hat dreitausend Restaurants. Bis ich mich da durchgegessen habe, bin ich uralt«, pflegte sie zu sagen und überließ ihre Ernährung konsequent der Kochkunst anderer.

Ihr gutes, wenn auch nicht üppiges Einkommen und die Erbschaft nach dem Tod ihrer Eltern erlaubten ihr diesen Lebensstil durchaus. Unterhaltszahlungen für die Kinder hatte Thomas bei der Scheidung abgelehnt. »Leg ihnen dicke Sparbücher an«, hatte er ihr geraten. »Davon haben sie auf Dauer mehr.«

Ziellos fuhr Leda zunächst durch die Innenstadt. Zwischen den großen, beleuchteten Palazzi und den Monumenten der glorreichen römischen Vergangenheit suchte sie nach einem kleinen Ort der Geborgenheit. Sie brauchte eine Weile, bis sie wußte, was sie wollte.

Ihr war nach einer Polenta con le spuntature di maiale, einer Polenta mit Schweinerippchen, zumute, einem typischen Winterrezept aus dem Latium. Marcello war einer der wenigen Köche in der Stadt, der das Maismehl noch stundenlang auf dem Feuer rührte, bis der Brei fest war.

Sie überlegte kurz, ob sie Paolo anrufen sollte, damit er ihr Gesellschaft leistete. Doch ihr fiel ein, daß er heute abend eine Besprechung hatte. Leda stellte den Wagen auf der Piazza Chiesa Nuova ab und schlenderte durch düstere, menschenleere Gassen. Es war kalt. Leda schlug ihren Mantelkragen hoch. Ein Moped knatterte an ihr vorbei. Allmählich verlor sich der Motorenlärm zwischen den Häuserwänden. Endlich sah sie die erleuchteten Fenster von Marcellos Restaurant.

III Die Polenta vom Vorabend lag Leda schwer im Magen, als sie aufwachte. Sie verfluchte sich selbst, weil sie wieder einmal zuviel gegessen hatte.

Steif stieg sie aus dem Bett. Der Versuch, ihre Haare in Form zu kämmen, scheiterte, und Leda faßte sie kurzerhand mit einer Spange am Hinterkopf zusammen. Sie beschloß, das Frühstück bei Mario ausfallen zu lassen. Den Kaffee konnte sie auch im Büro trinken.

Silvia Marconi war wie immer gut gelaunt, perfekt gekleidet, duftete wie eine ganze Parfümerie und sah so aus, als sei sie soeben aus dem Friseursalon gekommen. Erman Alesi, stellvertretender Polizeipräsident und Ledas Vorgesetzter, hatte die beste und hübscheste aller Sekretärinnen im gesamten Polizeipräsidium. Da waren sich alle einig.

Silvia war an diesem Mittwoch schon morgens in Ledas Büro gekommen, um mit ihr die Einzelheiten der anstehenden jährlichen Weihnachtsfeier zu besprechen. Leda betrachtete sie und fühlte sich jämmerlich häßlich.

»Alesi spendiert alle Getränke. Wir müssen nur noch etwas zu essen besorgen«, erklärte Silvia voller Stolz über die Großzügigkeit des Vice-Questore.

»Ich bringe Cracker, Oliven, Käse, Salami, Schinken und Brot mit«, schlug Leda sofort vor, um jeder Küchenarbeit von vornherein aus dem Wege zu gehen.

Natürlich würden die Frauen der Abteilung für diesen Anlaß all ihre Kochkünste zur vollen Entfaltung bringen und einen regelrechten Wettkampf zwischen gefüllten Oliven, Reisbällchen, eingelegten oder gebackenen Paprika, Auberginen, Tomaten oder Pizzastückchen, Fischhäppchen und anderen Spezialitäten ihrer jeweiligen Herkunftsregionen austragen. Leda war den Gaumenfreuden wahrlich nicht abgeneigt, nur widerstrebte es ihr zutiefst, sie selbst zu zaubern.

Sie verabscheute diese Weihnachtsfeiern, die sie für Stunden in einem überheizten Raum mit laut dröhnender Musik einsperrten. In den letzten beiden Jahren war ihr dieses Ereignis erspart geblieben, weil sie in Ermittlungen zu wichtigen Mordfällen gesteckt hatte, bei denen gegen die Uhr gearbeitet werden mußte, um der Täter habhaft zu werden.

Vergangenes Jahr war sie sogar an Heiligabend in strömendem Regen unterwegs gewesen. Doch das hatte sie wenig gestört, weil ihre beiden Kinder Flavia und Marco mit ihrem Vater Thomas die Feiertage in einem Hotel in den Alpen verbracht und Paolo auf der Intensivstation am Bett seiner Mutter gesessen hatte. Signora Agata hatte sich so lange geweigert, mit ihrer starken Bronchitis zum Arzt zu gehen, bis daraus eine Lungenentzündung geworden war. Heiligabend vormittag hatte Paolo sie gerade noch rechtzeitig in die Klinik gebracht. Nach dreitägigem Überlebenskampf konnte die alte Dame gerettet werden. Deshalb war das übliche Weihnachtsessen bei ihr ausgefallen. So war der Mordfall für Leda zum Retter vor der Einsamkeit geworden.

»Hier sind Bilder, die der Fotograf mir heute morgen gebracht hat. Sie wüßten, worum es geht«, sagte Silvia und reichte Leda einen Aktendeckel.

Sie sah kurz hinein. Es waren mehrere Aufnahmen vom Tibertoten, so wie sie ihn gestern gefunden hatten. Nachdem Silvia den Raum verlassen hatte, wandte sie sich erneut ihrem Bericht zu. Sie war tief in ihre Arbeit versunken, als das Telefon klingelte.

»Signora Commissaria? Hier ist Chiara Puccio. Hat mein Mann Sie noch einmal angerufen?«

»Nein.«

»Ich mache mir große Sorgen, er ist die ganze Nacht nicht

nach Hause gekommen. Er hat mich auch nicht angerufen. Das hat er noch nie getan.«

Da haben Sie aber bisher Glück gehabt, dachte Leda spontan. Wie oft riefen Frauen verzweifelt bei der Polizei an, weil ihre Ehemänner verschwunden waren. Und dann entpuppte sich das Drama als die männliche Lust auf ein Abenteuer oder als pure Informationslücke zwischen den Eheleuten. Doch dieser Fall war irgendwie anders, schließlich hatte Signor Puccio sie am Montag abend sprechen wollen.

»Wann haben Sie das letzte Mal mit ihm gesprochen?«

»Am Montag abend, so gegen zehn Uhr.«

»Was hat er gesagt?«

»Daß es ihm gutging. Er wollte in einem Restaurant noch etwas essen und anschließend ins Kino gehen. Er besucht häufig Spätvorstellungen.«

»Ist er denn in der Nacht von Montag auf Dienstag nicht nach Hause gekommen?«

»Das weiß ich nicht, ich bin doch selbst erst gestern nachmittag aus Florenz zurückgekommen. Ich habe mehrfach versucht, ihn zu erreichen, sein Telefonino ist aber abgeschaltet. In der Bank kann mir niemand sagen, in welcher Filiale er diese Woche arbeitet. Und ich wollte dort die Sache nicht aufbauschen. Sie wissen ja, sonst fangen die an, dummes Zeug über uns zu reden. Er weiß noch nicht einmal etwas von dem Einbruch.«

»Seit Montag haben Sie also nichts mehr von ihm gehört?«

»Nein, deshalb rufe ich Sie ja an.« Die Frau klang ernsthaft besorgt.

»Kommen Sie am besten zu mir ins Präsidium. Dann überlegen wir gemeinsam, wie wir ihn finden können.«

Eine elegante Dame von Mitte Fünfzig betrat eine halbe Stunde später Ledas Büro und stellte sich als Chiara Puccio vor.

Leda starrte sie erstaunt an. Diese Frau war meilenweit entfernt von der Vorstellung, die sie sich aufgrund der so jung wirkenden Stimme am Telefon von ihr gemacht hatte. Tief besorgt, aber keineswegs hysterisch schilderte sie der Commissaria erneut die Situation.

Leda bat ihren Kollegen vom Einbruchsdezernat, der nun den Fall »Einbruch Puccio« um den »Vermißten Puccio« erweitern sollte, die Sache zu übernehmen. Als Mordkommissarin konnte Leda sich ohnehin nicht darum kümmern.

Der Kollege war einverstanden. Er nahm Chiara Puccio mit, um alle Formalitäten zu regeln und all das von ihr zu erfahren, was die Polizei brauchte, um einen möglicherweise nicht rückkehrwilligen Ehemann aufzufinden.

Wenig später klingelte Ledas Telefon. Es war ihr Kollege aus der Pathologie.

»Ciao, Leda, hier ist Leo. Ich habe den Bericht noch nicht geschrieben. Wie ich dich kenne, willst du aber schon mal vorab wissen, wie und wann der Tote vom Tiber umgekommen ist. Es war ein glatter Kopfschuß. Das Projektil steckte noch mitten im Hirn und stammt von einer kleinen Pistole, Kaliber 5,6. Keinerlei Anzeichen von Kampf. Es gibt auch sonst absolut keine Hinweise auf einen unsachgemäßen Transport der Leiche, beispielsweise durch Ziehen oder Schleppen über den Boden. Der Einschußwinkel in den Schädel des Mannes ist so, daß sowohl tödliche Fremdeinwirkung als auch Selbstmord in Frage kommen. Ich tippe drauf, daß er dort unten am Tiber sein Leben ausgehaucht hat oder es ihm ausgehaucht wurde. Der Todeszeitpunkt liegt zwischen Mitternacht und drei Uhr morgens.«

»Danke für die rasche Arbeit. Sonst konntest du nichts Auffälliges an der Leiche entdecken?«

»Nein, gar nichts. Der Mann ist etwa sechzig Jahre alt, vielleicht auch mehr, war körperlich topfit und macht einen sehr gepflegten Eindruck. Unter den Fingernägeln keine Spuren von Resten, die auf irgendeinen Kontakt mit einem anderen Menschen oder der Umgebung des Fundortes hinweisen könnten. Er muß sich sogar kurz vor seinem Tod noch die Hände gewaschen haben.«

Es war Leos Art, sich nicht wie andere seiner Kollegen im komplizierten Fachjargon auszudrücken, und das schätzte Leda an ihm in den vielen Jahren der Zusammenarbeit.

»Willst du meine Meinung hören?« Ob Leda das wollte oder nicht, interessierte ihn wenig. Er legte los:

»Selbstmord. Seine Frau hat ihn zur Verzweiflung getrieben. Er litt seit Jahren unter ihr, den Kindern, dem Job und der Schwiegermutter. Dreißig Ehejahre – und dann hat's peng gemacht.« Leo war in seinem Element. Leda ließ ihn reden.

»Frauen kennen ihre Männer meistens nicht sonderlich gut«, meinte er lachend. »Sag jetzt bitte nicht wieder, daß es sich genau umgekehrt verhält. Glaub mir endlich, daß die Frauen das tiefe, die gesamte Existenz überschattende Leiden der Männer gar nicht im vollen Umfang erfassen. Sie erleben nur die oberflächlichen Symptome bei einer Grippe oder wenn die Familie nicht so spurt, wie es der Vater möchte, und er deshalb miesepetrig ist. Das Leben des Mannes ist in Wahrheit ein einziger Kreuzweg, den er normalerweise mit Würde und Hingabe erträgt. Manche schießen sich allerdings eine Kugel in den Kopf«, erklärte Leo ihr mit einer Inbrunst, die jemand, der ihn weniger gut kannte, ernst genommen hätte.

»Ich will mich ja nicht in eure Angelegenheiten einmischen, aber ich glaube, er hat sich selbst die Kugel gegeben. Wenn es ein anderer war, muß es ein Profi gewesen sein, der genau wußte, wie man einen Mord wie einen Suizid aussehen läßt. In diesem Fall hat sich der Tibertote offensichtlich schicksalsergeben hinrichten lassen. Hast du denn schon eine Spur?«

»Nicht die geringste.«

»Na, dann viel Spaß beim Suchen«, wünschte der Pathologe und versprach, daß sie morgen den ausführlichen schriftlichen Bericht auf dem Tisch hätte.

Leda stand auf, streckte sich, öffnete das Fenster, zündete sich eine Zigarette an und zog genüßlich daran.

Ich muß Alesi informieren, dachte sie. Vorher wollte sie aber noch rasch bei Piero Bassani, dem Leiter der Spurensicherung vorbeischauen. Vielleicht war er fündig geworden.

»Wir haben bisher nichts Konkretes«, meinte er jedoch. Auf dem Uferweg gebe es unzählige Fußspuren. Wo die Leiche gelegen habe, seien Gebüsch und Gras allerdings kaum niedergetreten.

»Waren mehrere Personen da oder nur der Tote?«

»Wenn es zwei oder mehr Leute waren, dann sind sie wie Störche durchs Gebüsch gestakt. Ein Kampf hat dort auf keinen Fall stattgefunden. Die Leiche kann auch nicht hingetragen worden sein. Das Gewicht von zwei Personen hätte stärkere Spuren hinterlassen. Im Tiber ist zur Zeit zuwenig Wasser, um bis ans Ufer mit dem Boot zu kommen. Du siehst, wir denken an alles.«

»Sehr gut, sehr gut ...«

Leda seufzte. Wieder nichts.

»Ihr tippt also auch auf Selbstmord?«

»Das sieht ganz so aus, und zwar nach einem gut vorbereiteten. Der Tote wollte auf jeden Fall verhindern, daß seine Identität schnell herauskommt.«

»Das ist ihm gelungen. Ich werde sein Foto gleich an die Presse geben.«

Auf dem Weg zu Alesi schaute sie durch die hohen, durch Säulen getrennten Fenster in den Innenhof der Questura. Durch die Blätter einer riesigen Palme sah sie die Fenster auf der anderen Seite des Hofes.

Der Chef würde sie nach dem Bericht über die vergewaltigten Mädchen fragen. Er steckte noch immer unfertig in ihrem Computer.

»Leda, gut, daß du kommst. Du bringst mir sicher den Bericht über die Mädchen«, erklang denn auch prompt Alesis Baßstimme hinter dem ausladenden, alten Schreibtisch, als sie durch die Tür trat. »Ich will den Medien Futter für die Abendnachrichten liefern. Für vier Uhr haben wir eine Pressekonferenz einberufen, und ich würde es gerne sehen, wenn du auch daran teilnimmst. Schließlich hast du den Fall gelöst, und zwar gut und schnell.«

»Danke, aber ich ... Es tut mir leid«, stammelte Leda, als sie in die erwartungsvollen, braunen Augen ihres Chefs blickte. Sie bildeten einen eindrucksvollen Kontrast zu seinem vollen, weißen Haar. Wie er dort auf seinem Stuhl saß, vor den noblen Herren der italienischen Gesellschaft aus vergangenen Zeiten, die in Öl abgebildet ringsherum an den holzgetäfelten Wänden hingen, hätte er beinahe einer von ihnen sein können.

Alesi war ein strenger Vorgesetzter, aber ein gerechter und deshalb bei seinen Mitarbeitern beliebt. Als ein Freund ihres Vaters hatte er den Einstieg Ledas bei der Polizei nach Kräften gefördert.

»Du kannst es hier weit bringen. Als Frau mußt du aber doppelt so gut sein wie alle Männer hier in der Questura zusammen. Sie sind Frauen in diesem Job nicht gewöhnt. Wenn du gut bist, verspreche ich, dich zu unterstützen. Wenn nicht, nützt dir meine Freundschaft zu deinem Vater auch nichts«, hatte er ihr damals vor zwanzig Jahren gesagt, als er selbst noch ein einfacher, aber karrierebewußter Kommissar gewesen war. Sie hatte damals geahnt, daß er seinen eigenen guten Ruf durch nichts gefährden würde. Wenn sie den beruflichen Anforderungen aus selbstverschuldeten Gründen nicht standhielte, würde er ihr nicht zur Seite stehen.

Leda hatte nach dem Studium kurz gezögert, ihre Laufbahn ausgerechnet mit Hilfe von Beziehungen zu beginnen. Doch der Beruf faszinierte sie so sehr, daß sie ihre Abneigung gegen diese weit verbreitete Art der Arbeitsbeschaffung für Kinder von Freunden schließlich überwand. Glücklicherweise war sie seitdem nie wieder wirklich auf Alesis Hilfe angewiesen gewesen. Im Gegenteil. Er faßte sie weit häufiger mit noch strengeren Händen an als ihre Kollegen. Da sie wußte, warum er es tat, nahm sie es ihm nicht übel.

»Meine Güte, ein sehr guter Freund deines Vaters kann er aber nicht sein«, hatte einmal ein Kollege zu ihr gesagt, nachdem sie von Alesi übermäßig gefordert worden war. Dieser Satz hatte sie innerlich jubeln lassen: »Ich hab's geschafft.« Mit den Jahren war Alesi nachgiebiger geworden, weil er den Erfolg Ledas als allgemein anerkannt und gefestigt sah.

Jetzt stand sie vor ihm und fühlte sich wie ein kleines Mädchen, das seine Hausaufgaben nicht gemacht hatte. Aber schließlich hatte sie einen triftigen Grund.

»Ich habe den Bericht noch nicht ganz fertig, weil uns eine andere Sache dazwischengekommen ist, über die ich kurz informieren wollte«, sagte sie nun mit gewohnt fester Stimme.

»Wann bekomme ich ihn?« unterbrach Alesi ungeduldig. Leda entdeckte auf seiner Stirn ein leichtes Runzeln. Die Spitze seines rechten Zeigefingers tippte rhythmisch auf das Holz des Schreibtischs.

»Um Viertel vor sieben hast du ihn in der Hand, das verspreche ich.«

Sie beeilte sich, ihm mit knappen Worten die Geschehnisse der vergangenen zwei Tage zu schildern.

»Wieso scheint dir bei dieser Sachlage ein Selbstmord zweifelhaft?«

»Nicht zweifelhaft. Aber mein Gefühl sagt mir, es könnte sich lohnen, darüber hinaus auch die Mordthese vorläufig beizubehalten«, erklärte sie.

»In Ordnung, gib das Foto an die Presse, aber bitte mach den Bericht erst fertig. Ich kann mir vor laufenden Kameras keine Patzer und Ungenauigkeiten in einer so heiklen Sache wie Mord und Vergewaltigung von Kindern erlauben. Du dir übrigens auch nicht. Bis später, ich warte hier.«

So schnell sie konnte, bewegte Leda ihre Körperfülle in ihr Büro. Noch nach Luft schnappend, setzte sie sich an den Computer und rief die Datei auf. Sie bat Ugo, der Pressestelle der Questura das Foto des Toten zu bringen, damit sie es an die Medien weitergeben konnte – mit der Frage: »Wer kennt den Mann?«

Leda schrieb wie eine Besessene. Während Zeitdruck auf andere Menschen lähmend wirken kann, hatte er bei ihr die umgekehrte Wirkung. Sie lief zu Hochform auf, und die Zeilen flossen ihr in geschliffenem Italienisch nur so aus den Fingern. Zwei Stunden später setzte sich ihr Drucker in Bewegung und spuckte eine eng beschriebene Seite nach der nächsten aus. Leda las sie noch einmal durch und war mit dem Ergebnis zufrieden.

Alesi nickte hin und wieder, während er den Bericht studierte. Er kopierte ihn buchstäblich in sein Gehirn, wo er für immer griffbereit lagern würde. So verfuhr er mit allen Berichten. Bei Bedarf war er in der Lage, nahezu jedes Detail eines Mordfalls, der je unter seiner Verantwortung ermittelt worden war, zu jedem beliebigen Zeitpunkt hervorzuziehen. Diese Fähigkeit hatte den Mitarbeitern des Mordkommissariats schon viel Arbeit erspart und oft entscheidende Hinweise für die Bearbeitung aktueller Fälle geliefert. Leider merkte er sich Ermittlungspannen genauso und erinnerte die Betreffenden gegebenenfalls daran.

»Du solltest dich vor Beginn der Pressekonferenz wenigstens noch kämmen. Entschuldigung, wenn ich dir das so sage, aber du siehst ein bißchen wie ein zerzauster Hund aus. Ich bin halt eitler als du und möchte dem gefräßigen Fernsehpublikum meine Mannschaft auch optisch perfekt servieren«, sagte Alesi nach Abschluß der Lektüre lächelnd.

»Auch« hatte er gesagt. Leda wußte, was das hieß: ein großes Lob für ihre Arbeit. Dafür verzieh sie ihm die Einmischung in ihre persönlichen Angelegenheiten. Aber selbst eine Bürste und ein Lippenstift hätten nichts daran geändert, daß sie sich in ihrem weiten Hängekleid neben ihm wie ein Lumpenkind neben einem Modeschöpfer fühlte.

Seine dezente Eleganz, sein unterkühlter Charme und seine Gabe, Konversation auf genau dem Niveau und mit der Stimmlage zu betreiben, die die jeweilige Situation erforderte, ließen ihm die Frauenherzen zufliegen und Männer vorsichtig werden. Das galt auch heute noch, obwohl er auf die Sechzig zuging.

Die Pressekonferenz verlief zunächst nach gewohntem Ritual. Leda saß entspannt auf ihrem Stuhl, der Bericht lag vor ihr auf dem Tisch. Ihr Blick überflog die Journalistenschar. Ob Paolo wohl kommen würde? Sie konnte ihn nicht entdecken.

Der Pressesprecher der Questura, Bruno Lerner, begrüßte die Medienvertreter und bat den Vice-Questore ohne weitere Umschweife um die Darstellung der Sachlage. Alesi faßte in druckreifen Worten die beiden Mordfälle und ihre Lösung zusammen. Er hob »die großen Verdienste von Commissaria Leda Giallo bei diesen schwierigen Ermittlungen« hervor und kündigte an, daß sie die näheren Details der Arbeit erläutern werde.

Was? Sie sollte jetzt weiterreden? Das war doch Alesis Job! Sie hatte noch nie bei einer Pressekonferenz gesprochen, denn sie mochte keine öffentlichen Auftritte. Ledas Herz raste vor Lampenfieber. Sie sah undeutlich Dutzende von Augenpaaren und ein paar Kameralinsen, die sich erwartungsvoll auf sie richteten. Das Scheinwerferlicht blendete. Ihr wurde heiß und schwindelig. Ein dicker Kloß klemmte irgendwo quer in ihrer Kehle. Sie brachte kein Wort über die trockenen Lippen.

»Leda, bitte, du bist dran«, drang von weither Alesis Stimme an ihre Ohren. Sie war dran, es gab kein Zurück.

Was dann geschah, kam ihr wie ein kleines Wunder vor: Sie räusperte sich, öffnete den Mund und erläuterte den Reportern mit fester Stimme, ohne auch nur ein einziges Mal zu stocken, die Vorteile des Gentests für die moderne Kriminologie.

»Wir brauchen für die Überführung des Täters nicht mehr als einen Abstrich aus seinem Mund oder ein Haar von seinem Kopf. Beide enthalten alle notwendigen genetischen Informationen, um eine Person zweifelsfrei identifizieren zu können. Das gilt natürlich nur dann, wenn am Opfer irgendwelche Körperspuren des Täters gefunden werden. Das können Haare sein, Hautreste unter den Fingernägeln, weil das Opfer sich gewehrt und den Täter gekratzt hat, oder wie in den vorliegenden Fällen Spermienreste. In diesem grausamen Mordfall kamen vier Personen als mögliche Täter in Betracht. Der Test hat den Arzt Walter Assani, dessen Mordmotiv zunächst am wenigsten klar zu sein schien, eindeutig als Täter überführt. Er legte nach Vorlage der Laboranalyse sofort ein umfassendes Geständnis ab. Bitte ersparen Sie es mir und den Angehörigen der beiden Kinder, die Details der Verbrechen erklären zu müssen. Ein offensichtlich durch und durch sexuell gestörter Mensch hat Grausamkeiten begangen, die mit Worten sowieso nur unzureichend beschrieben werden könnten.«

War sie das tatsächlich, die da sprach? Erstaunt hörte Leda sich selbst zu, während sie fortfuhr:

»Für uns Kriminalisten hatte die Aufklärung dieser Fälle eine besondere Bedeutung: Wir sind in der Lage, mit diesen Gentests solche Täter zu überführen, auf die es zunächst keinerlei Hinweise gibt. In Reihenuntersuchungen können im

Zweifelsfall Tausende von Menschen überprüft werden. Das ist gerade bei Sexualverbrechen an Kindern wichtig, da die Täter meist aus ihrem engeren oder weiteren häuslichen Umfeld stammen«, erklärte Leda den Reportern, die schweigend mitschrieben, ohne sie ein einziges Mal zu unterbrechen.

Leda atmete tief durch und sah zu Alesi. Er bedachte sie mit dem stolzen Blick eines Vaters, dessen Tochter soeben eine schwierige Prüfung bestanden hatte.

Dann ergriff er wieder das Wort, um die Auswüchse einer insgesamt gestörten, modernen Gesellschaft anzuklagen:

»Gerade Sie von der Presse tragen eine große Verantwortung für die Neuentdeckung traditioneller Werte, ohne die wir offensichtlich nicht leben können. Ist es denn wirklich altmodisch, das Leben und die Persönlichkeit unserer Kinder zu achten? Ist es denn wirklich überholt, sie als unsere schützenswerte Zukunft und nicht – wie es so häufig geschieht – als eine übermäßige Belastung oder schlimmstenfalls gar als Objekt ohne eigene Würde zu sehen? Wir können die Verbrechen nur strafrechtlich verfolgen. Die Hauptaufgabe zur Vermeidung solch grausamer Verbrechen liegt jedoch in der Gemeinschaft aller Bürger. Die immens steigenden Zahlen von Gewaltverbrechen an Kindern zeigen uns, daß der Wertekodex aus dem Lot geraten ist. Den Angehörigen, Freunden und allen, die den Kindern nahe standen, möchte ich hier mein tiefstes Mitleid ausdrücken«, schloß Alesi, und Leda wußte, daß er jedes Wort so meinte, wie er es gesagt hatte.

Plötzlich blickte sie geradewegs in die dunklen Augen von Paolo. Er stand an die Wand gelehnt gleich neben der Tür, hielt Block und Stift in der Hand und schaute sie lächelnd an. Offensichtlich war er zu spät gekommen, um noch einen der begehrten Sitzplätze zu erwischen.

Hunger stieg in ihr auf und besetzte ihre Gedanken, die sie

an den gedeckten Tisch bei Nabini in Trastevere trugen: Eine dampfende Fischsuppe stand vor ihr, und Paolo prostete ihr mit prickelndem Romanello zu.

»Commissaria Giallo, könnten Sie mir sagen, welche römischen Labore in der Lage sind, solche Massen-Gentests durchzuführen?«

Die Erwähnung ihres Namens holte Leda mit einem Ruck in den Pressesaal zurück.

»Das Ospedale Umberto I verfügt über die notwendige Ausstattung und die Kapazitäten«, antwortete sie in die unruhig werdende Menge hinein.

Die Kameraleute bauten bereits ihre Technik ab, die ersten Journalisten verließen drängelnd den Raum. Keine weiteren Fragen, wie erstaunlich, dachte Leda. Sie schaute auf die Uhr. Natürlich, in einer Stunde begannen die ersten Nachrichtensendungen. Sie mußten sich beeilen, um pünktlich auf dem Bildschirm zu erscheinen.

Leda suchte wieder Paolos Augen. Mit kaum wahrnehmbaren Gesten verabredeten sie sich zum Essen. Paolo würde sie später aus der Redaktion anrufen. Sie nickte, und er ging.

»Das war nicht fair. Warum hast du mich nicht auf die Situation vorbereitet?« zischte Leda Alesi zu, der seine Papiere zusammenräumte, als sei nichts geschehen.

»Weil du dich geweigert hättest, es zu tun. Also half nur der Schubs ins kalte Wasser. Jetzt weißt du fürs nächste Mal, wie es geht.«

Er grinste sie spitzbübisch an, und Leda schwankte, ob sie ihn zum Teufel schicken oder ihm dankbar sein sollte.

»Dann wollen wir mal«, sagte Alesi. Leda und Bruno Lerner wußten, was anstand.

Als sie Alesis Büro betraten, kam es Leda vor, als tauche sie in eine andere Welt ein. Trotz der Größe des Raums und der hohen Wände strahlte er Wärme und Behaglichkeit aus. Der große, dicke Teppich schluckte jedes Geräusch der

Schritte und den Streß des Tages. Von den Wänden schauten die noblen Herren in Öl, so schien es Leda, freundlicher auf sie herab als noch vor ein paar Stunden.

Alesi forderte die beiden auf, Platz zu nehmen, und ging geradewegs auf einen wunderbaren Barockschrank zu, in dem eine perfekte kleine Bar mit einem Kühlschrank eingerichtet war. Bruno Lerner und Leda ließen sich in den bequemen, hellbeigen Ledersesseln nieder, während Alesi drei Gläser mit Whiskey und Eis füllte. Nachdem er sie verteilt hatte, erhob er sein Glas:

»Der Fall ist tot, es lebe der nächste. Ihnen sage ich Grazie für die Arbeit und Salute.«

Die Mitarbeiter nannten es das »Fall-tot-Ritual«. Immer wenn die Ermittlungen zu einem großen Mordfall beendet waren, lud Alesi nach der Schlußpressekonferenz seine Mitarbeiter ein, um mit ihnen gemeinsam den Fall »in Whiskey zu ertränken« und die Nachrichtensendung im Fernsehen anzuschauen. Er sah sich selbst gern auf dem Bildschirm, denn er wußte, daß er dort eine gute Figur abgab. Es entsprach durchaus seiner Eitelkeit, daß die Kameras aus ihm einen bekannten Mann gemacht hatten.

Auf dem Rückweg ins Büro hörte Leda schon im Flur das Telefon klingeln.

»Ciao, ich bin's, Paolo. Der Tote auf dem Foto ist Gianpiero Puccio. Ich kenne ihn.«

Leda verschlug es die Sprache.

»Bist du sicher?«

»Natürlich bin ich sicher.« Paolo war immer sicher, wenn er so etwas sagte.

»Danke. Dann fahr ich mal zu Signora Puccio, die kenne ich nämlich. Zehn Uhr bei Nabini. Va bene?«

»Va bene, viel Glück.«

Telefonisch meldete sie bei Signora Puccio ihr Kommen an. Wie in einem Film sah sie das bevorstehende Gespräch mit der Witwe vor ihrem inneren Auge ablaufen. Leda war froh, noch die Autofahrt vor sich zu haben. Sie brauchte immer eine gewisse Vorbereitungszeit, um Betroffenen den Tod eines Angehörigen mitzuteilen. Jedesmal fiel es ihr schwer. Wann immer es ging, versuchte sie diese Aufgabe an Mitarbeiter zu delegieren.

Sie hatte sich vor einiger Zeit mit Ugo darüber unterhalten, ob diese Schwäche vielleicht eine typisch weibliche wäre. »Das glaube ich nicht«, hatte er gemeint. »Sie haben ja auch keine Schwierigkeiten, die Leichen selbst zu sehen. Es muß etwas in Ihrer Vergangenheit passiert sein, was Sie heute noch beeinflußt.«

Leda hatte intensiv über Ugos Worte nachgedacht. In der Tat: Am Anfang ihre Karriere als Mordkommissarin hatte sie sich zunächst in die Rolle der Überbringerin schlechter Botschaften gut eingelebt. Ihr Interesse war ausschließlich darauf gerichtet gewesen, daß die Angehörigen, Freunde, Geliebten oder Bekannten sich bald fingen und ihre Fragen beantworteten. Die Aufklärung eines Mordes, der verbissene Wille, den Täter so schnell wie möglich zu fassen, hatten bei ihr jahrelang so weit im Vordergrund gestanden, daß sie sich um die Gefühlswelt der Betroffenen kaum gekümmert hatte.

Dann, mit einem Anruf, war alles anders geworden. Vor fünf Jahren hatte sie abends noch in ihrem Büro über einem schwierigen Fall gebrütet, als das Telefon klingelte. »Guten Abend, Leda, hier ist Thomas«, hatte sich ihr geschiedener Mann mit tränenerstickter Stimme gemeldet. Es mußte etwas Furchtbares geschehen sein, denn sie hatte Thomas noch nie schluchzend erlebt.

»Flavia? Marco? Thomas, sag schon, was ist mit den Kindern?« Leda war in Panik geraten.

»Nein, Leda, sie sind gesund. Aber Nonna Marta ...«

»Was ist mit meiner Mutter?« hatte Leda damals so laut

in den Hörer geschrieen, als müsse sie die Entfernung von Rom bis München mit eigenen Lungenkräften überbrücken.

»Sie hatte einen Herzinfarkt, und vor einer Viertelstunde ist sie gestorben. Wir sind so traurig. Flavia sitzt bei ihr, läßt ihre Hand nicht los und sagt kein Wort. Sie weint nicht einmal. Marco steht hier neben mir und möchte mit dir sprechen.«

»Mamma, bitte komm ganz schnell«, hatte Marco schluchzend gesagt.

»Ich nehme den nächsten Flug«, hatte Leda völlig geschockt beschlossen. Sie war zu keinerlei Gefühlsäußerung in der Lage gewesen, gerade so, als hätte man ihr den Tod einer fremden Person mitgeteilt. Dieser Zustand hatte auch dann noch angehalten, als sie für den gleichen Abend einen Flug nach München gefunden und das Taxi zum Flughafen bestellt hatte. Erst im Auto war die Mauer zur Welt des Schmerzes eingebrochen, und auch sie hatte angefangen, hemmungslos zu weinen. Der Gedanke daran, wie sehr Marco und Flavia litten, daß ihre über alles geliebte Großmutter, die sie großgezogen hatte, nun nicht mehr für sie dasein würde, hatte Leda zutiefst erschüttert.

Seit dieser Taxifahrt, seitdem sie die Gefühle der Kinder ihre eigenen hatte werden lassen, war ihr das Überbringen von Todesnachrichten ein Graus. Jedesmal hatte sie wieder Angst, in den Betroffenen das Leid zu entfachen, das Marco und Flavia damals erfahren hatten.

IV

Vor Puccios Haus war kein Parkplatz zu finden. Leda stellte deshalb ihren Wagen direkt vor das große Eingangsportal, auf dem ein Halteverbotsschild prangte, zeigte dem Portier ihren Polizeiausweis und erklärte, daß sie bei Familie Puccio erwartet werde.

War Leda schon von der großzügigen Eingangshalle des Palazzos aus dem 19. Jahrhundert begeistert, so beeindruckte sie die elegante Wohnung der Puccios erst recht.

»Sie haben es hier sehr schön«, sagte Leda zu Signora Puccio, deren tiefe Ringe unter den Augen von einer durchwachten Nacht zeugten.

»Die Wohnung habe ich von meinen Eltern geerbt. Ich bin hier aufgewachsen.« Signora Puccio sprach wie jemand, der eine Katastrophe erahnt, ohne Genaueres darüber erfahren zu wollen: lauerndes Abwarten. Leda entschied sich, es ihr vorsichtig beizubringen.

»Bitte geben Sie mir doch als erstes noch mal die Daten Ihres Mannes«, sagte sie und zog einen Kugelschreiber und ein Blatt Papier aus ihrer Handtasche.

»Er heißt Gianpiero Puccio, ist einen Meter siebenundsiebzig groß, sehr schlank, zweiundsechzig Jahre alt, graublaue Augen und dunkelblonde Haare. Gianpiero arbeitet seit fünfunddreißig Jahren bei der Banca di Credito. Ich habe ihn zuletzt Montag früh beim Frühstück in Florenz gesehen.«

Damit hatte Signora Puccio alles gesagt, was sie sie hatte fragen wollen. Die Beschreibung paßte genau auf den Toten.

»Signora Puccio, ich weiß gar nicht, wie ich anfangen soll«, sagte Leda unsicher und drehte den Kugelschreiber aufgeregt zwischen den Fingern hin und her.

»Soll ich keine Vermißtenanzeige aufgeben und noch abwarten?«

Das brauchen Sie nicht zu tun, dachte Leda und fragte laut: »Trug Ihr Mann ein taubenblau-grau-kariertes Jackett und einen hellen Wollmantel, als Sie ihn das letzte Mal gesehen haben?«

»Ja, woher wissen Sie das?«

»Es tut mir leid, aber ich muß Ihnen sagen, daß wir gestern am Tiberufer einen Mann gefunden haben.«

Chiara Puccios Gesicht wurde kalkweiß. Sie blickte die Kommissarin mit ihren großen braunen Augen an und fragte mit ruhiger Stimme:

»Er ist tot, nicht wahr?«

»Ja.«

»Ich hatte es im Gefühl, daß etwas Schreckliches passiert sein muß. Gianpiero ist kein Mann, der einfach für ein paar Tage verschwindet und dann wiederauftaucht.« Chiara Puccio ging im Zimmer schweigend auf und ab.

Sie war eine Schönheit, schlank mit vollem braunen Haar, das sich sanft über den Rollkragen ihres wollweißen Pullovers wellte. Minutenlang war sie ganz mit sich und der Bestätigung ihrer Vorahnungen beschäftigt.

Leda merkte, daß sie die Frau nicht stören durfte. Sie schwieg und wartete. Eine andere Frau hätte jetzt vielleicht geweint, geschrien, eine Umarmung gebraucht. Chiara Puccio nicht. Sie rang mit sich selbst und darum, die Fassung zu wahren. Erschrocken fuhr sie zusammen, als das Klingeln des Telefons die Stille im Raum zerriß. Sie ließ es klingeln. Plötzlich blieb sie stehen und fragte:

»Sind Sie denn ganz sicher, daß es sich um meinen Mann handelt?«

»Ja.«

»War es ein Unfall?«

»Nein, er ist durch einen Kopfschuß gestorben. Wir haben

die Tatwaffe direkt neben ihm gefunden. Es könnte Selbstmord gewesen sein.«

»Das ist völlig ausgeschlossen«, fuhr Chiara Puccio auf. »Gianpiero ist ein Kämpfer. Er glaubt, daß es für jedes Problem eine Lösung gibt. ›Vielleicht nicht heute, vielleicht nicht morgen. Aber irgendwann wird jeder Knoten gelöst‹, sagt er immer. Außerdem würde ihm sein, nein, unser Glauben eine Selbsttötung verbieten. Wenn sich Ihr Toter selbst umgebracht hat, kann es nicht Gianpiero sein.« Leda hörte aus ihren Worten die flehende Bitte heraus, dem Leben ihres Mannes wenigstens eine kleine Chance zu geben.

»Signora Puccio, ich würde Ihnen gerne ein Foto von dem Toten zeigen, das wir an der Fundstelle gemacht haben«, sagte Leda und nahm ein Foto aus dem Aktendeckel.

»Muß das sein?« flüsterte die Frau.

»Ich fürchte, ja«, antwortete Leda ebenso leise, stand auf und reichte ihr das Foto. Dabei sprach sie weiter.

»Er kann nicht gelitten haben. Ich habe zwar noch keinen Obduktionsbericht, aber ich weiß, daß bei solchen Kopfschüssen der Betroffene sofort tot ist. Der Schuß wurde offensichtlich aus allernächster Nähe abgegeben. Wir haben keinerlei Spuren eines vorherigen Kampfes gefunden.«

Chiara Puccio starrte fassungslos auf das Bild. Leda hatte einen Moment lang Angst, sie würde ohnmächtig werden.

»Und er hat ganz bestimmt nichts gemerkt?«

»Nein, davon bin ich überzeugt«, sagte Leda, während sie ihr die Hände auf die Schultern legte.

Sie spürte ihren rasenden Atem und fragte immer noch ganz leise: »Er ist es, nicht wahr?«

Ein Nicken war die Antwort. Plötzlich ergriff Chiara Puccio mit eiskalter Hand die von Leda, hielt sie ganz fest und sagte eindringlich:

»Signora Giallo, was auch immer geschehen sein mag,

eines ist absolut sicher: Er hat sich nicht selbst getötet. Sie müssen den Mörder so schnell wie möglich finden.«

Zwar brauchte eine gläubige Katholikin nicht mehr zu fürchten, daß ihrem Mann, falls er selbst Hand an sich gelegt haben sollte, ein christliches Begräbnis verweigert würde. Doch Chiara Puccio war der Gedanke, irgend jemand könne glauben, Gianpiero habe gegen seine christliche Verpflichtung verstoßen und Gottes Gabe an den Menschen zurückgewiesen, offensichtlich unerträglicher als die Tatsache seines Todes an sich.

Ihre Reaktion erinnerte Leda an ihre Tante Angela, auch sie eine tiefgläubige Katholikin. Als ihr Mann Carlo sein Unternehmen seinerzeit in den Konkurs geritten und er sich erschossen hatte, war die einst selbstbewußte, aktive und fröhliche Tante Angela zu einem Häufchen Elend geschrumpft. Sie hatte vor lauter Scham ihr Haus nicht mehr verlassen. Sie schämte sich, einen Mann geheiratet und mit ihm Kinder gezeugt zu haben, der den Gesetzen Gottes und der Kirche zuwidergehandelt hatte. In ihrer Gegenwart durfte bis heute niemand mehr den Namen von Onkel Carlo erwähnen. Nicht einmal in die Kirche ging sie mehr, obwohl Padre Giovanni ihr immer wieder erklärt hatte, daß nicht sie gegen sittliches Recht verstoßen habe, sondern ihr Mann. Alles gute Zureden nützte nichts. Tante Angela schämte sich vor Gott und den Menschen und wollte mit ihrer Scham möglichst in Ruhe gelassen werden.

In Leda stieg eine Ahnung hoch, welche Bedeutung die Aufklärung des Todes von Gianpiero Puccio für seine Frau haben mußte. Es ging um sein Seelenheil und um das ihre. Beide sollte sie retten.

»Wir werden unser Bestes tun«, versicherte Leda der verzweifelten Frau und fühlte dabei die schwere Last einer Verantwortung, die sie eigentlich nicht tragen wollte.

Auf der Fahrt ins Leichenschauhaus sagte Signora Puccio

kein einziges Wort. Leda saß schweigend neben ihr. Als in der kalten, gekachelten Leichenhalle das weiße Tuch über dem Kopf des Toten kurz angehoben wurde, erkannte Signora Puccio ihren Mann und verlor für einen Moment die Fassung.

»O Gott, Gianpiero«, rief sie, drehte sich um und lief aus der Tür.

Auf dem Rückweg schwieg sie wieder und stierte aus dem Fenster. Leda vermutete, daß sie dort nichts sah außer dem Bild ihres verstorbenen Mannes. Leda wäre am liebsten aus dem Wagen gestiegen, um der erdrückenden Nähe der Verzweiflung zu entfliehen.

Zurück im Büro, informierte Leda die Kinder Camilla und Michele über den Tod des Vaters. »Ich kann das nicht«, hatte Chiara Puccio ihr erklärt. Beide wollten umgehend nach Rom kommen und am späten Abend in der elterlichen Wohnung eintreffen.

»Schaffen Sie es denn noch, mir ein paar Fragen zu beantworten?« fragte Leda. Sie merkte, wie sich Signora Puccios Schock langsam legte.

»Ja, ich möchte nur zu Hause sein, wenn die Kinder kommen.«

Leda warf einen Blick auf ihre Uhr. Fünf Uhr – und ihr Magen vermeldete eine umfassende Leere. Sie bat Ugo, ihr eine Pizza mit Zucchini im Restaurant um die Ecke zu bestellen. Signora Puccio lehnte das Angebot ab.

Bis das Essen kam, würden noch zwanzig Minuten vergehen. Für solche Notfälle lag in Ledas Schublade eine Tüte mit Konfekt, die sie jetzt herauszog und den beiden anderen daraus anbot. Ugo hatte in ihrer Abwesenheit sein Tramezzino längst wie jeden Tag pünktlich um eins ausgepackt und wahrscheinlich so andächtig wie immer verspeist. Ein Stück Schokolade kam ihm jetzt gerade recht. Chiara Puccio schüttelte den Kopf.

»Gab es denn in der letzten Zeit etwas, was Ihren Mann beunruhigte?«

»Er war beruflich sehr unzufrieden und hatte sich mehrfach mit der Idee beschäftigt, frühzeitig in Pension zu gehen. Dann konnte er sich aber doch nicht dazu durchringen. Er hat sich sehr auf die Rente gefreut. Im April wäre es soweit gewesen. Er hatte genug von der Arbeit, von der vielen Reiserei, und träumte davon, den Sommer in unserem Landhaus am Lago di Bolsena zu verbringen, dort Gemüse und Obst anzubauen und ein Buch zu schreiben.«

»Worüber wollte er denn schreiben?«

»Das weiß ich nicht genau. Er deutete nur ein paarmal an, daß es wohl um seine beruflichen Erfahrungen gehen sollte.«

»Was tat er genau bei der Bank?«

»Er hat die Filialen der Banca di Credito in ganz Italien überprüft, ob sie korrekt arbeiten. Dafür fuhr er gemeinsam mit ein paar Kollegen für ein paar Wochen in eine Stadt. Sie überprüften die Bücher, Kontenbewegungen, Einlagen, Transaktionen, Spekulationen und was weiß ich noch alles. Ich verstehe nichts davon.«

»Hat er Ihnen denn immer erzählt, was er herausgefunden hatte?«

»Früher schon. In den vergangenen Jahren aber so gut wie nichts mehr. Da wird wohl viel betrogen und hinterzogen. Das enttäuschte, besser entsetzte ihn. Wenn ich ihn hin und wieder einmal fragte, meinte er nur: ›Die Summen variieren ebenso wie die Namen der Schurken. Sonst hat sich nichts verändert. Was es zu erzählen gäbe, weißt du eigentlich schon. Und ich habe keine Lust, mich mit diesem ganzen Schmutz auch noch zu Hause zu beschäftigen. Laß uns über etwas Schöneres reden.‹«

»Dann muß er eine Menge Feinde gehabt haben, oder? Hatte er nie Angst vor Rache?«

»Ihm war klar, daß seine Arbeit nicht besonders beliebt

war. Aber Angst hatte er nie. Das ist wahrscheinlich so ähnlich wie bei Ihnen. Haben Sie nie Angst?«

»Manchmal schon, sehr selten. Man gewöhnt sich in gewisser Weise tatsächlich daran«, antwortete Leda. »Und bis April sollte er nun nicht mehr auf Reisen gehen?«

»Doch. Eigentlich sollte er ab Montag in Lucca prüfen. Aber dann platzte der Termin aus irgendwelchen Gründen.«

»Wissen Sie, warum Ihr Mann ausgerechnet mich sprechen wollte und woher er meinen Namen kannte?«

»Keine Ahnung. Er hat Ihren Namen nie erwähnt, ich kann mich zumindest nicht daran erinnern.«

»Mehr Fragen habe ich im Moment nicht. Vielen Dank, Signora Puccio. Kann ich noch etwas für Sie tun?«

Die Frau schüttelte den Kopf. Sie wirkte jetzt sehr erschöpft. Leda bat Ugo, sie mit dem Auto nach Hause zu fahren. Sie versprach ihr, daß er bei ihr bleiben würde, bis die Kinder kämen. Wahrscheinlich habe sie einige Telefonanrufe zu erwarten, weil das Foto ihres toten Mannes im Fernsehen gezeigt wurde.

»Morgen vormittag möchte ich gern mit Ihren Kindern sprechen. Ich komme gegen halb neun vorbei.«

Sobald die beiden die Tür hinter sich geschlossen hatten, riß Leda das Fenster auf. Der Schweiß lief ihr in Strömen am Körper hinab, ihr Kopf brummte, und ihr Magen knurrte inzwischen so laut, daß er sich wie ein wütender Hund unter dem Tisch anhörte.

Glücklicherweise klopfte es in diesem Augenblick, und die Tür ging auf. Wie schon so häufig kam ihr auch heute Enrico, der Sohn des Pizzabäckers, mit seinen braunen Locken und dem strahlenden Lächeln wie ein Engel Gottes vor, der ihr ein lang ersehntes Geschenk brachte.

»Tag, Signora Commissaria, eccomi«, begrüßte er sie.

»Ciao, Enrico, wie gut, daß du da bist. Ich komme vor Hunger beinahe um.«

»Oje, Sie Arme. Halten die Toten Sie wieder auf Trab?« fragte er mitfühlend und neugierig zugleich.

»Das kann man wohl sagen.«

»Bearbeiten Sie den Fall mit dem Toten aus dem Tiber?«

»Hast du das Bild im Fernsehen schon gesehen?«

»Klar. Und wer ist es nun?«

»Ein Banker. Apropos, wieviel kriegst du von mir?« antwortete sie mit einer Gegenfrage, um Enrico von weiteren Nachforschungen abzulenken.

Sie gab ihm die geforderten sechs Euro und noch einen als Trinkgeld dazu. Der Junge freute sich, dankte überschwenglich und zog zufrieden ab.

Endlich stand die Pizza vor ihr. Sie begann, sie in atemberaubender Geschwindigkeit in sich hineinzustopfen.

V

Die heiße Dusche tat Leda nach diesem anstrengenden Tag gut und weckte ihre vom Whiskey noch zusätzlich ermatteten Lebensgeister. Sie streifte sich einen schwarzen Pullover über, von dem sie fand, daß er ihr besonders gut stand. Aus dem Schmuckkasten zog sie eine Korallenkette. Die einzelnen, wie kleine Äste geformten und durch Goldperlen getrennten Korallenstücke waren nur ein paar Töne dunkler als ihre schwer zu bändigende Lockenpracht.

Als Kind war sie als »Karotte« von ihren Freunden oft ausgelacht worden und hatte sich furchtbar geschämt. Der erste Kuß und ein seufzendes »meine Güte, wie schön du bist« eines verliebten Achtzehnjährigen hatten den Friedensschluß mit ihrem vermeintlichen Makel gebracht. Dabei kam ihr zusätzlich zugute, daß ihre Haut unter dem Einfluß der italienischen Sommersonne nicht verbrannte, sondern einen wunderschönen tiefen Braunton annahm.

Heute – als »alte Frau«, wie Paolo sie seit ein paar Jahren liebevoll bezeichnete – machten sich auf ihrem Kopf zunehmend weiße Strähnen bemerkbar. Dank der modernen Chemie war es Leda bisher gelungen, diesen kleinen Schönheitsfehler durch regelmäßiges Tönen zu beheben.

Ledas Problem begann weiter unten. Menschen, die es gut mit ihr meinten, sagten, sie sei »barock«, andere bezeichneten sie schlicht als »cicciona«, als Pummelchen. Ihr schmales Gesicht und ihr schlanker Hals bildeten einen merkwürdigen Kontrast zur sonstigen Leibesfülle. Kein Doppelkinn verunstaltete ihr klassisches Profil, und sie brauchte auch ihren Hals nicht mit Tüchern oder Rollkragenpullovern zu kaschieren.

Früher einmal hatte sie rund zwanzig Kilo weniger auf die

Waage gebracht. Dann war die Scheidung von Thomas gekommen. Die Kinder und Nonna Marta waren mit ihm nach Deutschland gezogen.

Die Leere ihrer Seele hatte sie mit Essen und Affären zu füllen versucht. Wären da nicht der Beruf und Alesi gewesen, der auf ein gepflegtes Äußeres seiner Mitarbeiter pochte, hätte sie sich wahrscheinlich ganz gehen lassen. So waren mit den Jahren die Pfunde gekommen und leider geblieben, die wechselnden Liebhaber aber verschwunden. Bis auf einen: Paolo.

Zum schwarzen Pullover wählte sie einen langen, ebenfalls schwarzen Wollrock, der mit großen roten, orangen und braunen Rosen bedruckt war. Leda betrachtete sich im Spiegel. Zufrieden, das Bestmögliche aus sich gemacht zu haben, verließ sie das Haus.

Sie freute sich auf einen gemütlichen Abend mit Paolo und fuhr pfeifend die breite, erleuchtete Straße am Tiber entlang. Die kahlen Platanen am Straßenrand streckten ihre nackten Äste in den sternenübersäten Nachthimmel.

Der Engel auf dem Hadriansmausoleum schien vor der Kulisse der Petersdomkuppel im Licht der Scheinwerfer zu tanzen. Die Tiberinsel lag wie ein fest verankertes Schiff mitten im Fluß, der sich als schwarzes Band durch die Stadt zog. Leda sah ihn nur manchmal, weil er weit unterhalb der Straße lag. Als sie an der Stelle vorbeikam, wo die Treppe zum Fundort der Leiche hinabführte, grauste ihr bei der Vorstellung, daß ein Mensch dort unten im feuchten, kalten Dunkel der Winternacht gestorben war. Sie gab Gas, obwohl sie es nicht eilig hatte.

Für zehn Uhr war sie mit Paolo bei Nabini an der Piazza Santa Maria in Trastevere verabredet. Sie fand einen Parkplatz am Lungotevere und lief durch die Gassen des einstigen Armenviertels. Von manchen Häuserfronten bröckelte der Putz, hin und wieder ließ jedoch ein geöffneter Vorhang einen Blick ins beleuchtete Innere zu, und Leda sah, was sie längst wußte: Hier wohnten oft keine armen Menschen mehr, sondern solche, die sich das Leben in teuer renovierten Luxuswohnungen erlauben konnten. Die Fassade war eben nur Fassade.

Leda genoß den Spaziergang durch die abendliche Stille des Stadtviertels, das sich in dieser Jahreszeit von den Touristenströmen erholte.

Plötzlich ging direkt neben ihr ein schweres, geschnitztes Holztor knarrend auf. Leda sprang erschrocken auf die andere Seite des schmalen Gäßchens und starrte in den schwarzen Eingang. Sie konnte nichts darin erkennen, hörte aber eine Männerstimme:

»Avanti, Nerone, beweg dich.«

Leda glaubte ihren Augen nicht zu trauen: Aus dem Haus traten erst der Hund und dann der Herr, die den toten Puccio gefunden hatten.

»Nerone, mein Alter. Ich weiß ja, daß es kalt ist. Aber du mußt noch mal raus. Sonst pinkelst du mir alles voll.« Der Mann war so sehr mit seinem Hund beschäftigt, daß er die schwarz gekleidete Leda übersah. Langsam trottete das Paar im Schein einer trüben Straßenlampe von dannen.

Enzo, der Ober, begrüßte sie überschwenglich.

»Signora Commissaria, wie lange haben wir uns nicht gesehen! Wochen müssen das her sein! Und was ist in dieser Zeit nicht alles passiert? Schon wieder eine neue Regierung, schon wieder neue Steuern, und die Weiß-Blauen führen die erste Liga an.«

Leda mußte lachen.

»Tja, Enzo, daß die Regierungen wechseln wie das Chamäleon seine Farbe, ist Ihnen egal. Aber daß Ihre Gelb-Roten verloren haben, das kommt einer Katastrophe gleich. Vielleicht sind die Laziali eben einfach doch besser.«

Leda interessierte sich eigentlich nicht für Fußball. Da sie sich aber den montäglichen Bürogesprächen über die Wochenendsiege und -niederlagen der beiden berühmten Mannschaften der ewigen Stadt, A. S. Roma und S. S. Lazio, nicht entziehen konnte, wußte sie recht gut Bescheid.

»Ich habe es selbst nicht gesehen, aber das Spiel von Lazio soll sensationell gut gewesen sein«, setzte sie provozierend hinzu.

Enzos Reaktion war die erwartete. Heftig gestikulierend redete er auf Leda ein, während er sie an den von Paolo telefonisch reservierten Tisch in der Nische begleitete.

»Die sind nicht besser«, verteidigte er seine römische Elf. »Die haben nur Glück und ausreichend Geld, um unsere Spitzenleute wegzukaufen. Das müßte verboten werden. Es geht doch nicht, daß es innerhalb einer Stadt solche Konkurrenz gibt. Die Stadt Rom als solche, egal von welcher Mannschaft, sollte in der Liga ganz oben repräsentiert werden.«

»Aber Lazio ist doch ganz oben, was wollen Sie mehr?« fragte Leda ihn mit unschuldigem Gesichtsausdruck.

»Das stimmt«, räumte Enzo ein. Als alter Gastronom wußte er, daß man Gästen ab einem bestimmten Punkt nicht weiter widersprechen sollte, auch wenn man anderer Meinung war.

Paolo war noch nicht da. Leda hatte sich längst daran gewöhnt, in Restaurants auf ihn zu warten, weil er als Polizeireporter häufig noch bis zum Redaktionsschluß arbeiten mußte. Kriminalität kannte keine Arbeitszeit, nur die anlaufenden Druckmaschinen legten sie für Paolo auf spätestens dreiundzwanzig Uhr fest.

Als er erschien, strahlte er, beugte sich zu ihr nieder und küßte sie auf die Stirn.

»Wunderbar warst du heute abend im Fernsehen. Du wirst noch in die Kriminalgeschichte Italiens eingehen. Und großartig ausgesehen hast du auch. Auguri, Glückwunsch, und das sage ich nicht nur als einer vom Fach, sondern auch als Mann.« Er setzte sich Leda gegenüber an den Tisch. Enzo kam sofort und schenkte ihm Wein ein.

»Prost, alte Frau. Du weißt, ich habe dich schon immer geliebt. Morgen früh kannst du dich auf unserer Titelseite bewundern.«

Zum zweiten Mal an diesem Tag errötete Leda.

Paolo war der beste Freund von Thomas in Rom gewesen. An dieser Männerfreundschaft hatte Leda nur am Rande teilgenommen. Erst nach Thomas' Fortzug hatten sie sich richtig kennengelernt.

Alles hatte damit begonnen, daß Paolo sie in der »Zeit der Leere«, wie sie selbst die ersten Jahre nach der Trennung nannte, nächtelang angehört und getröstet, ihr gut zugeredet hatte, wenn sie es brauchte, oder sie auch völlig in Ruhe gelassen hatte, wenn sie allein sein wollte. Er hatte sie ins Kino, ins Theater und in die Oper begleitet, war mit ihr am Wochenende in die Berge oder ans Meer gefahren und hatte sie an Festtagen zum Feiern mit seiner Mutter zu sich nach Hause eingeladen.

So wurde er mit der Zeit auch ihr bester Freund und Vertrauter. Weder zu ihrer Schwester Francesca noch zu ihrer Freundin Roberta hatte Leda in dieser Zeit so viel Vertrauen gehabt wie zu Paolo. Er war der einzige, der bis heute fest daran glaubte, daß Leda wieder dünn wie einst und die berühmteste Kommissarin Italiens werden würde. Langsam war dann aus Freundschaft Liebe geworden.

Paolo lebte bei seiner Mutter, Signora Agata. Thomas hatte ihn schon früher gerne damit aufgezogen, daß er entweder bei einer Frau wohnte, manchmal sogar jahrelang, oder, wenn das nicht mehr klappte, zurück ins Elternhaus zog. Bis heute hatte er noch nie seine eigenen vier Wände gehabt, und Leda nannte ihn deshalb scherzhaft »Untermieter«.

Paolo war weder besonders schön noch gut angezogen, aber dafür einfühlsam, intelligent und mit einer starken männlichen Ausstrahlung ausgestattet. Diese Eigenschaften führten dazu, daß Frauen sich gerne bei ihm aufhielten. Umgekehrt wirkten die weiblichen Anziehungskräfte geradezu magnetisch auf ihn.

Mit der Zeit war Leda bewußt geworden, daß sie sich nie mehr ganz voneinander trennen würden, auch wenn Paolo hin und wieder kurzfristig von Amors Pfeilen getroffen wurde.

Geschah dies, erklärte er Leda unter Tränen, diesmal sei es endgültig zwischen ihnen aus. Die andere Frau fessele ihn so stark, daß er sich ihr voraussichtlich nie wieder entziehen könne. Ein paar Wochen später war aus der Leidenschaft Überdruß geworden, und Paolo bat Leda mit der gleichen Inbrunst wie bei der vorangegangenen Trennungszeremonie, ihm doch bitte zu vergeben, weil er nichts weiter als ein von seinen Trieben besessener Dummkopf gewesen sei.

Leda pflegte ihm zuzustimmen, ihm zu vergeben und ihn anschließend wieder in ihre Arme zu nehmen. Amor schoß immer seltener, und die Dosis des Liebesgifts in seinen Pfeilen wurde geringer. Den letzten Liebesanfall hatte Paolo vor nunmehr fast drei Jahren gehabt.

Leda hatte der Sinn, abgesehen von mangelnden Alternativen, schon viel länger nicht mehr nach anderen Männern gestanden, weil sie zunehmend tiefere Empfindungen für Paolo hegte.

»Was wünschen Signora Commissaria heute zu speisen? Bitte nimm etwas Unkompliziertes, was schnell kommt, ich habe wahnsinnigen Kohldampf«, bat er sie nun mit einem Blick, in den er den ganzen Schmerz der hungernden Welt legte. Sie einigten sich auf eine Fischsuppe, gegrillte Gamberoni und einen großen gemischten Salat.

»Wieso hast du mir eigentlich nicht gesagt, daß ihr den Arzt überführt habt?«

»Erstens, weil du doch sowieso in deiner Kunstraubgeschichte stecktest. Und zweitens, weil ich soviel zu tun hatte, daß ich die armen kleinen Mädchen und den Mörderdoktor ganz vergessen hatte. Stell dir vor, Alesi hatte schon die Journalisten eingeladen bevor mein Bericht fertig war. In der Stunde, bevor ihr kamt, habe ich wie eine Verrückte geschrieben. Und dann mußte ich auch noch vor den ganzen Kameras reden.«

Die Suppe war köstlich, Nabini machte seinem guten Ruf als Fischkoch wieder einmal alle Ehre. Sie lobten das Essen in den höchsten Tönen, als er an ihren Tisch kam, um sich als Herr des Hauses nach dem Wohlergehen seiner Gäste zu erkundigen.

»Man muß auf dem Markt nur die richtigen Tiere einkaufen. Dann gelingt die Suppe immer«, meinte er und erging sich hingebungsvoll in der Erläuterung der Zubereitung, zerlegte einen imaginären Fisch, bestreute ihn mit Salz, beträufelte ihn mit Öl und Zitrone, hackte Petersilie und schob ihn schließlich mit ausladenden Gesten in einen unsichtbaren Ofen.

Leda und Paolo schauten ihm bewundernd zu. Keine Handbewegung, kein Gesichtszug des großartigen Schauspiels entging ihnen. Im übrigen wäre Nabini sehr beleidigt gewesen, wenn sie Desinteresse gezeigt hätten.

Als er sich anderen Gästen zuwandte, fragte Leda Paolo, woher er Puccio kannte.

»Aus meiner Zeit als Untermieter bei Emilia. Ewig her! Puccio war der Nachbar, ein netter Mann, Banker, glaube ich.«

Leda erzählte ihm von Puccios Frau und wie sie sich gegen den Selbstmordverdacht gewehrt hatte.

»Ihre Argumentation klingt überzeugend. Aber manchmal gehen im Partner Veränderungen vor, die der andere gar nicht bemerkt.«

»Das schon, aber vielleicht stehen der Einbruch bei Puccios und sein Tod in einem Zusammenhang. Schließlich haben die Einbrecher gezielt etwas gesucht. Ich habe mit den Kollegen vom Einbruchsdezernat gesprochen, und sie hatten nicht den Eindruck, daß es sich um einen ganz gewöhnlichen Einbruch gehandelt hat.«

»Was könnten sie denn gesucht haben?«

»Wenn ich das nur wüßte, auch Chiara Puccio hatte keine Idee. Ich frage mich außerdem, warum Puccio ausgerechnet mich so kurz vor seinem Tod sprechen wollte, woher er meinen Namen hatte.«

»Das kann ich dir sagen. Vor ein paar Monaten hat er mich angerufen. Er hat jemanden bei der Polizei gesucht, dem er absolut vertrauen könnte. Ich habe ihm deinen Namen gegeben, aber mich dann nicht weiter um die Geschichte gekümmert.«

Nun wußte Leda zumindest, warum Puccio gerade mit ihr sprechen wollte. Nur der Grund für den Anruf war und blieb ein Rätsel.

VI

Als Leda am nächsten Morgen durch die Glastür in Marios Bar trat, mußte sie im Slalom durch Kartonberge laufen.

»Ciao, Bello, was ist denn hier passiert?«

»Panettone. Mein Cousin Fabio, der mit der Bar in San Giovanni, hat gestern ein Sonderangebot aufgetrieben und mir hundert Stück gegeben. Ich weiß nur noch nicht, wo ich sie stapeln soll.«

»Bau doch das große Fenster damit zu, dann zieht es wenigstens nicht mehr so herein, und die Leute sehen von draußen dein Angebot. Was soll denn einer kosten?« fragte Leda.

»Drei Euro das Stück.«

»Ich nehme zwei und gebe dir fünf Euro, va bene?«

»Aber nur, weil Sie es sind, Signora Commissaria«, lachte Mario und stellte ihr den morgendlichen Cappuccino neben die bereitliegende Zeitung und die Packung Zigaretten. »Möchten Sie ein Stück probieren? Nur meine Mutter hat besseren gebacken.« Mario reichte ihr ein Stück in einer Papierserviette über den Tresen.

Leda liebte dieses Weihnachtsgebäck, einen lockeren, hohen Hefekuchen mit Orangeat und Zitronat, und aß es mit Genuß.

»Sie sind ja berühmt. Heute morgen am Kiosk haben Sie mich von mindestens drei Titelblättern aus angeschaut. Ich bin sehr stolz auf Sie«, sagte Mario feierlich, um anschließend wie schon gestern mit Vehemenz die Todesstrafe für so unmenschliche Wesen wie den Mörderdoktor zu fordern.

Sie wußte, Mario würde dieses Thema in den Mittelpunkt seiner Tagesgespräche mit den Gästen stellen. Nicht ohne jedes Mal mit stolzgeschwellter Brust kundzutun, wie gut er diese außergewöhnlich erfolgreiche Kommissarin kenne.

»Müssen denn so berühmte Leute wie ich bei dir überhaupt bezahlen?«

»Gerade die«, gab Mario lachend zurück. »Wenn man einmal berühmt ist, verdient man doch ganz von allein immer mehr und wird überall eingeladen, weil sich jeder von der Bekanntschaft etwas verspricht. Ihre Berühmtheit ist allerdings noch zu frisch, um Ihnen jetzt schon Vorteile zu bringen. Deshalb ist es mir sozusagen eine Ehre, Ihnen Ihren ersten VIP-Kaffee spendieren zu dürfen.«

»Nein, Mario, das habe ich doch nicht ernst gemeint.«

»Ich aber«, sagte Mario schlicht. »Ab morgen zahlen Sie wieder ganz normal.«

»Danke.« Leda steckte die Zigaretten in die Manteltasche, nahm die beiden Kartons mit den Kuchen, zahlte und ging.

Während sie sich im Schrittempo durch den morgendlichen Verkehr quälte, hörte sie im Radio die wortreichen Ausführungen eines Politikers, der in den von Leda gestern erwähnten Reihen-Gentests einen Anschlag auf die Privatsphäre des freien italienischen Bürgers sah.

»Immer tiefer gerät der einzelne in das Überwachungsnetz des Staates. Wir sind von den grausamen Visionen, die George Orwell bereits in seinem Roman ›1984‹ mit allen negativen Auswirkungen auf unsere zivile Gesellschaft beschrieben hat, nicht mehr weit entfernt«, tönte es aus dem Lautsprecher.

»Du Quatschkopf«, sagte Leda laut. »Kannst du vielleicht mal verraten, wie wir diese Perversen sonst kriegen sollen? Die zerstören doch die Gesellschaft – und nicht diejenigen, die sie mit effizienten Methoden verfolgen.«

»Ist Signor Puccio ermordet worden?« fragte der Portiere, als sie das Haus der Familie Puccio betrat. Er hatte sie sofort wiedererkannt.

»Dazu kann ich nichts sagen.«

»Wirklich schade um ihn, wirklich schade. Ein so netter Mann war das. Immer freundlich, auch wenn einmal etwas nicht funktionierte. Signor Puccio wurde nie laut und hat sich auch nicht laufend beschwert, wie es die anderen tun. Feine Leute sind das, richtig feine, die wissen, was sich gehört. Als ich ihn so tot im Fernsehen gesehen habe, da hat mich beinahe der Schlag getroffen. Ich habe dann gleich bei der Polizei angerufen. Glauben Sie vielleicht, daß die sich dafür interessiert haben? Nicht die Spur! Meine Nummer durfte ich denen geben, und anschließend hat sich keiner mehr gemeldet. Da will man denen mal helfen, und dann wollen sie nichts von einem wissen. So wird man als anständiger Bürger in diesem Land behandelt.«

»Das tut mir leid und ich entschuldige mich hiermit für unsere Nachlässigkeit. Es wird nicht wieder vorkommen.« Daß er ihr nicht ganz glaubte, konnte Leda unschwer in seinem Gesicht lesen.

»Würden Sie mir später noch ein paar Fragen beantworten? Ich muß nur noch schnell zu den Puccios gehen.«

Beruhigt, daß er doch nicht so unwichtig war, erklärte er sich großzügig bereit, für sie dazusein, wann immer sie ihn brauchte. Außerdem, wie sonst hätte er besser Neuigkeiten über Puccio erfahren können als von der Polizei direkt, um sie anschließend – natürlich jeweils unter dem Siegel der absoluten Verschwiegenheit – im Haus, bei Familie und Freunden zu verbreiten?

In Chiara Puccios Gesicht hatten sich über Nacht tiefe Linien des Leids eingegraben. Mit steifen Bewegungen führte sie Leda ins Wohnzimmer.

»Die Wohnung ist ohne Gianpiero viel zu groß für mich. Wahrscheinlich werde ich in unser Landhaus ziehen. Falls mein Sohn Michele eines Tages wieder in Rom arbeiten sollte, kann er hier wohnen.«

In diesem Moment betrat ein junger Mann mit dunklem Haar und rotgeweinten Augen das Wohnzimmer und stellte sich als eben dieser Michele vor. Ihm folgte Camilla, die ihrem Vater sehr ähnlich sah. Sie war leichenblaß.

»Unsere Experten halten es für möglich, daß Ihr Vater Selbstmord verübt hat. Für diese These sprechen die Umstände am Fundort und der Zustand der Leiche, die keinerlei Spuren von Gegenwehr erkennen läßt. Es fehlt jedoch ein Motiv. Außerdem ist es mehr als erstaunlich, daß Ihr Vater mich ein paar Stunden vor seinem Tod noch angerufen hat. Und es waren Einbrecher in dieser Wohnung, ohne daß Wesentliches gestohlen wurde. Die Täter haben wahrscheinlich etwas gesucht, vielleicht auch gefunden. Es ist nicht auszuschließen, daß der Tod Ihres Vaters und der Einbruch in einem Zusammenhang stehen.«

»Ich bin sicher, daß nach etwas gesucht wurde«, unterbrach Camilla die Kommissarin. »In meinem Zimmer ist nichts mehr an seinem richtigen Platz. Meine alten Puppen und Plüschtiere sitzen in einer anderen Reihenfolge auf dem Regalbrett als früher. Maria, unsere Putzfrau, arbeitet bei uns, solange ich denken kann, und sie weiß genau, wer wo zu sitzen hat. Außerdem staubt sie die ganzen Sachen höchstens zweimal im Jahr ab, und dann nur, wenn ich mich mit den Kindern angemeldet habe. Ich habe sie gestern abend noch angerufen und gefragt, ob sie etwas bei mir verändert hat. Sie sagte mir, daß sie mein Zimmer seit Wochen nicht betreten hat. Papa hätte sich nie an meinen alten Puppen zu schaffen gemacht. Mamma sagt, sie sei es auch nicht gewesen. Wer war es dann, frage ich mich?«

»Können Sie sich vorstellen, was die Einbrecher gesucht haben?«

Alle drei schüttelten die Köpfe.

»Haben Sie denn an Ihrem Vater in der letzten Zeit irgendwelche Veränderungen bemerkt?«

»Ja, schon«, meinte Michele. »Früher arbeitete er mit viel Freude und Engagement. Am Schluß hat er sich geradezu unbändig auf seinen Ruhestand gefreut. Er hatte die Betrügereien in der Bank satt. ›Was bin ich froh, wenn ich es nicht mehr mit ansehen muß‹, hat er vor ein paar Monaten mal zu mir gesagt. Ich habe ihn gefragt, warum er solche Machenschaften nicht anzeigt. ›Weil ich dann riskieren würde, daß euch oder mir etwas passiert, und das ist die Sache nicht wert‹, hat er geantwortet, und dann wollte er nicht mehr darüber sprechen. Ich habe weder meiner Mutter noch meiner Schwester etwas von diesem Gespräch erzählt, war aber ziemlich beunruhigt. Jetzt denke ich, daß sein Tod etwas mit seinem Beruf zu tun haben könnte, zumal er ja noch versucht hat, Sie zu sprechen.«

Namen von Kollegen hatte Puccio selten im Familienkreis erwähnt. Sie erinnerten sich lediglich an Gianni Verdone, den Vorgesetzten des Toten. Einen Selbstmord hielten die beiden Kinder genau wie die Mutter für ausgeschlossen.

Der Portiere wartete wie verabredet in seinem Häuschen, als Leda mit dem Aufzug herunterkam.

»Haben Sie am Montag fremde Personen hier im Haus gesehen?« fragte sie ihn, nachdem sie seine gute Absicht, der Polizei trotz der gestrigen Enttäuschung weiterhelfen zu wollen, ausführlich gelobt hatte.

»Handwerker, weil Signora Baldini im dritten Stock schon wieder umbaut.« Angestrengt dachte er weiter nach. »Ja … Und zwei Männer sind wegen der Wohnung im vierten Stock gekommen. Wissen Sie, Signora Cenci ist schon alt und kann nicht mehr so. Sie wohnt seit vier Monaten bei ihrer Tochter in Cerveteri. Mir hat sie die Schlüssel gegeben, falls einer die Wohnung besichtigen will. Der eine Fremde hat draußen am Haus das ›Vendesi‹-Schild kleben sehen. Da ist er mit seinem Bruder gekommen und hat die Wohnung angeguckt. Seltsame Vögel waren das. Erst hat sie ihnen gut gefallen. Sie wollten sie dann aber noch komplett ausmessen, um zu sehen, ob ihre Möbel auch hineinpaßten. Ich hab ihnen einen Zollstock und einen Zettel geliehen. Die waren furchtbar umständlich, und es hat ewig gedauert. Und weil es andauernd geklingelt hat, bin ich dann wieder runtergegangen. Schließlich gab's in der leeren Wohnung nichts zu klauen.« Der Portiere kratzte sich am Kinn und fuhr fort:

»Sie waren fast eine Stunde lang oben und kamen irgendwie unzufrieden wieder runter. Sie müßten sich das noch mal überlegen, sagten sie. Die drei Zimmer zum Innenhof waren ihnen zu dunkel. Außerdem wären keine Einbauschränke da. Wirklich komische Leute, habe ich mir gedacht. Die sollten froh sein, daß die Schlafzimmer zum Hof gehen und ruhig sind. Im Sommer ist es doch nur angenehm, wenn die Sonne nicht in die Zimmer knallt«, meinte er kopfschüttelnd.

»Haben Sie das den Polizisten schon gesagt, die nach dem Einbruch da waren?«

»Nein, die wollten nur wissen, ob jemand mit Taschen oder Koffern das Haus verlassen hat. Haben sie aber nicht.«

»Würden Sie sie wiedererkennen?« fragte Leda.

»Ich glaube schon. Ist was mit ihnen?« fragte der Portier.

»Das weiß ich noch nicht. Haben Sie eigentlich Signor Puccio am Montag abend gesehen?«

»Nein. Ich dachte, er wäre unterwegs wie immer. Waren das die Mörder?«

»Vielleicht die Einbrecher«, antwortete Leda.

Dann bedankte sie sich und sagte dem Portiere, wie wichtig seine Aussage gewesen sei.

VII Am Telefon hieß es, Signor Verdone sei heute leider krank, Leda möge es doch bitte in den nächsten Tagen noch einmal versuchen. Es dauerte einige Zeit, bis Leda die Sekretärin von Gianni Verdone dazu gebracht hatte, ihr die Privatanschrift des Chefs zu geben. Es hatte der handfesten Androhung von persönlichen Konsequenzen bedurft, bis sie die gewünschte Information erhalten hatte.

Leda lotste ihren Wagen von der Zentrale der Banca di Credito in der Via Veneto quer durch die Stadt auf die nördliche Ausfallstraße. Es goß in Strömen. Die Scheibenwischer kämpften mit Mühe gegen die Wasserfontänen überholender Wagen an.

Leda kannte sich im Nobelvorort Olgiata nur sehr mangelhaft aus. Sie verfuhr sich mehrfach. Endlich stand sie vor einem Eisentor. Daneben war an einer über mannshohen Bruchsteinmauer unauffällig die Hausnummer angebracht. Leda stieg aus und klingelte. Nach einiger Zeit ertönte die Stimme einer Frau an der Gegensprechanlage.

»Wer ist da?«

»Hier ist die Polizei, ich möchte Signor Verdone sprechen.«

»Er ist krank, kommen Sie bitte morgen wieder.«

Der Regen hatte sie inzwischen völlig durchnäßt und Leda verlor die Geduld. Ein paar deutliche Worte ließen das Eisentor wie von Geisterhand bewegt zur Seite gleiten. Leda fuhr über einen schmalen Waldweg einen Hügel hinauf. Von einem Wohnhaus war weit und breit nichts zu sehen.

Dann eröffnete sich vor ihr ein Park. In der Mitte lag ein Haus im Stil einer alten römischen Villa, das im typischen Backsteinrot dieser Region gestrichen war. Rechts daneben erstreckte sich ein Schwimmbad mit einer breiten naturfarbenen Sandsteinumrandung. Auf dem kleinen Platz vor der Eingangstür aus schwerem Holz prangte ein hoher, über und über mit Lichterketten behängter Weihnachtsbaum, die durch das Grau des Tageslichts nur schwach schimmerten.

Ein Hausmädchen mit weißer Schürze nahm ihr den Mantel ab und führte sie durch die kalte, marmorne Eingangshalle zu einer Tür. Es roch nach Putzmitteln, und Leda fror.

Sie brauchte einige Zeit, bis ihre Augen sich an das Dunkel im Zimmer gewöhnt hatten. Der Hausherr stand reglos am Fenster. Leda ging auf ihn zu. Der dicke Teppich verschluckte jeden Laut ihrer Schritte. Hier war es warm. Verdone kam mit langsamen Bewegungen auf sie zu.

»Buon giorno, Commissaria. Ich habe Sie bereits erwartet.«

Er trug einen weinroten, seidenen Hausmantel. Sein pechschwarzes Haar betonte das fahle Winterweiß seiner Haut. Unter seinen braunen Augen lagen beinahe ebenso dunkle Ringe. Verdone sah krank aus.

»Puccio, nicht wahr?«

Leda nickte.

»Ich bin wirklich erschüttert über seinen Tod. Ich habe sein Bild in der Zeitung gesehen. Meine Güte, wie schrecklich. Was ist denn passiert?«

Leda berichtete von den beiden möglichen Todesthesen und bat Verdone, ihr etwas über Puccio zu erzählen.

»Er war ein Inspektor von vielen, die wir in der Bank haben. Sie überprüfen die Rechtmäßigkeit und Wirtschaftlichkeit der Arbeit aller Bankfilialen im Inland, eine rein interne Tätigkeit. Vor drei Jahren haben wir ihn zum Gruppenchef befördert, weil er ein sehr zuverlässiger und kenntnisreicher Mann war und zudem gut mit Menschen umgehen konnte. Er war mit Abstand der beste Controller, den wir hatten. Seit ich in der Bank arbeite, war Puccio mein Vorbild.«

Ledas Beine waren vom Stehen schwer geworden. Mit einem Blick auf zwei Sessel, über denen ein Bildnis des von Pfeilen durchbohrten Heiligen Sebastian hing, bat sie Verdone, sich setzen zu dürfen.

»Entschuldigen Sie bitte. Ich bin ein schlechter Gastgeber. Möchten Sie einen Kaffee?«

Leda nickte dankbar, und Verdone rief mit einer Klingel das Mädchen herbei.

»Ist in den vergangenen Monaten denn etwas geschehen, was ihn in besonderem Maße bedrückt oder empört hat?«

»Nicht, daß ich wüßte. Puccio war ein eher zugeknöpfter Mann, der seine Gefühle nicht nach außen trug. Hin und wieder, wenn er Unregelmäßigkeiten entdeckte, die Kollegen in einer Filiale zu verantworten hatten, war er sehr enttäuscht, geradezu verbittert. Er nahm seinen Beruf manchmal zu ernst. Ob er private Sorgen hatte, kann ich Ihnen wirklich nicht sagen. Wir haben nie darüber gesprochen.«

»Werden diese Untersuchungen in den Filialen von einzelnen Mitarbeitern durchgeführt?«

»Nein, wir stellen immer Gruppen von Männern zusammen, in denen jeder ein anderes Fachgebiet beherrscht. So kennt sich einer beispielsweise im Kapitalanlagebereich, der nächste in der Buchhaltung, ein anderer im Geschäftskunden-, im Privatkunden- oder im Auslandsbereich besonders gut aus. Wir stellen die Gruppen jeweils so zusammen, daß sie in die Arbeitsschwerpunkte der einzelnen Filialen erfolgreich Einblick gewinnen können. Puccio war ein begabter Buchhalter, der Bilanzen lesen konnte wie andere Leute die Zeitung.«

»Und wie gelangen die Ergebnisse der Untersuchungen zu Ihnen?«

»Die Prüfer schreiben gemeinsam einen Bericht, den der Gruppenchef verantwortet. Wenn es Ihnen helfen sollte, lasse ich Ihnen gern die letzten Berichte von Puccio schicken.«

»Die würde ich wahrscheinlich gar nicht verstehen«, antwortete sie.

»Doch, durchaus. Sie werden so abgefaßt, daß auch diejenigen, die im Fachgebiet keine Spezialisten sind, Mängel oder besonders gute Arbeit in der Filiale beurteilen können«, sagte Verdone.

»Wenn ein Mann so erfolgreich arbeitet, warum sind Sie als der jüngere von beiden der Chef?«

Verdone lächelte nun zum ersten Mal:

»Um in einer Bank in Italien aufzusteigen, muß man nicht nur fachlich gut sein, sondern auch die Karrierepolitik beherrschen. Das ist, denke ich, ein offenes Geheimnis. Dazu gehört, daß man zielgerichtet Kontakte auf- und ausbaut, ein paar Kompromisse schließt und ein bißchen Diplomatie betreibt, auch außerhalb des engeren Bankenbereichs. Sie wissen schon, was ich meine!«

Leda wußte genau, wie manche Beförderungen zustande kamen, und nickte.

»Puccio war nie bereit, dieses Gesellschaftsspiel, das niemandem schadet, aber viel nützen kann, mitzuspielen. Selbst aus kleinen Verhältnissen stammend, hatte er eine sehr wohlhabende Frau geheiratet und befand sich in einer ausgezeichneten finanziellen Situation. Daher fehlte ihm wahrscheinlich der Anreiz, die höheren Stufen zu erklimmen.«

Oder er wollte es nicht zu diesen Bedingungen, dachte Leda und erinnerte sich an das Gespräch, das Michele mit seinem Vater geführt hatte.

»Könnten Sie mir auch eine Liste der Kollegen schicken lassen, die in den letzten Jahren mit ihm zusammengearbeitet haben?«

»Natürlich, gern.«

Verdone war ein auskunftsfreudiger Mann. Er erklärte, daß Puccio von der geplanten Reise nach Lucca abgezogen worden sei, damit sich sein Nachfolger in den Job einarbeiten könne, und das gehe nun einmal nur durch Training vor Ort.

»Macht man sich durch diese Arbeit nicht viele Feinde? Schließlich kann es doch, wenn ein Prüfer eine Unregelmäßigkeit entdeckt, durchaus unangenehme Folgen für die Betroffenen in den Filialen und hier in der Zentrale haben?« fragte Leda.

»Jeder Banker weiß, daß es diese Routineprüfungen gibt, und sieht das rein professionell. Wer etwas auf dem Kerbholz hat, muß damit rechnen, erwischt zu werden, oder er muß im Vertuschen besser sein als die Inspekteure im Aufdecken. Weil aber diese Kontrollarbeit vielen unangenehm ist, bezahlen wir die Leute ausgezeichnet, um auch die Besten aus unserer Belegschaft dafür gewinnen zu können. Um gleich den Hintersinn Ihrer Frage mit zu beantworten: Es ist noch nie einer von ihnen bedroht, angegriffen oder gar ermordet worden. Banker sind sicher keine Mörder.«

Nur zwei Filialleitern sei aufgrund von Puccios Untersuchungen wegen Unterschlagung gekündigt worden. Leda ließ sich die Namen der Männer geben.

»Was ich Sie noch fragen wollte«, meinte Verdone. »Puccio hatte einen tragbaren Computer von der Bank. Wurde der vielleicht gefunden?«

»Ich kann seine Frau danach fragen.«

»Das wäre nett. Angesichts der gravierenden Ereignisse ist das natürlich ein unwichtiger Punkt. Ich möchte nur der Ordnung halber nachfragen. Er ist nämlich Eigentum der Bank, und die Materialabteilung wird nach seinem Verbleib fragen.«

»Ich werde Ihnen Bescheid geben, sobald er auftaucht.«

»Vielen Dank und guten Erfolg bei der Arbeit. Finden Sie bitte schnell heraus, was geschehen ist. Wenn ich Ihnen weiterhelfen kann, scheuen Sie sich nicht, jederzeit bei mir anzurufen.«

Ugo saß über den Bericht der Spurensicherung gebeugt, als Leda ins Büro zurückkehrte.

»Keine Hinweise auf einen Fremdtäter, steht hier klar und deutlich. Ich habe fast den Eindruck, daß wir die Akte schließen können«, sagte er und schaute Leda aus seinen blauen Augen fragend an, ob sie möglicherweise eine andere Idee von ihrem Morgenausflug mitgebracht hatte.

»Hier ist es wieder einmal entsetzlich heiß«, beschwerte sich Leda, hängte ihren klatschnassen Mantel auf und wischte sich den Regen aus dem Gesicht.

Sie berichtete Ugo ausführlich von ihren Gesprächen mit den Puccios, dem Portiere und Verdone.

»Die Puccios sind übrigens ganz sicher, daß die Einbrecher in der Wohnung intensiv nach etwas gesucht haben. Camillas Puppen und Plüschtiere saßen nicht mehr auf ihren angestammten Plätzen im Regal.«

»Vielleicht erwachen sie ja wie im Märchen nachts zum Leben und setzen sich hinterher woanders hin«, witzelte Ugo, dem die Beweislage für die These ausgesprochen schwach erschien.

»Und niemand hat eine Idee, warum er ermordet worden sein könnte?«

»Keiner, Ugo, keiner. Mein Lieber, wir stecken fest.«

Leda saß mit aufgestützten Ellbogen an ihrem Schreibtisch, hielt ihren Kopf zwischen den Händen und schaute ihn mit leerem Blick an. Wo sollten sie nur ansetzen?

»Das scheint mir auch so«, bemerkte Ugo lachend.

»Warum lachst du?«

»Weil Sie das jedesmal zu Beginn einer Ermittlung sagen.«

»Tatsächlich? Das ist mir noch nie aufgefallen.«

Das Telefon klingelte.

»Buon giorno, spreche ich mit Commissaria Giallo?«

»Ja, wer spricht da?«

»Sie sitzen doch am Fall Puccio?«

»Ja, wieso?«

»Ich muß Sie dringend sprechen«, flüsterte eine aufgeregte Männerstimme, die zwischen brummenden Motoren und hupenden Autos nur schwer zu verstehen war. Der Mann rief aus einer öffentlichen Telefonzelle an.

»Wollen Sie zu mir kommen?«

»Nein, nein. Kommen Sie um sechs in die Via di Ripetta. Da ist eine Buchhandlung mit einem Café. Ich warte dort. Falls ich den Kopf schüttele, sprechen Sie mich keinesfalls an.«

»Woran erkenne ich Sie?«

»Blaue Baskenmütze, heller Regenmantel und eine braune Aktentasche.«

»Ich habe rote Haare, die fallen auf.«

»Bis nachher.« Und schon war die Leitung stumm.

»Wer war das?«

»Keine Ahnung. Er will mich nachher sprechen. Es klang sehr dringend. Ich glaube, der Mann hatte Angst.«

»Männer haben immer Angst, vor allem vor Frauen, die nicht ihre Mütter oder Schwestern sind«, erklärte Ugo ihr mit gespielt ernstem Gesicht.

»Du bist albern, Ugo. Ist irgend etwas passiert?«

»Ich freue mich ehrlich gesagt, weil vorhin Vice-Questore Alesi höchstpersönlich hier war, um zur Lösung des Mörderdoktor-Falls zu gratulieren. Bei Ihnen habe er das schon getan, meinte er.«

»Das ist wirklich nett von ihm. Ein guter Chef, der Alte. Hoffentlich werden wir auch mal so«, meinte Leda, und Ugo nickte.

Um kurz vor fünf Uhr beschloß sie, schon früher zum Treffpunkt mit dem Unbekannten zu fahren. Sie war sehr gespannt. Würde er ihr eine Spur für den Fall liefern können?

»Wäre es nicht besser, wenn wir beide hingehen? Ich komme kurz nach Ihnen in die Buchhandlung und schaue mich dort um. Das ist unauffällig, und im Notfall wäre ich da.«

Leda war mit Ugos Vorschlag einverstanden. Sie machten sich auf den Weg.

»Das sind die Privilegien unseres Berufs«, sagte Leda, als sie ihren Wagen in der Via Savoia parkte, wo es für den Normalbürger strikt verboten war. Aus dem Handschuhfach nahm sie ein Schild mit dem Aufdruck »Polizei«, legte es auf die Konsole vor der Windschutzscheibe und schloß den Wagen ab. Es nieselte nur noch. Dafür war ein kalter Wind aufgezogen, der ihre noch immer feuchten Haare an den Kopf preßte. Sie fror.

»Sauwetter«, schimpfte Ugo und zog seinen Schal fester um den Hals.

Sie gingen zur Piazza del Popolo, den »Platz des Volkes«, der ihr als Kind unendlich groß vorgekommen war. Sie liebte ihn, weil er mehreren Epochen der Kulturgeschichte Tribut zollte. Die Vorstellung, daß in der Karnevalszeit Menschen, Esel und Büffel erst in der Via del Corso um die Wette gelaufen waren, um sich anschließend auf der Piazza zu versammeln, hatte ihr als Kind großes Vergnügen bereitet. Noch heute ertappte sie sich dabei, daß sich in ihrer Phantasie die vom Corso auf die Piazza strömenden Menschenmengen plötzlich in Tiere verwandelten, die wieherten, muhten oder blökten.

Jetzt, in der Vorweihnachtszeit, war mitten in den Pinienhängen des Pincio-Parks ein hoher Baum aufgestellt worden. In dieser Abendstunde verströmte er feierliches Licht und verstärkte den Eindruck, man befinde sich auf einer riesigen runden Bühne.

Als sie am Café Rosati vorbeigingen, blies ein Windstoß unter Ledas Mantel. Sie beneidete die Menschen, die schon vor Tassen mit wärmenden Getränken saßen.

Es roch wunderbar nach bedrucktem Papier und Wärme,

als Leda durchgefroren, mit steifen Fingern und Ohren im sanften Licht der Buchhandlung stand. Sie fühlte sich wohlig, als sei sie soeben im Paradies angekommen. Ein paar Menschen standen vor den Regalen, plauderten oder blätterten in Büchern. Ugo war ein paar Sekunden nach ihr eingetreten. Niemand im Geschäft entsprach der Beschreibung des Unbekannten. Es war auch noch zu früh. Leda schlenderte durch die Gänge, nahm hin und wieder ein Buch in die Hand und betrachtete es, nicht ohne den Rest des Geschäfts im Blick zu behalten. Schließlich setzte sie sich an einen der kleinen Tische im hinteren Teil der Buchhandlung und bestellte einen Kaffee.

Als er zögernd durch die Tür trat, erkannte Leda ihn sofort. Mit fahrigen Händen nahm er seine Brille ab, putzte die beschlagenen Gläser mit dem Saum seines Mantels und schaute sich nervös um. Wie ein Tier, das höchste Gefahr wittert, dachte Leda. Sie wußte nicht, ob er sie gesehen hatte, denn anstatt zu ihr zu kommen, ging er zu einem Bücherregal am anderen Ende des Raumes und tat, als ob er ein bestimmtes Buch suche. Dabei hob er immer wieder plötzlich den Kopf und studierte die Personen in seiner Umgebung genau. Langsam, fast schleichend, näherte sich ihr der kleine Mann, der kaum größer war als die Zwischenregale im Raum. Überraschend ließ er sich auf den Stuhl neben ihr fallen.

»Wurde Puccio umgebracht?«

Er saß auf dem äußersten Rand seines Stuhls, jederzeit zur Flucht bereit.

»Es war wahrscheinlich Selbstmord.«

»Selbstmord?« Der Kleine lachte ein kurzes, fast hysterisches Lachen. »Selbstmord! Nie und nimmer war das Selbstmord!«

»Und wieso nicht?«

»Hätte Puccio nie gemacht. Viel zu entschlossener Typ.«

»Kannten Sie ihn denn gut?«

»Hab mit ihm zusammengearbeitet. Was hat Verdone Ihnen gesagt?«

»Woher wissen Sie, daß ich mit ihm gesprochen habe?«

»Ich stand neben seiner Sekretärin, als Sie nach seiner Adresse fragten.«

»Möchten Sie etwas trinken?« fragte der Ober.

Er bestellte einen Kaffee. Ugo hatte inzwischen am Nachbartisch Platz genommen. Aus seinem kurzen Kopfnicken schloß Leda, daß niemand dem Fremden gefolgt war.

»Hat Verdone den Skandal erwähnt?«

Der Ober brachte Kaffee und Wasser, und der Unbekannte trank das Glas in einem Zug leer.

»Nein, welchen Skandal?«

Auf seiner Stirn glänzten Schweißperlen.

»Und warum haben Sie Angst?«

»Weil Puccio tot ist. Das war kein Selbstmord, glauben Sie mir«, sagte er und fuhr sich mit dem Taschentuch, das er umständlich aus seiner Hosentasche gekramt hatte, über die Stirn.

»Signor, ich bitte Sie. Sagen Sie, was passiert ist.«

»Entschuldigung, ich muß mal verschwinden«, sagte der Mann, ohne auf ihre Bemerkung einzugehen, und verschwand eilig Richtung Toilette.

Es kam Leda so vor, als wäre er eine Ewigkeit fort.

»Ugo, geh bitte mal schauen, wo er bleibt«, forderte sie ihren Mitarbeiter auf, der sich sofort erhob und lässig die Gänge zwischen den flachen, breiten Bücherregalen durchschritt. Als er die Tür zur Toilette öffnete, wäre er beinahe mit dem Vermißten zusammengeprallt.

»Ich muß jetzt gehen«, sagte dieser, als er an den Tisch zurückkehrte, ohne sich nochmals hinzusetzen. Er hatte es offensichtlich eilig fortzukommen. Aus der Tasche zog er ein paar Euromünzen und legte sie auf den Tisch.

»Bitte zahlen Sie für mich mit. Es tut mir leid, wenn ich Ihnen nicht weiterhelfen konnte, aber glauben Sie mir, das war kein Selbstmord. Arrivederla.«

Ohne daß Leda noch irgend etwas hätte sagen oder fragen können, verließ der Mann eiligen Schritts die Libreria di Ripetta.

Ugo sah, daß der Fremde aus der Tür ging, schnappte seine Jacke und folgte ihm nicht ganz so unauffällig, wie es den Regeln der kriminalistischen Kunst entsprach, dafür aber schnell. Der Ober bemerkte seine Abwesenheit erst, als Ugo das Geschäft bereits verlassen hatte. Wütend kam er an Ledas Tisch:

»Die Welt ist doch voller Betrüger. Haben Sie den gesehen? Da sitzt der Typ seelenruhig am Tisch und läßt sich Kaffee auffahren. Dann drehe ich mich eine Minute um, und schon ist er verschwunden, ohne zu bezahlen. Das ist doch eine Frechheit! Die Polizei sollte man ihm auf den Hals hetzen.«

»Ich übernehme die Rechnung«, sagte Leda sofort und hoffte ihn damit beruhigen zu können. Doch sie irrte: Er war in Rage geraten, und seine Enttäuschung über die Verderbtheit der Menschen kannte keine Grenzen:

»Er sah doch wirklich nicht aus wie einer, der kein Geld für einen Kaffee hat. Ich sage Ihnen, der macht so etwas, weil er nichts anderes zu tun hat. Entweder hat er keine Arbeit und lebt bei seiner Mamma, oder er langweilt sich zu Tode und beklaut andere, um mal was zu erleben«, schimpfte er und räumte mit flinken Fingern Ugos Tasse auf ein rundes Silbertablett. Dabei unterstrich er wild gestikulierend seine Worte und drehte sich dann so schnell zu Leda um, daß sie befürchtete, die Tasse würde der Zentrifugalkraft folgend im hohen Bogen vom Tablett fliegen. Nichts dergleichen geschah, und Leda bewunderte seine Geschicklichkeit, während er seinen Monolog der Empörung fortsetzte:

»Solche Leute machen nach außen einen auf anständig. Der Mann hätte doch glatt ein Polizist in Zivil sein können. Wenn Sie wüßten, wie viele Bücher hier jeden Tag verschwinden, und man kann gar nichts dagegen tun. Die Leute haben einfach keine Moral mehr und keine Erziehung. So geht unser Land zugrunde, sage ich Ihnen. Und die Politiker machen es genauso, die denken nur an sich selbst, erhöhen die Steuern und für sich die Gehälter. O Gott, in welches Land bin ich geboren worden«, seufzte er.

»Ich übernehme die Kosten wirklich gern«, versuchte Leda ihn erneut zu beschwichtigen.

»Danke, aber warum sollten Sie für die Unehrlichkeit meiner Kunden büßen müssen? Das ist meine Sache. Aber wenn dieser Kerl hier noch einmal reinkommt, kann er was erleben. Das Gesicht habe ich mir genau gemerkt. Zahlen Sie für den Herrn an Ihrem Tisch? Der war ja genauso schnell weg«, ging er nahtlos zum geschäftlichen Teil über, was Leda mehr als recht war.

»Ja, natürlich«, antwortete sie, nahm aus ihrer Geldbörse einen Fünf-Euro-Schein und reichte ihn dem Ober, der das nun volle Tablett mit der Linken hoch über seiner Schulter hielt und mit der Rechten in seiner Hosentasche nach Wechselgeld suchte.

»Stimmt so«, sagte Leda.

»Signora, vielen Dank. Aber wenn Sie weiter für alle Betrüger in Rom geradestehen wollen, können Sie schon heute abend Ihr Essen nicht mehr bezahlen«, meinte er und half ihr, immer das Tablett in luftiger Höhe balancierend, ihren Stuhl zum Aufstehen wegzurücken.

»Aber ich schwör' es Ihnen, wenn ich den Lümmel erwische, bekommt er ein blaues Auge.«

Leda glaubte ihm aufs Wort und beschloß, Ugo zu warnen.

Dieser lehnte draußen mit aufgeschlagener Zeitung am Auto und bemerkte Leda erst, als sie aufs Papier klopfte.

»Nichts Besonderes«, legte er los, ohne ihre Frage abzuwarten. »Er ist zur Metrostation an der Piazzale Flaminio gegangen, hat eine Fahrkarte abgestempelt, ist mit der Rolltreppe runtergefahren und verschwunden. Niemand ist ihm gefolgt. In der Libreria Ripetta habe ich auch nichts Auffälliges entdeckt. Und was hat er Ihnen gesagt?«

»Der Ober hat mir vor allem viel erzählt, beispielsweise über Leute, die ihren Kaffee nicht bezahlen. Wenn du bei dem noch einmal auftauchst, wird er dich grün und blau schlagen, hat er geschworen«, berichtete Leda ihm lachend.

»Oje, in der Eile des Gefechts habe ich das Bezahlen vergessen. Haben Sie mich denn ausgelöst?«

»Nein, du fällst ab sofort in die Kategorie des gemeinen Diebes. Er wollte das Geld nicht von mir haben. Ich hatte wiederum keine Lust, nach einer verdrehten Ausrede zu suchen. So habe ich ihm ein ordentliches Trinkgeld gegeben, mehr als dein Kaffee gekostet hat.«

»Danke. Und was hatte der Mensch nun so Wichtiges auf dem Herzen?«

»Fährst du, dann kann ich besser reden?« fragte sie und drückte ihm die Autoschlüssel in die Hand.

»Wo fahren wir denn hin? Ich wollte eigentlich nach Hause. Meine Mutter wartet mit dem Abendessen.«

»Welche Haltestelle ist denn die günstigste für dich?«

»Stazione Termini.«

»Also, dann fahren wir dorthin.«

Während Ugo sie geschickt durch das abendliche Verkehrsgewühl lenkte und dabei hin und wieder andere Fahrer mit wilden Schimpfworten bedachte, die – durchaus zum Stolz der Italiener – einen festen und reichhaltigen Bestandteil ihrer Sprache darstellen, berichtete Leda vom Gespräch in der Buchhandlung.

Ugo hielt ganz nach römischer Manier in der zweiten Reihe neben der Haltestelle, mit der Folge, daß die Autos hinter ihm kräftig hupend ausweichen mußten. Unbekümmert verabschiedete er sich von Leda.

»Ugo, paß nur auf, daß dich die Polizei nicht eines Tages erwischt«, sagte Leda lachend.

»Wo soll ich sonst anhalten?«

Diese Frage konnte auch Leda nicht beantworten, weil richtiges Parken in der Ewigen Stadt höchstens den von den Heiligen des Himmels Erhörten möglich war. Und das waren im Verhältnis zur Anzahl der Autobesitzer nur wenige.

Wo in den Zentren anderer Großstädte der Welt Parkhäuser in die Erde gegraben wurden, lagen in Rom die Zeugnisse der Vergangenheit, die so gut wie jedes unterirdische Bauprojekt verhinderten. Der Bau der Untergrundbahn war einer der wenigen Kompromisse gewesen, die man an die Mobilität der Massen gemacht hatte. So eng liegen eben Fluch und Segen der Geschichte in dieser Stadt beieinander, dachte Leda nicht zum ersten Mal.

»Du hast ja recht. Ciao – und grüß deine Mutter von mir.«

»Ciao, bis morgen«, sagte Ugo und tauchte im Eingang der Untergrundbahn ab.

VIII

Das Klingeln des Weckers riß Leda am nächsten Morgen aus dem Tiefschlaf. Es vergingen ein paar Sekunden, ehe sie begriff, daß sie nicht in einer großen, dunklen Halle saß, in der Nonnen und Priester in absurden klerikalen Gewändern und Kopfbedeckungen auf Rollschuhen hin- und hersausten, sondern in ihrem Bett lag.

Fellinis »Roma«, identifizierte sie sachlich die soeben geträumte Szene aus dem berühmten Film. Sie hatte zwar einige kluge Bücher über Traumdeutung gelesen, war jedoch nie dahintergekommen, warum sie selbst zu welchen Zeitpunkten was träumte, und hatte längst sämtliche Bemühungen um eventuelle Schlußfolgerungen eingestellt.

Der Film, der gestern abend im Kino gelaufen war, hatte jedenfalls weit unterhalb des Niveaus von Fellini gelegen, sie aber dennoch zu Tränen gerührt.

Als sie vorsichtig unter der warmen Decke hervorschlüpfte, drehte Paolo sich grunzend auf die andere Seite, ohne aufzuwachen. Sie hütete sich, ihn zu wecken, da er morgens regelmäßig miserabel gelaunt war und durchaus noch eine Stunde weiterschlafen konnte. Er würde sowieso nicht vor zehn Uhr in die Redaktion fahren.

Leda duschte, zog sich an und verließ das Haus.

»Buon giorno, Commissaria, Sie sind aber heute früh dran«, rief ihr ein vergnügter Mario entgegen. Kaffee, Zeitung und Zigaretten lagen noch nicht an ihrem gewohnten Ort auf der Theke.

»Ciao, Bello. Die Panettonekartons machen sich gut am Fenster«, gab sie zurück.

»Zwanzig habe ich gestern verkauft. Wenn das so weitergeht, muß mein Cousin noch mehr besorgen.«

»Ich war gestern abend mit Paolo im Kino und habe geheult wie ein Schloßhund«, berichtete Leda, während sie einen Blick auf die Titelseite des »Il Giorno« warf.

Ein Parteiführer hatte wieder einmal damit gedroht, das Regierungsbündnis mit seiner knappen parlamentarischen Mehrheit zu verlassen. Drei Tote in einem apulischen Nest, wahrscheinlich ein Clan-Krieg der Sacra Corona Unita, wie die Mafia dort hieß, ein Mietshaus in einem römischen Stadtteil war eingestürzt, siebzehn Tote, darunter ein kleiner Junge von dreizehn Monaten.

Mario bereitete Ledas Cappuccino zu. Begleitet vom Zischen der Dampfdüse, fragte er:

»Wieso denn? Ging es in dem Film um unglückliche Liebe?«

»Nein, um eine Mutter, die sich bemüht, ihren Sohn aus Mafiageschäften rauszuhalten.«

»Das hat sie natürlich nicht geschafft, und Sie sind angesichts der Beschreibung, wie der kriminelle Nachwuchs heranwächst, verzweifelt. Das wäre ich als Polizist auch«, stellte Mario fest.

»Deshalb nicht. Es war nur rein menschlich so herzerweichend, wie diese Mutter in der schönen Landschaft des Südens wieder und wieder erfolglos versuchte, den bösen Sohn, den sie mehr liebte als ihren anderen guten, vom rechten Lebenswandel zu überzeugen, während der Gute alles tat, um von der Mutter geliebt zu werden. Weil er das nicht schaffte, wurde auch er zum Bösewicht, und die Mutter war völlig verzweifelt. Da habe ich halt geweint.«

»Also sozusagen als Mutter und nicht als Polizistin.«

»Genau.«

»Haben Sie denn als Kommissarin derzeit nichts zu tun?«

»Doch, ich muß rausfinden, ob sich einer selbst umgebracht hat oder erschossen wurde.«

»Und was sagt Ihr Gefühl?«

Mario stellte den Kaffee vor sie auf die Theke und goß die aufgeschäumte Milch so in die Tasse, daß sich in der schneeweißen Schaumkappe eine feine, braune Spirale bildete.

»Mein Gefühl sagt mir, daß er ermordet wurde. Die Indizien am Fundort der Leiche sprechen hingegen für einen Selbstmord«, erklärte Leda.

»Gibt es denn auch Hinweise auf einen Mord?« fragte Mario und wollte nicht lockerlassen.

»Wenn überhaupt, dann nur sehr vage.«

Leda trank eilig ihren Cappuccino, schlang ein Cornetto mit Cremefüllung hinunter, zahlte und ging. Ihr stand heute nicht der Sinn nach der üblichen kleinen Morgenunterhaltung mit Mario. Sie mußte dringend mit Alesi sprechen. Vielleicht hatte er neue Informationen über Verdone.

Auf ihrem Schreibtisch lagen sowohl die versprochene Namensliste als auch die drei versprochenen Berichte von Puccio, die Verdone ihr in Aussicht gestellt hatte.

»Verdone behauptet, sie seien auch für Laien verständlich«, meinte Leda und reichte sie Ugo.

»Da scheint wirklich kein Zündstoff drinzustecken. Allerdings haben wir auch nicht die Bilanzen vor uns liegen. Bei Wirtschaftskriminalität steckt der Teufel meist im Detail«, meinte er nach der Lektüre des ersten Berichts.

»Selbst wenn du sie hättest, könntest du wahrscheinlich das entscheidende Detail des Bösen doch nicht erkennen. Bilanzen sind eine Wissenschaft für sich«, entgegnete Leda.

»Haben Sie vergessen, daß ich vor drei Jahren einen Lehrgang in Wirtschaftskriminalität gemacht habe? Da war ich im Bilanzlesen sogar richtig gut, um nicht zu sagen der Beste.«

»Stimmt. Dummerweise konnten wir dein Talent bisher nicht nutzen, und in die andere Abteilung wolltest du nicht gehen«, erinnerte sich Leda. Ugo hatte damals auf keinen Fall in die Abteilung Wirtschaftskriminalität wechseln wollen, weil er mit dem dortigen Leiter nicht zurechtkam. Leda war über seine Wahl sehr erfreut gewesen.

Während Ugo weiterlas, studierte sie die Namen der Kollegen, die Puccio begleitet hatten. Ihr fiel auf, daß ein gewisser Vincente Lanari bis vor zwei Jahren so gut wie immer mit ihm unterwegs gewesen war. Anschließend nur noch sporadisch, genau wie zwei weitere Inspektoren. Danach hatten die Personen im Reiseteam unter Puccios Leitung jedes Mal gewechselt. Leda beschloß, Verdone nach dem Grund zu fragen.

Das Telefon klingelte.

»Commissaria, Sie müssen mit Domenico di Nittis sprechen.«

Leda erkannte die Stimme des Mannes aus der Bücherei.

»Sie sind Lanari, nicht wahr?«

»Ja, Sie finden es ja doch raus. Aber niemand, absolut niemand darf erfahren, daß ich mit Ihnen gesprochen habe. Reden Sie mit di Nittis.«

»Wo finde ich ihn?«

»In Neapel. Ein früherer Kollege. Sprechen Sie mit ihm. Er weiß Bescheid. Finden Sie den Mörder, damit helfen Sie vielen«, antwortete Lanari und hängte unvermittelt ein.

Wovor hatte dieser Mensch nur solche Angst? fragte Leda sich.

»Gianni Verdone kenne ich zwar nicht persönlich, habe aber schon von ihm gehört und in der Zeitung gelesen. Er und vor allem seine Frau sind sehr kirchenorientiert und in sozialen Dingen engagiert. Sie haben einen ausgesprochen guten Ruf«, sagte Alesi, der sich in der römischen Gesellschaft auskannte.

»Ich werde nach Neapel fahren und mit einem ehemaligen Arbeitskollegen von Puccio sprechen. Ich kann nicht genau sagen, warum, aber ich habe das Gefühl, daß Puccio in eine größere Sache verwickelt war.«

»Die bisherigen Spuren sind mehr als vage. Allerdings

spricht Puccios Anruf kurz vor seinem Tod dafür, daß dich dein Gefühl nicht trügt. Komm mir bitte nicht mit leeren Händen wieder«, mahnte Alesi sie beinahe väterlich.

»Wie geht's eigentlich deinen Kindern?« fragte er, und Leda wußte, daß sie freie Bahn für die weiteren Untersuchungen hatte. Sie erzählte ihm, daß Flavia mit ihrem Freund am zweiten Weihnachtsfeiertag kommen und über Neujahr bleiben wollte.

»Hoffentlich hast du den Fall Puccio bis dahin unter Dach und Fach. Zwei Wochen sind wenig Zeit, wenn man so gar kein Mordmotiv hat«, meinte Alesi und begleitete Leda zur Tür.

»Viel Glück«, rief er ihr nach, als sie eiligen Schrittes den Flur entlang zu ihrem Büro lief.

Sie bat Ugo, die Telefonnummer von Domenico di Nittis in Neapel zu besorgen. Wenig später hatte Ugo die Nummer in Erfahrung gebracht. Leda mußte lange warten, bis sich eine Frauenstimme meldete.

»Pronto.«

»Guten Morgen. Ich möchte bitte mit Domenico di Nittis sprechen.«

»Vater oder Sohn?« fragte die Frau sachlich.

»Denjenigen, der früher bei der Bank gearbeitet hat.«

»Den Vater also. Sind Sie eine Arbeitskollegin?«

»Nein, er kennt mich noch gar nicht.«

»Was wollen Sie denn von ihm?«

»Dringend mit ihm über seine frühere Arbeit sprechen«, antwortete Leda. »Sind Sie seine Frau?«

»Ja, und wer sind Sie?«

»Leda Giallo, Mordkommissarin der Questura in Rom.«

»Und in welchen Mordfall soll mein Mann verwickelt sein?«

»Verwickelt dürfte er gar nicht sein. Er kann uns aber vielleicht helfen, einen aufzuklären«, antwortete Leda geduldig.

»Und wer wurde umgebracht?« fragte Frau di Nittis weiter.

»Gianpiero Puccio ist tot.«

»Puccio? Dio mio, Puccio!« rief sie entsetzt ins Telefon. »Moment bitte, ich hole meinen Mann.« Signora di Nittis legte den Hörer mit solcher Wucht ab, daß Leda vom Knall zusammenfuhr. Sie hörte, wie die Frau am anderen Ende durchs Zimmer ging und ihren Mann rief.

»Mimi, Mimi, komm schnell! Die Polizei ist am Telefon, Puccio ist ermordet worden.«

Nach einiger Zeit näherten sich Schritte, und eine Männerstimme meldete sich.

»Was sagen Sie, Puccio ist ermordet worden?« fragte di Nittis ohne Umschweife.

»Es kann auch Selbstmord gewesen sein. Wir untersuchen beide Alternativen«, antwortete Leda ebenso direkt.

Am neapolitanischen Ende der Leitung herrschte eine Zeitlang Schweigen.

»Er ist wirklich tot?«

»Ja, Signor di Nittis. Er wurde am Montag früh am Tiberufer tot aufgefunden. Ich ermittle in diesem Fall und muß Sie als ehemaligen Arbeitskollegen dringend sprechen.«

»Wieso gerade mich? Er hat mit vielen anderen Kollegen zusammengearbeitet, sprechen Sie doch mit denen«, meinte er mit einem aggressiven Unterton in der Stimme, der, das wußte Leda aus ihrer jahrelangen Polizeierfahrung, fast immer Angst signalisierte.

»Und warum wollen Sie mir nicht helfen?« ging Leda in die Offensive.

»Weil mir nichts einfällt, was ich Ihnen dazu sagen könnte«, antwortete er kurz angebunden.

»Mir fallen aber eine Menge Fragen ein, die ich Ihnen stellen möchte«, sagte Leda und trommelte ungeduldig mit ihren Fingern auf der Platte ihres Schreibtischs herum.

»Und was wäre das?« erkundigte sich di Nittis ungerührt.

»Das würde ich gerne mit Ihnen persönlich und nicht am Telefon besprechen.«

»Wollen Sie nach Neapel kommen?«

»Ja.«

»Und wenn ich nicht mit Ihnen reden will?«

Jetzt platzte Leda der Kragen. »Dann lasse ich Sie vorladen und zur Aussage nach Rom bringen. Ich sehe allerdings keinen Grund, warum das alles so kompliziert sein soll.«

Di Nittis lenkte ein: »Ist ja schon gut. Ich habe nur keine Lust, wegen dieser alten Banksachen in Schwierigkeiten zu geraten.«

»Ich will Ihnen natürlich keine Probleme bescheren, aber es geht immerhin um die Aufklärung des Todes eines Ihrer Kollegen«, sagte Leda jetzt ruhiger.

»Aber ich möchte auf keinen Fall, daß Sie zu mir nach Hause kommen.«

»Dann schlagen Sie einen Treffpunkt vor«, erwiderte sie.

»Wann wollen Sie denn hiersein?«

»Heute abend.«

»Va bene. Rufen Sie aber bitte nicht mehr bei mir an. Ich melde mich bei Ihnen in etwa einer Stunde.«

Leda diktierte ihm, nachdem er erst minutenlang nach einem Stift und einem Zettel gesucht hatte, sowohl die Nummer in der Questura als auch die ihres Telefoninos.

»Ich kann mich auch darauf verlassen, daß Sie sich melden?«

»Sie können sich darauf verlassen«, sagte di Nittis und legte ohne jeden weiteren Gruß auf.

»Der ist ganz wild darauf, beim Mörderfangen mitzuspielen«, kommentierte Leda das soeben geführte Telefonat.

»Glauben Sie denn, daß er überhaupt etwas sagt?« fragte Ugo und wiegte den Kopf zweifelnd hin und her.

»Keine Ahnung. Aber da wir keine andere, ja, überhaupt keine Fährte haben, kann es auf keinen Fall schaden. Ja, ich fahre«, entschied sie.

Bis dahin brauchte sie von Verdone Puccios Berichte zum Fall in Neapel. Sie stand auf und zog aus dem grauen Metallschrank den ersten Band des römischen Telefonbuchs. »B... Ba... Banca di Credito, da ist sie ja.« Dann wählte sie die Nummer von Gianni Verdone.

»Er ist gerade in einer Besprechung, und da kann ich nicht stören«, teilte ihm freundlich, aber bestimmt die Vorzimmerdame von Verdone mit, Signora Emilia.

»Ich brauche dringend alle Berichte, die Gianpiero Puccio in den vergangenen vier Jahren geschrieben hat«, erklärte sie der Sekretärin, die ihr entgegnete, daß sie diese ohne Verdones Anweisung nicht besorgen könne.

»Signora, können Sie dann bitte dafür sorgen, daß Signor Verdone mich innerhalb der nächsten halben Stunde anruft? Ich benötige die Berichte sehr dringend. Vielleicht können Sie ihm einen Zettel in die Sitzung reichen lassen?« schlug Leda vor.

Signora Emilia versprach, ihr Möglichstes zu tun.

»Wo werden die Berichte denn aufbewahrt?« fragte Leda und drückte den Knopf für den Lautsprecher im Telefon, damit Ugo mithören konnte.

»Auf Disketten im Archiv. Man kann sie allerdings nur mit der schriftlichen Genehmigung des Chefs holen«, antwortete Emilia.

»Und nach welchem System sind sie dort geordnet? Nach den einzelnen Filialen oder nach den Autoren der Berichte?«

»Nach den einzelnen Filialen. Die Leiter der jeweiligen Prüfgruppen zeichnen die Berichte auch nur in der ersten Stufe ab. Anschließend werden sie hier in der Zentrale bearbeitet«, erklärte Emilia gewissenhaft.

»Und wer ist dafür bei Ihnen zuständig?«

»Direttore Verdone als Direktor der Außenprüfung, also der Prüfung der Filialen vor Ort. Weiter Ferdinando Bertolucci als Direktor für die Zusammenarbeit zwischen den Filialen und der Zentrale. Aus diesen beiden Prüfkomplexen entsteht dann ein Gesamtbericht, der wiederum dem Direktorenkollegium vorgelegt und von diesem genehmigt wird.«

»Werden denn auch die Einzelberichte aufbewahrt oder nur die Gesamtberichte?«

»Nur die Gesamtberichte.«

»Und wieso konnten Sie mir dann die letzten drei Berichte von Puccio geben?«

»Weil in diesen Fällen die Prüfung hier in der Zentrale noch nicht erfolgt ist. Es dauert meist Wochen oder Monate, bis beide Abteilungen ihre Ergebnisse vorliegen haben und der Gesamtbericht verfaßt werden kann.«

»Wenn die eine Gruppe fertig ist, wer bekommt dann als erster ihren Bericht? Sie?« fragte Leda.

»Nein. Die Berichte der Außengruppen werden direkt von deren Computern auf den von Direttore Verdone überspielt. Ich nehme an, daß es mit der Innenrevision genauso läuft.«

»Und in welcher Form speichern die Kollegen der Außenprüfung ihre Berichte?«

»Auf die Festplatte und auf Sicherheitsdisketten. Wenn der Gesamtbericht fertig ist, werden die Disketten hier bei mir abgegeben und vernichtet.«

»Lesen Sie die Berichte dann noch einmal?«

»Nein, warum auch? Selbst wenn ich mich dafür interessieren sollte, könnte ich sie nicht lesen, weil jede Datei mit einem Paßwort gesichert ist, das ich nicht kenne. Das kennt nur der Direttore. Man weiß ja nie, in wessen Hände solche Bankgeheimnisse fallen könnten.«

»Direttore Verdone muß sehr zufrieden mit Ihnen sein, Signora Emilia. Sie sind außerordentlich präzise, ich danke Ihnen. Ich kann also nur die Gesamtberichte der Prüfungen von den Filialen und Niederlassungen bekommen, an denen Puccio teilgenommen hat.«

»Genau.«

»Gut, dann brauche ich die. Und zwar möglichst schnell«, bat Leda.

»Ja, natürlich, Signora Commissaria, ich werde mich darum kümmern. Für die Aufklärung von Puccios Tod möchte ich gerne etwas tun. Er war ein feiner Mann. Ich mochte ihn.«

»Hatte er eigentlich irgendwann einmal Ärger mit Direttore Verdone?« fragte Leda.

»Nun, hin und wieder waren die beiden wohl nicht ganz einer Meinung. Aber das kommt öfter vor, auch mit den anderen Kollegen.«

»Worüber haben sie gestritten?«

»Das weiß ich nicht. Da sollten Sie besser den Direttore selbst fragen. Ich kenne nur die Abläufe, aber nicht die Inhalte von Prüfungen«, antwortete Emilia. Leda hörte, wie ein anderes Telefon bei ihr klingelte.

»Entschuldigen Sie bitte, ich muß Schluß machen, da kommt ein anderes Gespräch. Ich rufe Sie an, sobald ich mit dem Direttore gesprochen habe«, meinte Emilia und legte auf.

Leda erhob sich, nahm aus ihrer Manteltasche die Schachtel Zigaretten, die sie vorhin bei Mario gekauft hatte, und ging zum Fenster.

»Stört es dich, wenn ich es für zwei Minuten öffne? Schau mal raus, es ist wunderschön sonnig und gar nicht kalt«, meinte sie zu Ugo, während sie den Fenstergriff schon in der Hand hielt.

»Aber bitte nur zwei Minuten«, erwiderte Ugo und zog sich seine Jacke an, die über der Stuhllehne hing.

Die frische Luft tat Leda gut, die erste Zigarette an diesem Vormittag schmeckte köstlich. Sie atmete das Gemisch aus Tabakrauch und frischem Sauerstoff ein und beobachtete durch das Fenster im gegenüberliegenden Palazzo zwei Männer in dunklen Anzügen.

Der größere von beiden, mit Schnauzbart und Halbglatze, redete auf den kleineren, glattrasierten ein, verzog sein Gesicht zu hundert verschiedenen Grimassen, ballte seine Hände zu Fäusten, die sich Bruchteile von Sekunden später öffneten und anschließend seinem Gegenüber auf die Schultern gelegt wurden. Der Glattrasierte schüttelte sich vor Lachen. Diese Szene wiederholte sich mehrmals, bis der Kleinere innehielt und dem Größeren einige Papierblätter reichte, wobei er ihm etwas erklärte. Das Gesicht des Schnauzbärtigen nahm einen ernsten Ausdruck an, und er hörte aufmerksam zu.

Die Theatervorstellung ist beendet, dachte Leda und schloß das Fenster.

»Soll ich mit nach Neapel fahren?« fragte Ugo.

»Ich glaube, es ist besser, wenn du hierbleibst und die Berichte von Verdone abholst. Falls er sie nicht ohne formelle Anforderung herausgeben möchte, sorge bitte bei Alesi dafür, daß du die notwendigen Papiere erhältst. Sobald du die Berichte hast, gib mir telefonisch ihren Inhalt durch.«

IX

Es war stockfinster, als Carlo, der Chauffeur, Leda weckte. »Signora Commissaria, wir sind da.« Fast zwei Stunden lang hatte sie fest auf dem Rücksitz des silbergrauen Alfa Romeo der Questura geschlafen. Nun blendete sie der helle Schein einer Straßenlaterne. Noch schlaftrunken schaute sie aus dem Fenster und entdeckte auf der anderen Straßenseite ein schwach beleuchtetes Schild mit der Aufschrift »Il Giardinetto«, das an der grauen Vorderfront eines Hauses hing.

Ein paar Stufen führten direkt von der Straße zur Eingangstür aus Holz, die von den Schmutzspritzern vorbeifahrender Autos grau verschmiert war. Es hatte angefangen zu regnen, was dieser häßlichen Vorstadtstraße mit ihren zweistöckigen Betonbauten den Eindruck völliger Trostlosigkeit verlieh. Domenico di Nittis hatte diesen Treffpunkt gewählt, weil er direkt am Autobahnzubringer lag.

»Die Wegbeschreibung war perfekt. Wir sind pünktlicher als der Papst mit seinen Messen«, lobte Carlo, stellte den Motor aus und drehte sich zu Leda um.

»Soll ich hier warten?«

»Nein, das kann länger dauern. Kommen Sie am besten mit hinein, und essen Sie etwas. Wir dürfen nur nicht zusammen gesehen werden. Sobald ich fertig bin, gebe ich ein Zeichen, dann zahlen Sie und verlassen das Restaurant vor mir.«

Aus ihrer Tasche, die Paolo ihr vor zwei Jahren zu Weihnachten als »Sack für alle Fälle« geschenkt hatte und die sie seitdem so gut wie immer mit sich herumtrug, kramte sie ihr Portemonnaie hervor, zog einen Zwanzig-Euro-Schein heraus und gab ihn Carlo.

Leda war überrascht, wie hübsch das Lokal innen ausgestattet war. Beide Längswände zierten sommerliche Landschaftsszenen, die dem Namen »Il Giardinetto« alle Ehre machten und dem Raum tatsächlich die Atmosphäre eines Gartens verliehen, vor allem, weil die vor den Wandbildern stehenden einzelnen Tische durch Kübel mit großen Grünpflanzen abgetrennt waren und kleine Nischen bildeten.

Leda sah sich um, konnte aber außer einem Paar mit zwei Kindern keine weiteren Gäste entdecken. Halb acht war noch zu früh für das Abendessen. Sie war mit di Nittis erst in einer halben Stunde verabredet.

»Buona sera, Signora. Sind Sie allein?« begrüßte sie der dicke Eigentümer des Lokals, der hinter der Theke vor dem großen gemauerten Holzkohleofen gerade mit der Zubereitung von Pizzateig beschäftigt war, als Leda das Restaurant betrat.

»Ich bin mit einem Bekannten verabredet. Er kommt allerdings erst später.«

»Also ein Tisch für zwei.«

Der Gastwirt begleitete Leda zu einem Tisch, rückte ihr einen Stuhl zurecht und schlug mit der weißen Serviette, die er in der Hand hielt, so eifrig auf den Sitz, als hätte sich dort der Staub von Jahrhunderten angesammelt.

»Ist es hier recht? So können Sie Ihren Bekannten gleich sehen, wenn er zur Tür hereinkommt.«

Er nahm ihr den Mantel ab, und Leda nahm Platz.

»Wer hat dieses kleine Paradies gemalt?« fragte sie den Wirt, der ihr sofort ausführlich von seinem malerisch talentierten Sohn berichtete.

»Nunzio würde am liebsten alle Häuser der Stadt innen bepinseln. Aber das ist doch kein Beruf. Ich habe ihm hundertmal gesagt, er soll hier im Restaurant mitarbeiten. Davon will er jedoch nichts wissen. Die Kunst sei sein Leben, nicht die Pizza«, seufzte der Vater in ausgeprägtem neapolitanischen Dialekt.

»Das hier hat er aber wirklich gut gemacht.«

»Um ehrlich zu sein: auf seinem Gebiet ist er offenbar erfolgreich. Und er verdient erstaunlich gut damit, das muß man ihm lassen. Nur wer hilft mir mit den Pizzen, wenn ich mal älter bin?«

Leda bestellte einen halben Liter trockenen Weißwein aus der Region und rief Ugo auf ihrem Telefonino an. Die Verbindung war miserabel, sie konnte ihn kaum verstehen.

»Ich bin gerade bei mir zu Hause. Rufen Sie mich hier auf dem Festnetz an«, hörte sie ihn zwischen Knistern und Rauschen.

Bereitwillig bot ihr der pizzabackende Künstlervater sein Telefon auf der Theke an.

»Hast du die Berichte?« fragte Leda.

»Ja, aber zum Thema Neapel steht nur wenig drin. Erstens: Von Kirchenkonten wurden durch einen Generalbevollmächtigten größere Geldbeträge abgehoben. Der Filialleiter ließ sich darauf ein, diese, zu völlig überzogenen Zinssätzen von zwanzig Prozent, als Kredite an Kunden weiterzureichen, die unter normalen Bedingungen nicht mehr kreditfähig waren. Das Geld wurde inklusive der gängigen Zinssätze dem Rückfluß der Kreditsummen entsprechend auf die Konten zurückgezahlt. Die Differenz steckten die beiden selbst ein.

Zweitens: Dem Kontoinhaber Kirche entstand kein Schaden. Da wurden die Vorgänge nicht einmal bemerkt. Die Privatkonten des Bankers, die auf die Namen seiner Frau, Tante, Großmutter, Cousine und anderer Familienmitglieder liefen, wuchsen in ungewöhnlichem Ausmaß an. Bei seinem generalbevollmächtigten Kompagnon war es genauso. Über die Höhe der Beträge wird im Bericht kein Wort verloren. Der Filialleiter, ich zitiere aus dem Bericht, ›war mit dem Vorschlag einverstanden, die Kündigung bei unserem Haus einzureichen‹, was auch geschah.

So sind der feine Herr von der Bank, sein Partner mit der Kirchenvollmacht und die Bank um einen Prozeß herumgekommen. Der hätte den Ruf der Banca di Credito nämlich nur beschädigt und ihr möglicherweise immensen Schaden im öffentlichen Ansehen eingehandelt. Das wollte man natürlich vermeiden.«

»Stehen Namen im Bericht?«

»Puccio, Lanari und di Nittis als Prüfer. Ansonsten nur der des Filialleiters Talamona«, sagte Ugo und fuhr fort: »Morgen früh weiß ich auch über die anderen Filialprüfungen Bescheid. Und wie läuft es bei Ihnen?«

»Di Nittis ist noch nicht da. Ich berichte morgen alles. Gute Nacht und vielen Dank, Ugo. Grüß deine Mutter von mir.«

»Was schulde ich Ihnen denn für das Telefonat?« fragte Leda den Wirt, dem das Kneten des Teiges Schweißperlen auf die Stirn getrieben hatte.

»Schon gut, das hat ja nicht sehr lange gedauert. Essen Sie lieber ordentlich, dann sind wir quitt.«

Als Leda zu ihrem Platz zurückging, sah sie Carlo zur Tür hineinkommen. Er schaute sie kurz an, gab aber mit keiner Miene preis, daß er sie kannte. Dann setzte er sich so, daß er sowohl sie als auch den an der Wand hängenden Fernsehapparat im Auge hatte.

Der Versuch, eine Zeitung aus der Tasche zu ziehen, endete damit, daß einzelne Seiten vom Schlüsselbund und ihrer Sonnenbrille in Fetzen gerissen wurden, die sie leise vor sich hin fluchend aus der Tiefe ihres »Sacks für alle Fälle« herausfischte und vor sich auf dem Tisch stapelte. Erschrocken fuhr Leda zusammen als über ihr eine Stimme ertönte.

»Buona sera, Signora Giallo. Ich schätze, bei dieser Art von Detektivarbeit kann ich Ihnen kaum behilflich sein«, sagte lächelnd ein Mittfünfziger mit graumelierten Locken, die ihm fast bis auf die Schultern reichten.

»Buona sera, Signor di Nittis. Diese Riesenbeutel verkommen immer zu Rumpelkammern, in denen man dann nichts findet, wenn man es braucht.«

»Und wie wäre es mit einer kleineren Tasche?«

»Da paßt alles das, was ich brauche, nicht rein.«

»Also gibt es keine Lösung für Ihr Problem«, stellte er mit einem gespielt bedrückten Gesichtsausdruck fest.

»Ich glaube nicht. Danke, daß Sie gekommen sind«, sagte Leda, reichte ihm die Hand und schenkte ihm Wein in das zweite bereitgestellte Glas.

»Ciao, Mimi. Kaum hast du eine schöne Frau vor dir, vergißt du gleich die alten Freunde«, tönte es hinter der Theke.

»Ciao, Bruno. Wie könnte ich! Aber im Leben verschieben sich die Präferenzen von einem Moment zum anderen, manchmal wenigstens. Du mußt zugeben, daß eine rothaarige Römerin einem fast kahlköpfigen Neapolitaner allemal den Rang abläuft.«

»Das ist wohl so«, seufzte Bruno laut und murmelte etwas über die Ungerechtigkeit der Welt vor sich hin.

»Komm, mein Alter, sei nicht traurig! Bring uns lieber eine Flasche von meinem Wein.«

»Wieso von Ihrem?« fragte Leda den ehemaligen Banker mit seinem von Sonne und Luft gegerbten Gesicht und den kräftigen Händen eines Bauern, die noch vor kurzem mit Erde gearbeitet haben mußten, denn die Fingerkuppen waren aufgesprungen und die Nägel rissig.

»Ich baue Wein an. Sie trinken ihn gerade.«

Dann erzählte er Leda, daß schon sein Großvater und sein Vater Wein angebaut hätten. Solange er bei der Bank beschäftigt gewesen sei, habe er nach dem Tod des Vaters die Ländereien an einen Bauern aus der Nachbarschaft verpachtet, der dann aber zu alt für die schwere Arbeit geworden war.

»Vor zweieinhalb Jahren bin ich in Frührente gegangen, habe mir den Pensionsfonds auszahlen lassen, davon zusätzliches Land gekauft und bin vom Computer auf den Traktor umgestiegen. Heute bin ich wieder ein glücklicher Mensch. An die Zeiten in der Bank möchte ich nicht mehr erinnert werden. Sie sehen ja selbst, der arme Puccio ist tot.«

»Wer ist tot?« mischte sich der Wirt neugierig ein, während er eine Flasche Wein und einen Korb mit Brot auf den Tisch stellte.

»Kennst du nicht, ein früherer Kollege von mir. Was bietest du uns zu essen an?«

»Viele schöne Antipasti nach freier Wahl, Pizza jeder Art, Pasta jeder Art, fritierten oder gegrillten Fisch und Meeresfrüchte«, zählte er in atemberaubender Geschwindigkeit auf.

»Was halten Sie von einem großen Teller gemischtem Antipasto für uns beide? Maria, Brunos Frau, und Rebecca, seine Tochter, braten das Gemüse selbst und legen es ein. Ein Gedicht, kann ich ihnen versichern. Hinterher müssen Sie bei uns in Neapel natürlich eine Pizza essen. Die mit Meeresfrüchten macht Bruno so gut, daß Sie später wahrscheinlich noch eine zweite möchten. Nichts Tiefgefrorenes liegt darauf«, schwärmte di Nittis so eindringlich, daß Leda nichts übrigblieb, als zustimmend zu nicken. Sie hatte einen Bärenhunger.

»Hängt Puccios Tod Ihrer Meinung nach denn mit der Bank zusammen?« fragte Leda, nachdem Bruno sich vom Tisch entfernt hatte.

»Womit denn sonst? Bis vor ein paar Wochen jedenfalls, als ich das letzte Mal mit ihm telefoniert habe, war bis auf die Probleme mit der Bank bei ihm alles in Ordnung.«

»Wieso hat Puccio Sie angerufen?«

»Das hat er manchmal getan. Ich war der einzige Kollege, zu dem er eine Art Freundschaft entwickelt hatte. Das blieb auch nach meinem Fortgang aus der Bank so«, sagte di Nittis. Sein ernster Blick verriet die Trauer um den Verlust des Kollegen.

»Welche Probleme hatte er denn?«

»Er wußte zuviel. Genau wie ich damals. Als Inspektor in den Filialen erfährt man die unglaublichsten Dinge. Man darf sie in die Berichte schreiben und muß im übrigen darüber schweigen. Wie übel die Machenschaften auch immer sein mögen, der Inspektor kann nicht eigenständig agieren. Er liefert nur Fakten für die Entscheidungen der oberen Bankgremien. Das ist gut, weil die Prüfer nur so geschützt werden und ihre Arbeit unbehelligt durchführen können. Von Nachteil ist, daß die oberen und obersten Herren in der Bank meist ausschließlich der wirtschaftliche Erfolg einer Filiale oder Niederlassung interessiert, nicht aber, wie er zustande kommt. Also ergreifen sie bei Unregelmäßigkeiten jeder Art nur dann Maßnahmen, wenn für die Bank mit Sicherheit keine Nachteile zu erwarten sind, wenn vor allem niemand dadurch betroffen werden kann, der für sie geschäftlich wichtig oder sonst einflußreich ist.

Ich bin damals gegangen, weil ich wußte, daß ich das nicht mehr aushalten würde und mit jedem Teilchen Wahrheit, das ich erfuhr, in immer größere Gefahr geriet. Puccio war der beste Kollege, den ich je hatte. Aber er hatte einen großen Fehler: Er wollte die Wahrheit wissen. Die damit verbundene Gefahr für sich und seine Familie ignorierte er einfach. Das mußte schiefgehen.«

»Was wußte er?«

»Bei einer Routineprüfung vor drei Jahren hier in Neapel stießen wir auf Mafia-ähnliche Geschäfte, die der Filialleiter, Angelo Talamona, betrieb. Er war mit Stefano, dem Bruder von Kardinal Ernesto Carducci, befreundet. Dieser hatte von seinem Bruder die Prokura für die Kirchenkonten bei der Banca di Credito bekommen und vermehrte dieses Geld wie einst Jesus das Brot in Galiläa, jedoch nicht für Tausende, sondern nur für drei Personen: Talamona, Carducci I im Talar und Carducci II im Laiengewand.«

Eine große, ovale Servierplatte aus Chrom schob sich zwischen Leda und di Nittis, auf der kleine Hügel von Köstlichkeiten angerichtet waren: eingelegte Tomaten, Auberginen, Zucchini, Paprika und Bohnen, schwarze und grüne Oliven, Sardellen und Salat aus Meeresfrüchten.

»Ecco, Signora, die Antipasti. Passen Sie auf, daß Mimi Ihnen nicht alle getrockneten Tomaten in Öl wegißt, die mag er so gerne. Ich habe extra schon mehr als üblich aufgelegt.«

»Sprich in Gegenwart von Damen nicht so schlecht über mich«, sagte di Nittis scherzend zu seinem Freund.

»Besser, sie weiß es sofort, als daß sie später enttäuscht wird, nicht wahr, Signora?«

»Bruno, ich danke für Ihre Fürsorge und werde Sie im Zweifel zu Hilfe rufen, falls er zu gierig wird. Darf ich das tun?«

»Come no, natürlich, Signora, mit dem größten Vergnügen«, antwortete Bruno. »Fehlt euch sonst noch etwas?«

»Nein, danke«, antwortete di Nittis und begann Leda einen hübschen, bunten Teller zurechtzumachen. Dann nahm er den Gesprächsfaden wieder auf.

»Wir sind auf die Sache gestoßen, weil plötzlich große Geldsummen von der Kirche bei unserer Bank angelegt wurden und mit ihnen sehr aktiv gearbeitet wurde. Das ist bei Kirchenkonten normalerweise nicht der Fall. Erstaunlicherweise erschienen auf den Privatkonten von Talamona und seiner Familie sowie auf den Konten von Stefano Carducci, der als Immobilienhändler ebenfalls Kunde der Bank war, und auf denen seiner Frau ebenfalls hohe Geldbeträge, die uns stutzig machten. Carducci erklärte das mit boomenden Einnahmen aus dem Immobiliengeschäft.«

Bei der Überprüfung der von Carducci erworbenen oder verkauften Immobilien habe sich allerdings gezeigt, daß sie meist weit unter dem von ihm angegebenen Wert gelegen hätten, erzählte di Nittis. Carduccis Geld mußte also aus anderer Quelle stammen. Aus welcher, habe er durch puren Zufall erfahren. Puccio und er seien eines Abends in ein Restaurant essen gegangen und mit dem Inhaber ins Gespräch gekommen:

»Er wollte wissen, was wir in Neapel machten, und wir erzählten ihm, daß wir bei der Banca di Credito arbeiten und von der Zentrale aus Rom immer durchs Land geschickt werden, um die Arbeit der Filialen zu prüfen. Da wurde er auf einmal bitterböse. ›Von diesem Institut der Verbrecher seid ihr! Zwanzig Prozent Zinsen zahle ich jeden Monat für meinen Kredit, und mein Cousin auch. Ich geb ja zu, daß keine andere Bank mir damals das Geld für den Wiederaufbau meiner Osteria nach dem Brand geliehen hätte, weil ich euch sowieso noch so viel für die alte schuldete. Aber jetzt läuft alles prima, und ich verdiene gut. Wären die Zinsen nicht so hoch, könnte ich den Kredit bald abzahlen. So werde ich mein ganzes Leben dafür brauchen. Hundertmal war ich schon bei eurem feinen Signor Talamano, um den Wuchervertrag zu ändern. Der sagt aber immer nur, Vertrag ist Vertrag. Dagegen bin ich machtlos, denn bei uns in Neapel brennen Osterien leicht.‹ Wir waren schockiert, stellen Sie sich vor: ein Zinssatz von zwanzig Prozent, das war glatt illegal. Die haben wirklich genau wie die Mafia gearbeitet.«

»Haben Sie die Zentrale, sprich Verdone, davon in Kenntnis gesetzt?«

»Selbstverständlich. Zum einen haben wir ja unsere Berichte geschrieben. Zum anderen hat Puccio selbst mit Verdone ausführlich darüber gesprochen. Zumindest über unseren Fall in Neapel. Immerhin wurde Talamona anschließend entlassen. Wir drei, Puccio, Lanari und ich, erhielten von Verdone in diesem Jahr eine hohe Jahresgratifikation, weil wir diesen Fall aufgedeckt hatten.«

»Das bedeutet, daß in Ihrem Bericht der Fall ganz genau beschrieben wurde.«

»Jedes Detail stand drin.«

»Werden diese Berichte verändert, wenn sie mit denen der anderen internen Revisionsgruppen zusammengefaßt werden?«

»Die Inspektoren sehen diese Gesamtberichte nicht mehr. Sie sind zur Vorlage an das Direktorengremium bestimmt. Dort möchte man natürlich nur über die wesentlichen Fakten informiert werden. Deshalb nehme ich eher an, daß aus unseren Berichten die wirklich wichtigen Auffälligkeiten in den Filialen und Niederlassungen herausgefiltert werden und in den Gesamtbericht einfließen.«

»Und würden Sie die Geschehnisse in Neapel als ›wichtige Auffälligkeit‹ bezeichnen?«

»Auf jeden Fall. Das war, soweit mir bekannt ist, der schlimmste Fall, den wir je hatten, weil sich die Bank auf die Methoden der Mafia eingelassen hatte.«

»Das müßte also mit den Namen der drei Handelnden, sämtlichen Kontobewegungen, Zahlen und Verbindungen zu den anderen Banken nachzulesen sein?« hakte Leda nach.

»Welchen Sinn würden sonst die Berichte machen, wenn sie später all das nicht mehr enthielten? Warum interessiert Sie dieser Punkt so sehr?«

Leda zögerte einen Moment, ob sie di Nittis sagen sollte, daß im Bericht so gut wie nichts von alledem stand. Sie entschied, daß dies der falsche Augenblick war, und überging seine Frage.

»Und der Kardinal wußte von alledem nichts?«

Di Nittis schaute Leda zunächst verdutzt an und brach dann in schallendes Gelächter aus.

»Natürlich hat er es gewußt. Sein Klingelbeutel wurde ja nicht nur durch die Rückzahlung der Kredite gefüllt, sondern auch durch ... nennen wir es ›Spendengelder‹. So verzeichneten die Kardinalskonten ebenfalls mehr als ordentliche Zuwachsraten, was bei den Obersten der Kurie gern gesehen wird.

Jeder von den dreien hat also profitiert. Als wir das herausfanden, hatten die Herren das Spiel bereits seit Jahren betrieben, und zwar nicht nur bei der Banca di Credito. Der Kardinal hatte Konten bei Banken in ganz Italien eingerichtet und seinem Bruder jeweils die Generalvollmacht erteilt. Das haben wir auf inoffiziellem Weg erfahren.

Stefano Carducci hatte im Laufe der Jahre für sich und seine ganze Familie an den verschiedensten Orten, sogar in der Schweiz, Konten eröffnet. Er war jeweils Inhaber der Generalvollmacht für die Konten, konnte also die Wuchergelder ungehindert kreuz und quer im In- und Ausland transferieren und waschen.«

Di Nittis unterbrach seinen Bericht immer wieder kurz, um sich etwas von den Köstlichkeiten auf seinem Teller in den Mund zu schieben. Er sprach leise, und Leda mußte genau zuhören, um ihn zu verstehen, da sich das »Gärtchen« inzwischen mit Gästen gefüllt und der Geräuschpegel im Raum sich erhöht hatte. Der Fernseher, vor dem Carlo gerade eine Portion Spaghetti aß, tat sein übriges dazu.

»Um welche Geldsummen ging es?«

»Wir sind in unserer Filiale auf Geldbewegungen in einer Größenordnung von rund fünf Millionen Euro gestoßen. Aber das war, wie gesagt, nur eine der am Spiel beteiligten Banken.«

»Sie vermuten also, daß die Gesamtsumme viel höher lag?«

»Ja, aber das ist nur eine Vermutung, weil ich natürlich nicht sagen kann, was in anderen Banken oder in unseren Filialen an anderen Orten gelaufen ist.«

»Puccio wußte das?«

»Zumindest in wesentlichen Teilen.«

»Hat er Ihnen darüber berichtet?«

»Nein. Ich wollte es nicht wissen. Ich wollte gar nichts

mehr davon hören, weil ich ja ahnte, daß es gefährlich sein könnte.«

Bruno kam, um abzudecken, erkundigte sich, ob es geschmeckt habe, und lief davon, ohne eine Antwort abzuwarten. Kurz darauf kehrte er schnaufend mit zwei Pizzen zurück, die so groß wie Wagenräder waren, und stellte sie vor sie auf den Tisch.

Seine anfängliche Redefreude war dem Streß zum Opfer gefallen. Über ein kurzes »Laßt es euch schmecken« brachte er es nicht hinaus, da von irgendwoher jemand rief: »Bruno, kommst du heute gar nicht mehr?«

»Hat Puccio mitgemacht?«

»Keine Ahnung. Er war eigentlich nicht der Typ dafür. Im Gegenteil. Doch mit Druck erreicht man viel. Hätte er rechtzeitig aufgehört, so wie ich, wäre ihm wohl nichts passiert. Sie hatten ihn schließlich eindringlich genug gewarnt.«

»Wieso gewarnt?«

»Seine Tochter Camilla hatte vor zwei Jahren einen schweren Unfall. Die Bremsen an ihrem Auto haben versagt, weil die Bremsschläuche durchgeschnitten waren. Sie hat nur durch ein Wunder überlebt. Der Fall wurde nie aufgeklärt.«

»Und wer war es Ihrer Meinung nach?«

»Das weiß ich nicht. Ich weiß nur, daß sowohl die Banken als auch die Kirche mächtiger und brutaler sind, als wir glauben.«

»Hat Verdone etwas damit zu tun?«

»Er macht mir nicht den Eindruck eines Verbrechers.«

»Warum wurden die drei nicht angezeigt?«

»Dann wäre die ganze Sache öffentlich und damit ein Riesenskandal für Bank und Kirche geworden. Außerdem zeigen Sie mir einmal, wie man einem Kardinal und seinem Bruder die Verwicklung in Mafiageschäfte nachweisen will! Der Vatikan wird immer dafür sorgen, daß alle nur denkbaren Beweise rechtzeitig verschwinden oder unzugänglich werden. Gerade hier in Neapel sind die Gesetze von Angst und Schweigen stärker als das Vertrauen in die Justiz. Niemand würde gegen die drei aussagen.«

»Würden Sie das denn tun?«

»Niemals, ich habe eine Familie. Falls ich jemals auf das, was ich Ihnen heute abend gesagt habe, angesprochen werden sollte, werde ich immer behaupten, Ihnen nichts, aber auch gar nichts erzählt zu haben.

Puccio ist tot, weil er diesen Leuten das Handwerk legen wollte und vielleicht später mitmachen mußte. Ich will leben und meinen Kopf nicht für eine Sache hinhalten, die sich morgen so oder ein bißchen anders wiederholen wird! Falls Sie also jemals die Hoffnung gehabt haben sollten, von mir eine vor Gericht verwertbare Aussage zu erhalten, vergessen Sie es. Ich will nicht wie Puccio krepieren. Und für mich steht fest: Es war Mord.«

X

Weit nach Mitternacht war Leda aus Neapel zurückgekehrt. Sie hatte im Auto nicht schlafen können, weil ihr das Gespräch mit di Nittis immer wieder durch den Kopf gegangen war. Er war ein Mann, der zweifellos die Gefahr erkannt, aber genau deshalb längst seine Konsequenzen gezogen hatte. Er würde kein noch so gutes Zeugenschutzprogramm für sich und seine Familie akzeptieren, weil er nicht daran glaubte, daß eine Aussage vor Gericht an der Macht von kriminellen Machenschaften in den Banken oder der katholischen Kirche etwas ändern würde.

»Vielleicht würden ein paar Banker für eine gewisse Zeit hinter Gitter wandern, aber nur, um der nächsten Generation von Gangstern Platz zu machen. Und was die Kurie betrifft, wird nicht einmal das geschehen. Haben Sie jemals einen Kardinal, einen Bischof oder einen sonstigen Kirchenoberen im Gefängnis gesehen? Mit mir brauchen Sie nicht zu rechnen. Wenn Sie aber aufgrund dessen, was ich Ihnen heute abend gesagt habe, herausfinden, wer die Mörder von Puccio sind und gerichtstaugliche Beweise entdecken, würde ich mich freuen. Schon deshalb, weil Puccio mein Freund war. Aber das ist allein Ihre Angelegenheit«, hatte er Leda sehr bestimmt erklärt.

Sie stand auf und zog die Gardine zurück. Es regnete heftig. In der Wohnung war es totenstill. Nur die runde Uhr über dem Küchenfenster tickte laut. Es war bereits elf Uhr, und Leda verspürte großen Hunger.

Im Schrank fand sie ein Päckchen mit Zwieback, der ein halbes Jahrhundert alt sein mußte, genauso wie der Kaffee in der geblümten Dose. Paolo hatte sich kürzlich beschwert, daß er wie Schmieröl schmecke.

Das war Leda jetzt gleich, sie brauchte einen heißen Kaffee zum Wachwerden, füllte Wasser und das schwarze Pulver in eine kleine Kaffeemaschine und stellte sie auf die Gasflamme. Im Kühlschrank befand sich nichts außer einem Glas mit Waldbeermarmelade, das sie in Ermangelung sonstiger Auswahl herausnahm. Im Hängeschrank fand sie einen Liter H-Milch, deren Haltbarkeitsdatum noch nicht abgelaufen war.

Sie schaltete das Radio an, um wenigstens irgendein menschliches Geräusch um sich zu haben, und ärgerte sich gleich darauf über die Werbung. Auf drei Kanälen wurden die Vorzüge eines Mineralwassers erläutert, das verdauungsfördernd wirken sollte.

»Und wer innen sauber ist, ist außen schön«, trällerte eine fröhliche Frauenstimme. In Leda kam der Verdacht auf, im Körper der Sprecherin befinde sich nichts als Wasser, aus dem Kohlensäurebläschen aufstiegen, sich in Worte verwandelten und durch den Mund den Weg ins Freie suchten. Der Kaffee schmeckte in der Tat scheußlich, genauso wie der Zwieback mit Marmelade.

Ein weiterer Werbespot machte ihr plötzlich klar, daß Weihnachten vor der Tür stand und sie noch kein einziges Geschenk hatte. Sie wußte auch nicht, wem sie mit was eine Freude machen könnte. Nur Flavia hatte einen Wunsch geäußert: eine schicke Handtasche aus Leder, die sie aber gemeinsam mit der Mutter in Rom aussuchen wollte.

Sie holte vom Telefontisch im Flur einen Zettel und einen Stift, um eine Liste von Empfängern und passenden Geschenken anzufertigen. Flavia: Tasche, Telefonino, Marco: Telefonino und …

Sie zögerte und beschloß, ihn zu fragen. Das folgende Telefonat bestätigte Leda erneut in ihrem Beschluß, kleine, tragbare Telefone zu verschenken. Denn Marco war nicht zu Hause.

»Er hat ein Eishockeyturnier. Stell dir vor, Mamma, heute spielen sie um den ersten Platz in der bayerischen Jugendliga. Das ist doch toll, nicht wahr?« berichtete Flavia so stolz, als habe sie selbst alle Siege mit errungen. Leda mußte lachen.

»Was ist denn so komisch?« fragte Flavia.

»Du sprichst mit einem ganz kleinen deutschen Akzent. Das habe ich noch nie bei dir gehört.«

»O Gott, wirklich? Das liegt daran, daß hier alles so deutsch ist. Früher haben wir wenigstens noch mit Nonna Marta Italienisch gesprochen.«

»Das ist nicht schlimm, mein Schatz, es klingt nur etwas komisch. Wenn du erst einmal wieder ein paar Tage hier bist, wird das sofort besser. Kann eigentlich dein Philipp Italienisch?« fragte Leda.

»Es geht so. Seit wir uns kennen, besucht er einen Sprachkurs an der Uni, und manchmal, wenn wir allein sind, reden wir Italienisch und lachen uns tot. Sobald andere Leute dabei sind, traut er sich nicht mehr. Ich bin mal gespannt, wie das in Rom wird. Da muß er wohl«, erzählte Flavia.

»Wir können ihm ja helfen. Mir tut es außerdem auch mal wieder gut, mein Deutsch aufzufrischen. Denn mit wem soll ich hier schon Deutsch reden?«

»Ach übrigens, hat Marco dir schon gesagt, daß er auch mitkommt? Er will nicht mit Papa und Raffaella zum Skilaufen fahren, weil er Angst hat, sich mitten in der Hockeysaison ein Bein zu brechen. Ich finde ja, er übertreibt maßlos. Bald steigt er nicht mehr aufs Fahrrad, weil er Angst hat, umzukippen und sich den Arm zu verknacksen. Spitzenmanager dürften das auch nicht, sagt er. Der spinnt ganz einfach.«

Leda mußte wieder lachen.

»Ein bißchen schon, würde ich sagen. Aber schön, daß er kommt. Ich freue mich wahnsinnig auf euch. Hast du eine Idee, was er sich zu Weihnachten von mir wünschen könnte?«

»Pullover. Und zwar diese ganz klassischen Wollpullover mit V-Ausschnitt. In Schwarz, Blau oder Bordeauxrot. Er nimmt immer die von Papa, und der regt sich auf, weil er sie dreckig zurück bekommt. Also schenk ihm einen Pulli, da tust du echt was für den Hausfrieden.«

Als Leda auflegte, war sie traurig. Wie gerne hätte sie jetzt mit Flavia am Tisch gesessen und noch eine Stunde lang mit ihr geplaudert. Sie mußte unbedingt diesen Puccio-Fall zu Ende bringen, damit sie über die Feiertage ihre ganze Zeit den Kindern widmen konnte.

Nach der Dusche stand Leda unentschlossen vor dem Kleiderschrank. Sie schob Röcke und Kleider auf der Stange hin und her, betrachtete sie und kam wieder einmal zum Ergebnis, daß ausgerechnet das Kleidungsstück, das sie gerade vor Augen hatte, heute nicht das richtige war.

Schließlich nahm sie eine alte Jeans vom Bügel, fand einen grob gestrickten, blauen Wollpullover in der Kommode und zog beides an. Dazu band sie ein buntes Seidentuch um.

In diesem Moment klingelte das Telefon. Sie hoffte, daß es Paolo wäre, aber statt dessen meldete sich Ugo.

»Möchten Sie wissen, was ich gefunden habe?« fragte er.

»Natürlich, ist es denn was Neues?«

»Allerdings! Puccio hat, soweit ich das überblicke, mindestens fünf Fälle aufgedeckt, die alle zunächst im engeren und später im weiteren Sinne mit der Kirche zu tun haben. Auf den ersten Fall sind Puccio und seine Leute vor fast vier Jahren bei einer Prüfung in Cosenza gestoßen. Auch hier hatte jemand die Prokura für Kirchenkonten. Der Mensch ist im Bericht namenlos. Mit dem Filialleiter Umberto Longo, der unter dem Briefkopf der Banca di Credito Wucherverträge abgeschlossen hat, wurden die Kreditnehmer ausgenommen wie Gänse. Der Filialleiter hat seine Arbeit verloren, was in der Bankensprache ›sich in gegenseitigem Einvernehmen trennen‹ heißt. Es wurden keine Anzeigen erstattet, die Wucherverträge mit den Kunden mit sofortiger Wirkung aufgelöst. Ihnen hat die Bank neue Kreditverträge zu günstigen Konditionen angeboten.

Der zweite Fall war der in Neapel vor drei Jahren. Der dritte Fall ereignete sich vor zwei Jahren in Bologna. Der dortige Kardinal hat einem Finanzberater die Prokura über die Kirchenkonten erteilt. Dieser hat zusammen mit einem Bankangestellten einer Bologneser Niederlassung, einem gewissen Romero Santilli, erneut das Wucherspiel gespielt. Nachdem der Fall aufgedeckt worden war, kam man auch mit Santilli überein, sich zu trennen. Wieder keine Anzeige, dafür neue Kreditverträge, wie gehabt.«

»Unglaublich«, murmelte Leda und hörte ihrem Mitarbeiter wie gebannt zu.

»Puccios Fall Nummer vier«, erzählte Ugo, »spielte sich vor einem Jahr in Mailand ab. Diesmal hatte ein Finanzberater die Generalvollmacht für die Konten einer Organisation für Benefizveranstaltungen, die zugunsten der Kirche stattfinden. Sie läuft unter dem Namen Fare-Bene-Events, kurz FBE. Unter seiner Obhut sind die Fare-Bene-Konten kräftig angewachsen.

Der fünfte Fall flog bei der Überprüfung einer Niederlassung in Venedig auf. Dort hat FBE einem Baulöwen die Prokura über ihre Konten in einer venezianischen Bankfiliale erteilt. Über die Konten der Benefizoganisation und über die des Bauunternehmers sind im Laufe von zwei Jahren, halten Sie sich bitte fest, fast acht Millionen Euro ins Rollen gebracht worden. Hier steht endlich mal eine Summe.«

»Und wie hat er das angestellt?« wollte Leda wissen.

»Keine Ahnung, das müssen wir noch rausfinden. Jedenfalls ist schon wieder die Kirche im Spiel, wenn auch auf Umwegen. Die Sache war für mich besonders auffällig, weil dieser Bauunternehmer bis vor drei Jahren eine kleine Baufirma besaß, die immer wieder kurz vor dem Konkurs stand.

Sein Erfolg war im Bericht eine lobende Erwähnung wert, weil die venezianische Banca di Credito ›dank seiner großen unternehmerischen Anstrengungen‹ einen mächtigen Umsatzzuwachs hatte. Die Bank ist heute bereit, dem Baulöwen Riesenkredite einzuräumen, die er auch schon zweimal in Anspruch genommen hat. Die Prokura für die Fare-Bene-Konten hat er ebenfalls noch. Was sagen Sie dazu?« fragte Ugo, ganz außer Atem von dem langen Vortrag.

»Das muß ich erst einmal verdauen. Wer ist denn diese mysteriöse Wohltätigkeitsorganisation?«

»Keine Ahnung. Auf jeden Fall können die Spenden an dieses Unternehmen von den Steuern abgesetzt werden, also muß es gemein- oder kirchennützig sein«, antwortete Ugo.

»Erkennst du irgendein System hinter dem Ganzen?«

»Nein, bisher noch nicht. Nur ist jedesmal die Kirche direkt oder indirekt im Spiel«, meinte Ugo.

»Wirklich merkwürdig, daß ausgerechnet Puccio auf die ganzen Kirchenprobleme gestoßen ist.«

»Das finde ich auch. Aber im ganzen gesehen, sind es nur fünf von über dreißig Berichten, die sich mit Kirchenangelegenheiten befassen. Es kann also purer Zufall gewesen sein, daß Puccio auf diese Fälle gestoßen ist. Was hat denn Ihr Zeuge gestern erzählt?«

»Daß er vor allem niemals offiziell als Zeuge aussagen wird. Er ist vor zweieinhalb Jahren auf eigenen Wunsch in Frührente gegangen, weil er diese Inspektionen für lebensgefährlich hielt. Das Angebot für ein Zeugenschutzprogramm hat er abgelehnt. Er ist fest davon überzeugt, daß Puccio umgebracht wurde, und hält es für möglich, daß dieser zum Mitmachen gezwungen wurde. Seine Aussage deckt sich bezüglich des Falls in Neapel genau mit dem, was du mir gerade gesagt hast. Er kannte nur wesentlich mehr Details.«

»Dio mio, Signora, wenn das stimmt, trete ich sofort aus der Kirche aus«, empörte sich Ugo.

»Davon wird sie vermutlich weder ärmer noch anständiger«, entgegnete Leda lachend.

»Soll ich Ihnen die Berichte bringen?«

»Heute habe ich keine Zeit, sie zu lesen. Ich muß noch Weihnachtsgeschenke kaufen und bin abends bei meiner Schwester zum Essen eingeladen. Morgen vormittag komme ich zu dir und hole sie ab. Va bene?«

»Benissimo.«

Der nachmittägliche Ausflug in die Stadt wurde ein voller Erfolg. Leda begann ihn in einem Café mit einem richtigen Kaffee und einem Stück Apfeltorte, unter deren durchsichtigem Tortenguß die vom Backen leicht gebräunten Fruchtscheiben wie unter einem Fensterglas lagen. Dieser Anblick gefiel ihr so gut, daß sie die Sahne nicht sofort darauf verteilte, sondern erst nach und nach in kleinen Portionen auf die Stückchen hob, ehe sie sie genießerisch in den Mund schob. Einmal auf den Geschmack gekommen, bestellte sie sich noch ein Stück Käsekuchen, der mit seiner glatten, weißen Oberfläche zwar längst nicht so hübsch aussah, dafür aber mindestens so köstlich schmeckte.

Anschließend wühlte sie sich durch die unbeschreiblichen Menschenmengen in der Via Cola di Rienzo, ganz in der Nähe der Engelsburg. Dort hatte sich der Volkstribun, der der Straße ihren Namen gegeben hatte, im 14. Jahrhundert versteckt gehalten, nachdem er versucht hatte, eine neue römische Republik zu gründen.

Zwischen Weihnachtsmännern, Buden mit allerlei Leckereien, Kinderwagen, heißen Maroni-Öfen und einer Blaskapelle in altrömischen Gewändern, die für eine Telefongesellschaft warb, schob Leda sich von einem Schaufenster zum nächsten.

Mit fünf Tüten voller Geschenken und weihnachtlichen Kleinigkeiten betrat sie schließlich das berühmte Delikatessengeschäft Castroni, kaufte eine Schachtel mit Konfekt für ihre Schwester und ließ sich von einem Taxi nach Hause bringen.

Erschöpft von der körperlichen Anstrengung, ließ sie sich im dunklen Wohnzimmer in einen Sessel fallen und fühlte sich plötzlich wieder allein und hungrig dazu.

Sie rief Paolo an, doch seine Mutter erklärte ihr, daß er wegen einer Recherche unterwegs sei: »Irgendeine Geschichte mit minderjährigen Prostituierten aus Osteuropa, die von Freiern oder Zuhältern geschunden wurden. Scheußlich, Leda, scheußlich. Können die nicht wenigstens in der Weihnachtszeit die armen Dinger in Ruhe lassen?«

»Nein, Signora Agata, diese Leute sind rund um die Uhr, 365 Tage im Jahr zugange. Und wir werden es vermutlich nie schaffen, ihnen das Handwerk zu legen, das ist das Schlimme daran.«

Paolo ließ ihr ausrichten, daß er vermutlich mitten in der Nacht zurückkehren und sie deshalb erst morgen anrufen werde.

»Kommst du morgen abend zum Essen?« lud Paolos Mutter sie ein und versprach: »Ich mache ein Kaninchen.« Ihre Kaninchen, die sie frisch von einem Jägerfreund geschenkt bekam, waren von lukullischer Spitzenklasse, und Leda sagte gern zu.

Anders als Paolos Mutter kochte Ledas Schwester Francesca ausgesprochen schlecht. Beim Abendessen war die Pasta zu weich geraten, das Fleisch zäh und das Gemüse völlig zerkocht.

Dafür mundete der Wein um so besser. Romano, Ledas Schwager, war ein Kenner besonderer Tropfen. Er servierte sie voller Stolz und Freude, begleitet von meist langen Erklärungen über Herkunft, Anbau und das beste Trinkalter.

Heute hatte er einen Brunello di Montalcino aus dem Regal im Flur gezogen und schon Stunden vor Ledas Besuch geöffnet, damit er seinen Geschmack voll entfalten konnte.

»Bis Ende der siebziger Jahre war dieser Rotwein wenig verbreitet. 1967 haben auf weniger als achtzig Hektar nur siebenunddreißig Weinbauern diese Köstlichkeit in die Flaschen gezaubert. Heute sind zwölfhundert Hektar mit Reben bepflanzt, und 152 Winzer verdienen ihr Geld mit der Weinproduktion. Und weißt du, daß es zunächst die Engländer und Deutschen waren, die den Wein haben wollten, bevor wir Italiener auf den Geschmack kamen? Unglaublich, nicht wahr? Heute gehört er zu den Diamanten unserer Weinkultur«, erklärte Romano, und sie ließen die Gläser klingen.

Die zweite Flasche enthielt wieder einen Roten, diesmal einen Marzemino.

»Perle des trentinischen Weinadels, wie die Experten ihn nennen. Und recht haben sie. Probiert mal«, meinte Romano und nahm andächtig einen Schluck. »Diesen Wein hat schon Mozart gekannt. Seinen Don Giovanni läßt er ›Eccellente Marzemino‹ singen, als er im letzten Akt das nächtliche Bankett abhält. Napoleons Soldaten tranken ihn, so wird überliefert, als sie vor Rovereto lagen. Er hat seinen Namen vom kroatischen Dorf Marzemin, von wo aus venezianische Soldaten Anfang des 15. Jahrhunderts die Rebstöcke mitgebracht haben.«

»Romano, diese Weinabende bei euch sind wirklich immer ein Genuß!« meinte Leda.

Als sie wenig später erzählte, daß Marco und auch Flavia mit ihrem Freund Philipp am ersten Weihnachtsfeiertag kommen würden, brach allgemeine Freude aus.

»Warum ist Paolo eigentlich nicht mitgekommen?« wollte Romano wissen.

»Er recherchiert einen neuen Fall von Prostitution mit Minderjährigen«, antwortete Leda.

»Sehen wir ihn denn noch vor Weihnachten?« erkundigte sich Francesca.

»Hoffen wir's. Wir müssen beide furchtbar viel arbeiten. Aber wir kommen auf jeden Fall mit den Kindern am ersten Feiertag zu euch.«

Francesca hatte Jahre gebraucht, um Leda zu verzeihen, daß sie Thomas und die Kinder nicht nach Deutschland begleitet hatte und es zur Trennung gekommen war. Daß Leda dann ausgerechnet ein Verhältnis mit Thomas' bestem Freund begonnen hatte, fand sie geradezu empörend und begegnete Paolo lange Zeit ausgesprochen ablehnend. Das war Leda zunächst ziemlich gleichgültig gewesen – bis Paolo mehr für sie wurde als nur eine Affäre. Doch seit sich Ledas Einstellung zu Paolo geändert hatte, war merkwürdigerweise auch die Mauer zwischen Francesca und Paolo gefallen, und mittlerweile schätzten sich die beiden sehr, worüber Leda mehr als glücklich war.

XI Das Telefon schrillte so laut, daß Leda mit einem Satz aus dem Bett fuhr. Wer zum Teufel rief sie Sonntag morgens um halb neun an? Mit pochendem Herzen lief sie in den Flur und hob ab:

»Pronto.«

»Ciao, Mamma. Ich bin's, Marco. Schläfst du noch?«

»Die Frage dürfte sich jetzt erübrigt haben, mein Sohn. Ciao, wie geht's dir?« fragte sie noch schlaftrunken.

»Bestens. Wir sind gestern bayerische Eishockey-Jugendmeister geworden. Wie findest du das?«

»Bravo, ihr seid einfach toll.«

»Wir waren die Besten, gut trainiert und mit einem Kampfwillen bis zum Umfallen«, erklärte er, als gebe er gerade ein Fernsehinterview.

»Vielleicht schlägst du noch die Profilaufbahn ein«, meinte Leda scherzhaft.

»Das ist tatsächlich eine Überlegung wert. Papa und Flavia meinen zwar, ich sei übergeschnappt, bin ich aber nicht.«

»Dann rede mit ihnen vorläufig besser nicht über deine beruflichen Ambitionen, und geh fleißig in die Schule.«

»Ihr Erwachsenen habt wirklich keine Ahnung von echter Faszination, für die du alles geben würdest. So ist das mit mir und dem Eishockey.«

»Na ja, wir schauen mal, wie sich das weiterentwickelt. Ansonsten hat mir Flavia gestern schon erzählt, daß du in den Ferien auch nach Rom kommst.«

»Genau. Da ist aber noch etwas. Du kennst doch Rupert, meinen Freund?« fragte er.

»Ja natürlich, der blonde Lockenkopf aus deiner Klasse, der schon mal mit hier bei uns war.«

»Genau der. Also, Rupert würde schrecklich gern über Silvester mit nach Rom kommen, und seine Eltern würden das auch erlauben. Was sagst du dazu?«

»Das geht in Ordnung, würde ich sagen. Und warum wolltest du mir das alles mitten in der Nacht sagen?« fragte Leda ihren Sohn.

»Weil ich jetzt gleich los muß und dann keine Zeit mehr zum Telefonieren habe. Wir haben ein Freundschaftsspiel gegen eine tschechische Mannschaft. Die müssen echt gut sein. Drück uns die Daumen. Ciao, Mamma, bacio!« Und weg war er.

Ledas Müdigkeit war inzwischen verflogen. Sie ging in Marcos Zimmer, das schon lange nicht mehr gelüftet worden war. Außerdem war es eiskalt.

In den Herbstferien hatte Marco zuletzt eine Woche hier verbracht. Flavia war im September vor Semesterbeginn für vierzehn Tage bei ihr gewesen. Nach ihrer Abreise hatte Regina, die Putzfrau, die seit Jahren zweimal wöchentlich zu ihr kam, die Zimmer auf Hochglanz gebracht, die Möbel sorgfältig abgedeckt, die Fensterläden zugeklappt und die Türen geschlossen. Nur einmal hatte Leda sie seitdem betreten, um die Heizkörper abzudrehen.

Jetzt machte sie sie an und hörte, wie das Wasser in den Rohren gluckerte. Sie öffnete das Fenster, schlug die grünen Fensterläden zurück und befestigte sie an der Außenwand des Hauses. Ihre Zähne klapperten, weil Leda noch immer nichts weiter trug als ihr Nachthemd. Dann schloß sie das Fenster und ging schnell ins Schlafzimmer zurück, um sich im Bett kurz aufzuwärmen. Im Radio auf ihrem Nachttisch fand sie einen Sender, in dem das Weihnachtsoratorium von Bach gespielt wurde. Sie schlief ein.

Als Leda wieder aufwachte, war es fast Mittag. Siedend heiß fiel ihr Ugo ein, der auf sie wartete. Schnell duschte sie, zog die Jeans mit dem blauen Pullover an, machte sich einen

Kaffee mit Milch, knabberte Zwieback mit Marmelade. Zwanzig Minuten später saß sie im Auto.

Ugo wohnte am anderen Ende der Stadt, und Leda überlegte kurz, ob sie die Ringstraße benutzen oder quer durchs Zentrum fahren sollte. Sie entschied sich für den direkten Weg. In der Woche war hier kein Durchkommen, doch sonntags luden die breiten Straßen und schmalen Gassen zu einer Stadtrundfahrt ein.

Zügig fuhr sie am Tiberufer entlang und betrachtete die großartigen Wolkenformationen am Himmel, der sich hin und wieder als blaues Loch zwischen den weißen Bergen sehen ließ.

Sie lenkte ihren Wagen über die Tiberbrücke und bog zur Piazza Bocca della Verità ein. Früher einmal waren hier Rinder verkauft worden, weshalb der Platz Forum Boarium geheißen hatte. Heute kamen statt Rinderherden Touristenströme, um ihre Hand in den Mund der Wahrheit zu stecken. Dabei ließen sie sich von Ehegatten, Freunden, Verwandten oder Bekannten ablichten. Der antike Brunnendeckel zeigte den griechischen Meeresgott Triton, der – so glaubte man im Mittelalter – mit seinem riesigen Mund den Lügnern oder Eidbrüchigen die Hand festhalten oder die Finger abreißen würde. Deshalb war er für sogenannte Gottesurteile benutzt worden.

Leda fuhr auf einer breiten Straße den Hügel hinauf. Von hier aus bot sich ein herrlicher Blick auf die Ruinen der Kaiserpaläste am Circus Maximus. In der einstigen Arena für Wagenrennen, in der Caesar Schlachten mit rund tausend Infanteristen, Hunderten von berittenen Soldaten und Elefanten aufführen ließ, spielten heute ein paar Jungen Fußball. Sie dachten wahrscheinlich nicht im entferntesten an den früheren Ruhm dieses Ortes. Genau das liebte Leda an ihrer Stadt, den selbstverständlichen und unbefangenen Umgang der Bürger mit den weltberühmten Zeugnissen der Geschichte.

Zehn Minuten später war sie bei Ugo, der bereits auf sie gewartet hatte. Seine Mutter bot ihr einen Kaffee an. Sie servierte ihn in zierlichen Porzellantassen auf einem Silbertablett mit Spitzendeckchen. Das Wohnzimmer kam Leda mit seinen lachsfarben gestrichenen Wänden, den schweren, dunklen Möbeln und den noch schwereren dunkelgrünen Samtvorhängen wie eine bewohnte Grabkammer vor. Es war drückend heiß.

Zu Ledas großer Freude brachte die alte Dame einen Teller mit Panettone-Stücken. Als Leda ihn sah, fiel ihr ein, daß noch einer im Auto lag, den sie vergangene Woche bei Mario gekauft hatte. Wahrscheinlich war er vom Rücksitz gefallen und wartete nun im Fußraum darauf, daß sie ihn herausholte.

Ugo hatte die dicke Mappe mit den Berichten bereits zurechtgelegt und an den Stellen, die ihm wichtig vorkamen, ein gelbes Blatt hineingeklebt.

»Ugo hat am Freitag die halbe Nacht mit diesen Akten zugebracht. Der arme Junge«, meinte Signora Cecilia.

»Nun, der Fall ist tatsächlich sehr kompliziert«, antwortete Leda.

»Ugo hat mir schon erzählt, daß die Kirche Mafiageschäfte betrieben hat.«

»Sì, Signora, das scheint so zu sein.«

»Mamma mia, wo sind wir hingekommen, daß sogar die Priester nur noch hinter Geld her sind?« meinte sie, bekreuzigte sich dreimal mit winzigen Handbewegungen und hob das kleine Goldkreuz, das sie an einer Kette trug, an ihre Lippen.

Leda fand die Panettone-Schachtel dort, wo sie sie vermutet hatte: im Fußraum ihres Wagens. Um sie nicht wieder zu vergessen, legte sie sie auf den Vordersitz. Sie wollte sie mit ins Büro nehmen, weil sie bis zum Abend nichts zu essen bekommen würde.

In ihrem Arbeitszimmer sperrte sie erst einmal die Fenster auf und ließ frische Luft in den stickigen Raum. Sorgfältig las sie jeden Gesamtbericht, zu dem Puccio seinen Teil beigesteuert hatte. Es waren über dreißig aus einem Zeitraum von vier Jahren. Unter jedem standen die Namen der jeweiligen Mitglieder der Prüfungsgruppen und in Klammern der Ort, den Leda für den Herkunftsort der Mitarbeiter hielt.

Verschiedenste kleinere und größere Unregelmäßigkeiten hatten Puccio und seine Leute entdeckt, dreimal, nicht zweimal, wie Verdone gesagt hatte, waren Mitarbeiter der Bank wegen Unterschlagung, Diebstahl oder Veruntreuung angezeigt und auf Schadenersatz verklagt worden. Nicht so in den fünf Fällen, in die die Kirche verwickelt war. Hier hatte es lediglich die drei »freiwilligen« Kündigungen gegeben.

Puccio hatte Feinde wie Sand am Meer, dachte Leda. In ihr wuchs der Verdacht, daß einer der entlassenen oder verurteilten Kollegen Rache an ihm geübt haben könnte und daß sein Tod überhaupt nichts mit der Kirche zu tun hatte.

Vielleicht hatte sie sich zu sehr in den seit Anfang der achtziger Jahre kursierenden Verdacht verliebt, daß die Banker Gottes, die der Erde und die Mafia vom selben Holz geschnitzt sein könnten. Der Heilige Stuhl hatte zwar die damalige Beteiligung der Vatikanbank am betrügerischen Bankrott des Banco Ambrosiano nie zugeben wollen, aber dennoch hohe Schadenersatzsummen an die Gläubiger der weltlichen Bank bezahlt. Warum? Hatte man nicht auch Roberto Calvi, den Chef des Banco Ambrosiano, aufgeknüpft aufgefunden – ein angeblicher Selbstmord, den niemand für einen solchen hielt?

Bankgeheimnis, Kirchengeheimnis und die Omertà, das Gesetz des Schweigens in der Mafia – all das paßte gut zueinander. Diese Dreieinigkeit hatte von jeher für so spannende Kriminalgeschichten gesorgt, daß Leda angesichts von so viel Banalität gewisse Zweifel kamen. Wenn sie sich irrte und es nur die geringste Beweislücke gab, so würde sie sich in der Auseinandersetzung mit mächtigen Gegnern wie Kirche und Banken gewaltig die Finger verbrennen.

Leda merkte, daß es bereits dämmerte, und knipste die Lampe auf ihrem Schreibtisch an. Das Licht fiel direkt auf die Panettone-Schachtel und rief ihr den leckeren Geschmack des Hefegebäcks in Erinnerung. Sie streckte sich, stand auf und holte einen Kaffee aus dem Automaten. Abgesehen vom Geräusch ihrer eigenen Schritte war es im Gebäude totenstill.

Es grauste sie ein wenig. Sie war froh, wieder in ihr Büro zu kommen, nahm einen Teller und ein Messer aus dem Schrank und den Panettone aus der Schachtel, der dank der Plastiktüte, in die er eingeschweißt war, durch die Zeit im Auto nichts an Frische eingebüßt hatte. Sie schnitt sich zwei dicke Scheiben heraus und begann sie mit Genuß zu verzehren. Als das Telefon klingelte, schreckte sie zusammen.

»Meine Güte, Leda, da steckst du! Ich versuche dich seit Stunden zu erreichen. Hast du das Telefonino nicht gehört?« fragte Paolo aufgebracht am anderen Ende der Leitung.

»Ich habe es zu Hause vergessen.«

»Warum hast du dich denn nicht gemeldet?«

»Entschuldige bitte, Paolo, aber ich bin so in diese Berichte der Bank vertieft, daß ich darüber die Zeit und dich völlig vergessen habe. Wieviel Uhr ist es denn?«

»Fünf Uhr. So leicht vergißt du mich?« fragte er scherzend.

»Nein, natürlich nicht wirklich. Was soll ich dir nur sagen?«

»Daß du mich liebst, schätzt und dein Leben für mich geben würdest«, antwortete er prompt.

Leda lachte: »Also gut. Ich liebe dich. Das ist wahr, auch wenn ich es erst ziemlich spät gemerkt habe. Daß ich dich schätze, brauchen wir wohl kaum zu erörtern, weil es seit

Jahren offensichtlich ist. Ob ich mein Leben für dich geben würde, na ja ... Das würde ich schon vom Grund abhängig machen. Ich habe immerhin zwei Kinder.«

»Sei doch einmal im Leben romantisch, ohne gleichzeitig Folgenabschätzung zu betreiben. Begreif doch endlich: Romantik ist ein wunderbares Spiel, das mit der Realität wenig zu tun hat. Es geht nur um das Spiel, und es ist völlig egal, was davor und was danach kommt. Also ich würde mein Leben für dich geben«, säuselte Paolo mit der Stimme eines Latin-Lovers. Wieder mußte Leda lachen.

»Ich kann da nicht mithalten.«

»Na schön. Aber kannst du mir wenigstens sagen, ob du heute abend wirklich Zeit für mich hast?«

»Ja, Liebster, natürlich. Ich träume seit Stunden von nichts anderem.«

»Oh, là, là. Vielleicht wird's doch noch was. Wann kommst du denn?«

»Sagen wir um acht Uhr.«

Bis halb sieben blieb Leda im Büro. Sie fertigte als erstes eine Liste mit den Namen derjenigen Männer an, die aufgrund von Puccios Nachforschungen ihre Banklaufbahn beenden mußten, und teilte sie in zwei Gruppen ein: diejenigen, die mit Kirchenangelegenheiten befaßt waren, und diejenigen mit anderen Arbeitsbereichen. Unter die Rubrik »Kirche« notierte sie: Cosenza – Umberto Longo, Neapel – Giuseppe Talamona, Bologna – Romero Santilli.

Unter die Rubrik »Sonstige« trug sie vier weitere Städte- und Personennamen ein. Dann ließ sie sich von der Auskunft die Telefonnummern geben. In Bologna gab es zehn Santillis, jedoch keinen Romero. Daher notierte sie alle Santilli-Nummern.

Anschließend nahm sie sich die Liste mit den Namen der Männer aus den Inspektorengruppen vor, die mit Puccio zusammengearbeitet hatten. Ihr fiel auf, daß sich die

Namen bei den die Kirche betreffenden Prüfungen nie wiederholten – bis auf den Namen Puccio, der stets als Chef der Gruppen fungierte. Bei den anderen Inspektionen war er häufig mit denselben Kollegen, die für ein besonderes Spezialgebiet im Bankfach ausgebildet waren, unterwegs gewesen.

Sie pickte sich aus jeder »Kirchengruppe« einen Prüfer heraus, der in Rom wohnte, suchte sich aus dem örtlichen Telefonbuch die Nummern und notierte alles sorgfältig.

Als sie Punkt acht mit einem knallroten Weihnachtsstern bewaffnet vor der Tür der Sinibaldis stand, zog ihr der Duft des Kaninchenbratens in die Nase. Mutter Agata freute sich sehr über die Pflanze und über Ledas Besuch.

»Du warst ja heute den ganzen Tag verschwunden. Paolo hat dich wie ein Verrückter gesucht«, tadelte sie ihren Gast, als sei Leda ihre Tochter. Die Sorge, die sie sich gemacht hatte, fand Leda rührend, entschuldigte sich und erklärte ganz genau, was sie alles entdeckt und getan hatte.

Mutter Agatas Coniglio alla romana war ein Gedicht. Das zarte Fleisch zerfiel buchstäblich auf der Gabel, die zugefügte Mischung aus Rosmarin, Knoblauch, Sardellen und Essig war so fein abgestimmt, daß der Eigengeschmack des Kaninchenfleisches hervorgehoben und nicht, wie zu Ledas Leidwesen so oft bei dieser Spezialität, unterdrückt wurde.

»Signora Agata, Sie sollten ein Feinschmeckerrestaurant eröffnen«, lobte Leda.

Die alte Dame strahlte. Weder ihre über siebzig Jahre noch der Verlust eines Kindes und des Ehemannes, der bereits mit knapp Vierzig gestorben war, hatten ihrem unkonventionellen und fröhlichen Wesen etwas anhaben können.

Ein pinkfarbenes Seidentuch um den Hals geschlungen, die noch erstaunlich dunklen Haare wie immer adrett geschnitten, mit einem schicken schwarzen Pullover und ebensolchen Samthosen eilte sie zwischen Tisch und Küche hin und her und bediente die beiden. Sie lehnte Ledas Hilfe mit der schlichten Begründung ab:

»Bleib sitzen, meine Liebe. Du bist in Küchenangelegenheiten eine ebensolche Niete wie ich beim Schreiben oder beim Verbrecherfangen.«

Dann erzählte sie ausführlich von ihrem Tanzkurs, den sie voller Begeisterung seit drei Jahren zweimal wöchentlich besuchte. Vergangene Woche erst hatte sie mit ihrem Partner, einem gewissen Gianluca, ein Turnier gewonnen, worauf sie sehr stolz war.

»Ich würde diesen Gianluca gern einmal kennenlernen«, bekannte Leda.

»Das wird wohl nicht gehen. Es ist schon schwer genug für ihn, zwei Abende in der Woche zu Hause zu fehlen. Seiner Frau hat er erzählt, er spiele an einem Abend Schach und am anderen Karten mit seinen Freunden. Die wissen natürlich alle, daß er mit mir tanzen geht, und spielen das Spiel mit. Hin und wieder, wenn der Tanzkurs mal ausfällt, treffen sie sich tatsächlich bei ihm zum Spielen, und seine Frau glaubt die Geschichten«, lachte sie vergnügt.

»Und warum geht sie nicht mit zum Tanzen?«

»Die geht so gut wie gar nicht aus dem Haus, guckt den ganzen Tag Fernsehshows, telefoniert und kocht.«

»Sie hat also keine Ahnung, was ihr Mann mit Ihnen treibt?«

»Nein. Wüßte sie es, würde sie vermutlich ein riesiges Eifersuchtsspektakel beginnen. Das wollen wir ihr und uns ersparen. Sonst spielt sich ja auch nichts zwischen uns ab«, setzte sie keck hinzu.

»Wie alt ist denn Gianluca?« erkundigte sich Leda neugierig.

»Etwa so alt wie ich, also ziemlich jung«, lachte Agata.

»Und wo haben Sie ihn kennengelernt?« Leda interessierte es brennend, wie zwei so alte Herrschaften zueinander finden und sich offensichtlich blendend amüsieren konnten. Sie bewunderte, wie sie ein gemeinsames Ziel gefunden hatten und es systematisch mit Methoden ansteuerten, von denen sie immer geglaubt hatte, daß nur jüngere Menschen sie anwendeten.

»Ich habe ihn in einer Bar beim Kaffeetrinken getroffen. Wir kamen ins Gespräch, und ich habe ihm erzählt, daß mir im Tanzkurs ein guter Partner fehlte. Erst wollte er nicht mitmachen, eben wegen seiner eifersüchtigen Frau. Weil ich aber weiß, daß Männerfreunde wie Pech und Schwefel zusammenhalten, bin ich auf die Idee mit den fingierten Spielabenden gekommen. Er hat das organisiert, und wir konnten trainieren. Wie du siehst, mit Erfolg. Als nächstes wollen wir uns den Seniorenpokal holen.«

Leda wurde bewußt, daß das Alter keinesfalls die wehmütige Rückschau auf ein vergangenes, aktives Leben bedeuten mußte. Agata jedenfalls hatte immer Ziele vor Augen, die sie mit Charme und Hartnäckigkeit verfolgte. Das hatte Paolo von ihr geerbt.

»Wie kommst du eigentlich in deinem Mordfall weiter?« fragte Paolo.

Leda berichtete ihm von der Aussage di Nittis', den Auffälligkeiten in den Berichten und ihren Zweifeln hinsichtlich einer möglichen Verstrickung der Kirche in den Mordfall.

»Mein Kind«, mischte sich Agata ein, »wenn es zwei Institutionen auf dieser Welt gibt, die für Geld buchstäblich über Leichen gehen, dann sind es die Banken und die Kirche. Deine Fährte ist garantiert die richtige.«

XII

»Da hat Paolo ja eine furchtbare Sache aufgetan«, rief Mario Leda entgegen, als sie am nächsten Morgen seine Bar betrat.

»Du meinst die Geschichte mit der Kinderprostitution? Ja, die ist gräßlich.«

Die Zeitung mit Paolos Bericht auf der Titelseite lag auf der Theke, und Leda las ihn, während sie ihren Cappuccino trank und ein Cornetto aß.

Sie hegte seit Jahren Bewunderung für Paolos Fähigkeit, in einem Artikel das Problem auf den Punkt zu bringen, alle notwendigen Informationen zu liefern, Widersprüche und Ungereimtheiten in der Polizeiarbeit gnadenlos aufzudecken und den Leser sozusagen an der Hand durch das oft komplizierte Gestrüpp von Ermittlungen, Verwicklungen und Strafgesetzbarkeit zu führen. Er bezog im Artikel selbst nie Partei, anders als viele seiner Kollegen.

»Das ist die Schuld der Regierung. Die Politiker müßten doch in der Lage sein, diese Albaner aus dem Land zu jagen. Nacht für Nacht kommen sie mit den Schlauchbooten übers Meer und überfluten unser Land mit Kriminalität. Wenn ich in der Regierung säße, würde ich das anders machen«, führte Mario erzürnt aus.

»Wenn das so einfach wäre. Die Albaner können doch nur erfolgreich arbeiten, weil sie von der apulischen Mafia unterstützt werden. Hier steht doch, daß die Tätergruppe aus Italienern und Albanern zusammengesetzt war. Außerdem ist der Kundenkreis, der diese armen Kinder mißbraucht, überwiegend italienisch«, erwiderte Leda.

»Wenn diese Kinderschänder keinen Nachschub mehr bekämen, wäre das Problem gelöst.«

»Willst du die gesamte Küste mit einem Polizeigürtel lükkenlos absperren, die Männer so gut entlohnen und jeden einzelnen und seine Familie so gut schützen, daß die Mafia sie weder bedrohen noch mit Geld locken kann?«

»Genau, das wäre es«, nickte Mario zustimmend.

»Und wer soll das bezahlen? Außerdem würde der Tourismus unten im Süden völlig lahmgelegt. Ich sehe ein paar praktische Schwierigkeiten«, gab Leda zu bedenken.

»Soll das heißen, daß das alles für immer und ewig so bleiben wird, nur weil das Geld fehlt?« fauchte Mario wütend. Da Leda seine morgendlichen Ausbrüche nach der Zeitungslektüre kannte, blieb sie ruhig und trank ihren Cappuccino, während sie antwortete:

»Ich fürchte, es gibt keine kurzfristige Lösung. Wir haben zu lange mit angesehen, wie sich diese Mafiastrukturen als eine Art Staat im Staat entwickelt haben. Und so wie alles mit der Zeit international wird, was ja auch seine guten Seiten hat, arbeitet eben auch die Mafia über Grenzen und Meere hinweg. Solange Albanien und andere Länder so arm sind, werden die Menschen versuchen, woanders und im Notfall auf kriminelle Art und Weise ihr Geld zu machen.«

»Dann wandere ich aus«, meinte Mario.

»Hast du schon ein Land gefunden, wo du besser leben könntest?«

Jetzt mußte Mario lachen:

»Nein, hier ist es immer noch am besten, da haben Sie recht.«

Ugo war noch nicht im Büro, als Leda ankam. In der Zeitung hatte sie vom heutigen Streik der öffentlichen Verkehrsmittel gelesen. Wutschnaubend kam Ugo zehn Minuten später zur Tür hinein.

»Diese Streiks sind eine nationale Katastrophe! Kennen Sie irgendeine andere Hauptstadt in der Welt, in der sämtliche Busse und Bahnen zweimal im Monat für ein paar Tage komplett ausfallen? Wenn dann wenigstens genug Taxis da wären! Aber nicht mal das!«

Er ließ sich noch eine Weile über die Unfähigkeit der römischen Stadtregierung aus. Leda wartete geduldig, bis sein Blutdruck wieder gesunken war. Die Idee, sich für diese Fälle vielleicht doch ein Auto anzuschaffen, würde bei ihm sowieso auf Ablehnung stoßen.

»Ich lasse mir von den Herren da oben doch kein Auto aufzwingen, das ich bezahlen muß, nur damit deren Schlamperei weitergehen kann. Ich denke gar nicht daran. Dann komme ich eben später ins Büro und kann jedem erklären, warum«, hatte er einmal auf ihren Vorschlag geantwortet.

Das Telefon läutete.

»In unserem Landhaus wurde eingebrochen. Heute morgen rief mich die Nachbarin an, die sich ums Haus kümmert, wenn wir nicht da sind.« Es war Chiara Puccio. Unter Tränen fuhr sie fort:

»Signora Giallo, was ist denn nur los? Irgendwer hat es auf uns abgesehen, warum nur?«

»Ich weiß es nicht. Es tut mir sehr leid für Sie, Signora Puccio. Das ist eine schwere Zeit, ich weiß. Bitte erzählen Sie mir genau, was passiert ist.«

»Irene rief vorhin an und sagte, das gesamte Haus sei auf den Kopf gestellt worden. Die haben alle Schubladen ausgeräumt, Bilder abgehängt, Schränke abgerückt und umgekippt, die Polster von Sesseln, Sofas und Matratzen aufgeschlitzt und sogar die Pflanzen aus den Kübeln gerissen. Es muß dort aussehen wie auf einem Schlachtfeld.«

»Ist etwas gestohlen worden?« fragte Leda.

»Soweit Irene es beurteilen kann, nicht. Sie haben nur alles zerstört.«

»War die Polizei schon dort?«

»Die sind wohl immer noch da.«

Leda ließ sich von Chiara Puccio sowohl die Telefonnummer der Nachbarin als auch die im Landhaus geben, um sich sofort mit den Kollegen in Verbindung zu setzen.

»Fahren Sie hin?« fragte Leda.

»Ich kann nicht mehr, ich schaffe es einfach nicht. Irene hat gesagt, daß sie mit ihrem Mann alles in den Griff bekommt und ich im Moment nicht zu kommen brauche.«

»Ich kümmere mich darum und rufe Sie an, sobald ich Neues in Erfahrung gebracht habe«, versprach Leda.

Sie hatte Glück. Im Landhaus der Puccios meldete sich ein junger Mann mit dem üblichen »Pronto«.

»Guten Morgen, hier ist Leda Giallo von der Questura in Rom.«

»Signora Commissaria, buon giorno. Hier spricht Alessandro Tombardi. Erinnern Sie sich an mich? Ich habe vor drei Jahren ein Praktikum bei Ihnen gemacht«, antwortete der junge Mann und war offensichtlich hocherfreut, die Kommissarin am Telefon zu hören. Leda erinnerte sich genau an ihn, der sein Jurastudium mit einer glatten Eins absolviert und eine glänzende Karriere bei der Polizei vor sich hatte.

»Alessandro, natürlich erinnere ich mich an Sie. Wie geht es Ihnen?«

»Danke, sehr gut. Ich bin inzwischen Inspettore, und die Arbeit macht mir viel Spaß.«

»Das freut mich. Dann können Sie mir auch gleich helfen. Was ist denn da bei euch passiert?«

»Ein Einbruch, bei dem das gesamte Haus verwüstet wurde. So etwas habe ich noch nie gesehen. Die Einbrecher haben jeden Quadratmillimeter durchwühlt. Die haben offensichtlich etwas gesucht, es aber nicht gefunden und deshalb aus Wut die Einrichtung zerstört. Sie haben sich Zeit gelassen und gründliche Arbeit geleistet. Die Terrassentür war aufgebrochen. Unsere Spurensicherung hat bisher ein paar Fußspuren und Fingerabdrücke gefunden, die wir noch auswerten müssen. Von den Nachbarn hat in der Nacht niemand etwas gehört oder gesehen. Das ist verständlich, weil das Haus etwas abseits und versteckt hinter einer hohen Hecke liegt.

Es gehört einer Familie namens Puccio aus Rom, die normalerweise jedes Wochenende herkommt. Die Frau bleibt manchmal länger. Jetzt waren sie aber schon seit zwei Wochen nicht hier. Die Nachbarsfrau, eine Irene Zacchi, hat uns geholt und erzählt, daß der Eigentümer am vorletzten Wochenende angerufen habe, um zu sagen, daß sie nicht kämen. Letztes Wochenende haben sie sich aber nicht gemeldet. Frau Zacchi wollte sich heute mit diesen Puccios in Verbindung setzen, um sie über den Einbruch zu informieren«, berichtete Alessandro in seiner präzisen Art, die Leda schon während des Praktikums an ihm geschätzt hatte: kein Satz zuviel, aber auch keine Information zuwenig.

Nun war es an ihm zu fragen:

»Und warum ruft die Mordkommission hier an?«

»Weil der Eigentümer, Gianpiero Puccio, vergangene Woche tot aufgefunden wurde. Wir untersuchen den Fall. Seine Witwe hat mich eben von dem Einbruch unterrichtet. Bereits vergangene Woche wurde in ihre römische Wohnung eingebrochen«, antwortete Leda.

Alessandro Tombardi pfiff durch die Zähne.

»Dann müssen wir wohl besonders gründlich arbeiten. Wurde er ermordet?«

»Das wissen wir eben nicht. Die Spurensicherung und die Pathologie tippen auf Selbstmord per Kopfschuß, weil keinerlei sonstige Hinweise auf Gewaltanwendung durch Dritte zu finden waren.«

»Und Sie glauben, daß es sich um Mord handelt?«

»Ich untersuche beide Möglichkeiten.«

»Aber Sie haben Ihr berühmtes Gefühl, nicht wahr?«

Leda lachte: »Ja, genau. Aber diesmal führt es mich vielleicht in die Irre.«

»Das glaube ich nicht. Sie passen da auf. Was kann ich noch für Sie tun?« fragte Alessandro hilfsbereit.

»Bitte geben Sie mir Bescheid, sobald Sie etwas finden. Da wir nicht wissen, was wir suchen, kann jeder Hinweis dienlich sein. Vielleicht gibt es eine Verbindung zwischen Puccios Tod und dem Einbruch.«

Leda rief anschließend bei Signora Puccio an und berichtete ihr vom Stand der Untersuchungen.

»Die Täter haben wieder etwas gesucht. Überlegen Sie noch einmal ganz genau, ob Ihr Mann etwas besaß, was von Bedeutung sein könnte. Hat er vielleicht einmal erwähnt, daß er vor anderen Menschen etwas verbergen mußte? Fällt Ihnen ein Ort ein, wo er eine Sache versteckt hätte, ein Platz, den nur er und Sie kennen?« bohrte Leda.

»Gianpiero sammelte Briefmarken und hatte eine ziemlich wertvolle Kollektion zusammengekauft. Aber auf die haben sie es nicht abgesehen, denn sie ist vollständig und befindet sich hier in unserem römischen Haus.«

»Hatte er möglicherweise eine Mappe mit Dokumenten?«

»Mehrere. Die können Sie sich gerne alle anschauen.«

»Heute nachmittag kommt mein Mitarbeiter Ugo Libotti bei Ihnen vorbei, um die Mappen durchzusehen.«

»Das ist mir recht.«

Dann fragte sie Signora Puccio, was sie seit ihrer Unterhaltung mit di Nittis schon die ganze Zeit tun wollte, es aber immer wieder verschoben hatte, weil so viel dazwischen gekommen war.

»Ihre Tochter Camilla hatte vor zwei Jahren einen schweren Autounfall, nicht wahr?«

»Ja, sie wäre beinahe gestorben«, antwortete Chiara Puccio.

»Was ist genau geschehen?«

»Auf einer abschüssigen Straße raste Camilla mit hoher Geschwindigkeit in einen Straßengraben, weil die Bremsen nicht funktionierten. Die Bremsschläuche waren durchgeschnitten.«

»Wo ist das passiert?«

»In der Nähe von Florenz, wo sie mit ihrer Familie lebt.«

»Wurde der Fall damals untersucht?«

»Ja, es konnte aber kein Täter ermittelt werden.«

»Wie hat Ihr Mann damals reagiert?« fragte Leda weiter.

»Er war verzweifelt und hat sich unentwegt bei Camilla entschuldigt, als sie im Koma lag. Es sei seine Schuld. Er werde dafür sorgen, daß ihr und uns nie wieder etwas passiere. Stundenlang hat er an ihrem Bett gesessen, geweint und geschwiegen.«

»Haben Sie ihn gefragt, was das bedeutete?«

»Ja, aber er antwortete nur, er könne es mir nicht sagen, weil sonst alles noch schlimmer werde. Da die Möglichkeit bestand, daß Camilla sterben würde, rief ich einen Priester. Doch Gianpiero jagte ihn beinahe mit Fausthieben aus dem Zimmer. ›Ich will keinen von diesen schwarzen Geiern an ihrem Bett sehen!‹ brüllte er. Anschließend trat er aus der Kirche aus. Ich habe nie verstanden, warum er so reagiert hat, denn er war wirklich ein tiefgläubiger Mensch. Er hatte mir versprochen, mir eines Tages sein Verhalten zu erklären. Da Gianpiero seine Versprechen immer hielt, hatte ich Vertrauen zu ihm und konnte warten. Nun haben sie ihn umgebracht, und ich werde die Wahrheit nie erfahren.«

Im September vor zwei Jahren war Camilla verunglückt, und im Dezember desselben Jahres hatte Puccio die Inspektion in Bologna geleitet.

Leda beschloß, Romero Santilli, den ehemaligen Angestellten einer Niederlassung in Bologna, zu suchen. Zehn Telefonnummern, die auf diesen Namen registriert waren, standen auf ihrem Zettel.

»Guten Tag. Ich heiße Leda Giallo und möchte bitte mit

Romero Santilli sprechen«, sagte Leda ihr Sprüchlein fünfmal auf, sobald sie am anderen Ende der Leitung ein »Pronto« vernahm. Zweimal meldete sich niemand. Beim achten Anlauf hatte sie Glück.

»Romero Santilli ist mein Onkel. Er lebt aber seit anderthalb Jahren nicht mehr in Bologna, sondern auf dem Land bei Pistoia, wo er ursprünglich herkam. Möchten Sie seine dortige Telefonnummer?« fragte eine freundliche Frauenstimme.

»Dafür wäre ich Ihnen sehr dankbar.«

»Wer sind Sie eigentlich?« wollte die Frau wissen.

Leda beschloß, zu schwindeln, um sich ihre Hilfsbereitschaft zu sichern.

»Ich bin eine alte Freundin und habe seit Jahren nichts mehr von ihm gehört. Nun wollte ich mich einfach mal wieder melden.«

»Und wieso haben Sie dann meine Nummer gewählt?« fragte die Stimme am anderen Ende mißtrauisch.

»Ich habe mir von der Auskunft genau zehn Bologneser Santilli-Nummern geben lassen und beschlossen, es spätestens nach drei Versuchen aufzugeben. Nun hatte ich gleich beim ersten Anlauf Glück und freue mich sehr, daß Sie mir weiterhelfen können. Denn ich finde es immer schade, wenn man sich so ganz aus den Augen verliert.«

Die Geschichte überzeugte, und die Frau gab ihr die Nummer.

Es dauerte eine Weile, bis sich jemand meldete und einen Firmennamen hinunterratterte, den Leda nicht verstand.

»Ich möchte mit Romero Santilli sprechen. Bin ich da bei Ihnen richtig?«

»Er ist der Inhaber der Firma. Worum geht es?«

»Ich bin von der Polizei im Rom und möchte ihn etwas fragen. Entschuldigen Sie bitte, ich habe den Firmennamen nicht verstanden.«

»Trasporti Santilli heißt unsere Firma. Einen Moment bitte, ich verbinde.« In der Leitung erklang kurz ein Thema aus den »Vier Jahreszeiten« von Vivaldi.

»Erinnern Sie sich an den Namen Puccio?«

»Wer soll das sein?«

»Ein ehemaliger Bankkollege von Ihnen.«

»Ich hatte keinen Kollegen mit diesem Namen.«

»Er war auch nicht in Bologna angestellt, sondern aus Rom gekommen, um Ihre Niederlassung in Bologna zu prüfen. Er hat mit seinen Kollegen den Fall aufgedeckt, weshalb Sie anschließend die Bank verlassen mußten.«

»Die waren zu mehreren da. Ich weiß nicht mehr, wer von ihnen dieser Herr war.«

»Bitte versuchen Sie sich zu erinnern, es ist sehr wichtig für uns.«

»Wollen Sie mir heute noch einen Strick aus dieser Sache drehen?«

»Es geht gar nicht um Sie. Gegen Sie wird nicht ermittelt, und ich sehe auch keinen Grund, warum das geschehen sollte. Es geht um diesen Puccio.«

»Ach, hat er sich auch in diese dumme Kirchengeschichte verwickeln lassen?«

»Das untersuche ich gerade. Haben Sie irgendwelche Anhaltspunkte, die dafür sprächen?«

»Ich? Nein! Ich weiß nicht einmal mehr, wer er ist.«

»Aber er war immerhin schuld an Ihrer Entlassung.«

»Ich wurde nicht entlassen, sondern wir haben uns im gegenseitigen Einvernehmen getrennt, wie es so schön heißt«, sagte Santilli, und Leda hörte den sarkastischen Unterton in seinem Lachen.

»Wie dem auch sei, Sie sind heute jedenfalls nicht mehr bei der Bank beschäftigt«, stellte Leda fest.

»Zum Glück«, gab Santilli zur Antwort.

»Wieso denn das?«

»Nun, heute bin ich mein eigener Herr und verdiene viel mehr.«

»Und was machen Sie?«

»Warum interessiert Sie das?«

»Weil es mich eben interessiert, was ein Ex-Banker so machen kann. Es heißt doch immer, daß es in unserem Land keine Arbeit mehr gibt.«

»Ich habe ein Fuhrunternehmen gegründet, und das läuft prächtig.«

»Was transportieren Sie?«

»Baustoffe. Wenn Sie also eine neue Polizeistation bauen wollen, sagen Sie mir Bescheid, ich bringe Ihnen alles, was Sie dafür brauchen.«

»Vielen Dank für das Angebot. Noch einmal zu Puccio. Sie erinnern sich tatsächlich nicht mehr an ihn?« startete Leda einen neuen Anlauf.

»Nein, ich will auch von diesen alten Bankgeschichten nichts mehr wissen. Aber wieso interessieren Sie sich so sehr für diesen Mann?«

»Weil er tot ist.«

»Ermordet?«

»Möglich.«

»Dann hätte er seine Inspektorennase wahrscheinlich nicht so tief in Angelegenheiten stecken sollen, die ihn nichts angehen«, antwortete Santilli mit Triumph in der Stimme.

»Und was hätte ihn nichts angehen dürfen?«

»Bankinspektoren erfahren alles, was in einer Bank nicht klappt. Das könnte irgendwem in seinem Fall nicht gepaßt haben. Mich wundert, daß diese Berufsklasse nicht viel öfter von unerklärlichen Toden heimgesucht wird. Ich hatte Glück und bin gut gelandet. Aber wer sagt Ihnen, daß das mit jedem so läuft, der wegen einer Kleinigkeit auffliegt? Für andere kann das den Ruin bedeuten. Und wenn sich hin und wieder einer rächt, würde mich das nicht wundern.«

Genau das hatte Leda sich auch schon gedacht.

»Ich kann Ihnen aber versichern, daß ich mich an diesem Puccio nicht vergriffen habe. Erstens, weil ich gar nicht wußte, daß er der Verantwortliche für das Ende meiner Bankkarriere war. Zweitens, weil es mir heute besser als je zuvor geht. Warum sollte ich ihm also böse sein?«

In vielen Kursen hatte man Leda während der Ausbildung eingeschärft, bei den Untersuchungen keinerlei Sympathien für einen Täter oder Zeugen, aber auch keine persönliche Abneigung aufkommen zu lassen. Doch bei Santilli konnte sie nicht anders: Er war ihr zutiefst zuwider, denn dieser Mann schien weder Gesetz noch Moral zu kennen.

Sie malte ein Fragezeichen hinter seinen Namen und bat Silvia Marconi, stolze Besitzerin eines Verzeichnisses aller Questuren in Italien mit den dazugehörigen Telefonnummern, sie mit den Kollegen in Pistoia zu verbinden. Drei Minuten später klingelte Ledas Telefon:

»Commissario Martinelli für Sie.«

»Buon giorno, Commissario. Wir kennen uns nicht, und ich möchte Sie dennoch um Hilfe bitten«, sagte Leda.

»Aber gern, was kann ich für Sie tun?«

»In Pistoia gibt es ein Fuhrunternehmen namens Trasporti Santilli, spezialisiert auf Baustofftransporte. Ich müßte wissen, für welche Kunden diese Firma fährt und insbesondere, ob möglicherweise ein Bologneser Immobilienmakler an den Trasporti Santilli beteiligt ist.«

Sie bat Martinelli um äußerste Diskretion, da es sich um die Klärung eines Mordfalls handelte. Weder Santilli noch Cesarini durften den geringsten Verdacht schöpfen, daß sich die Polizei für sie interessierte.

»Ihr zweiter Punkt kann sicher schnell erledigt werden. Die Beteiligten müssen im Handelsregister eingetragen sein, ein Blick dorthinein genügt also. Um herauszufinden, wer die Kunden sind, müssen wir jedoch den Santilli-Lastern eine Zeitlang folgen, um zu sehen, welche Baustellen sie mit Materialien versorgen. Das kann also dauern. Ich hoffe, Sie haben soviel Geduld.«

Leda bedankte sich für seine Hilfsbereitschaft und wählte als nächstes die Nummer von Umberto Longo in Cosenza.

Seine Frau meldete sich und erklärte, daß ihr Mann vor einem Jahr an einem Herzinfarkt verstorben sei. Leda erkundigte sich, ob er nach seinem Ausscheiden aus der Bank eine neue berufliche Laufbahn eingeschlagen habe.

»Warum wollen Sie das wissen? Mein Mann ist tot, und niemand kann ihm heute mehr den Prozeß machen.«

»Das hat auch niemand vor. Es kann nur sein, daß die Leute, die Ihren Mann damals in die Geschichte hineingezogen haben, weitermachen und Familien ruinieren. Das müssen wir verhindern. Dazu brauche ich aber die Information, ob es Ihrem Mann gelungen ist, beruflich wieder Fuß zu fassen«, antwortete Leda geduldig.

»Nein, Umberto hat nicht mehr gearbeitet. Er hatte es auch nicht nötig, weil er von der Bank eine hohe Abfindung erhalten hat. Mit dem Geld hat er unsere Kinder nach England in ein Internat geschickt, weil er Angst hatte, hier könnte ihnen etwas passieren. Es ist ein sehr gutes Internat, und es geht ihnen prächtig. Aber sie sind eben nicht hier, wo sie hingehören«, sagte die Frau verbittert.

»Wovor hatte er Angst?« fragte Leda.

»Das weiß ich nicht. Aber er sagte den Kindern, er habe etwas sehr Falsches getan, was uns unser Leben lang bedrohen werde. Deshalb müßten sie gehen und dürften auch nicht nach dem Warum fragen.«

»Haben Sie ihn denn nicht nach den Hintergründen gefragt?«

»Doch. Aber auch mir hat er nur geantwortet: ›Ich liebe euch, Anna Lorena. Wenn ich dir sage, was ich getan habe, schwebst du in Lebensgefahr.‹ Er war ein guter Mensch, glauben Sie mir, Signora, auch wenn er einmal etwas Böses getan hat. Dafür hat er mit seinem Tod gebüßt, und Gott wird ihm verzeihen, so wie wir es längst getan haben.«

Leda legte auf. Nachdenklich drehte sie ihren Kugelschreiber zwischen den Fingern hin und her. Sie war sich ganz sicher, daß Verdone erzählt hatte, es seien keinerlei Abfindungen an die »freiwillig« ausgeschiedenen Banker bezahlt worden.

Sie versah den Namen Longo mit einem Minuszeichen, er schied als Racheengel aus. Dann schrieb sie eine kurze Nachricht an Ugo, der sich ins Archiv zurückgezogen hatte, daß sie zum Essen gegangen sei, und bat Silvia, in ihrer Abwesenheit eventuelle Telefonate anzunehmen.

»Gehen Sie in die Kantine?« fragte Silvia.

»Soll ich etwas mitbringen?«

»Bitte eine Portion von der guten Montagslasagne.«

Die Lasagne war tatsächlich vorzüglich. Leda aß eine doppelte Portion und anschließend einen Rucolasalat, auf den hauchdünne Scheiben von Parmesankäse gehobelt waren.

Sie mochte die Atmosphäre im Keller der Questura eigentlich gar nicht. Es war unerträglich laut und heiß. Außerdem zogen sämtliche Dünste aus den Kochtöpfen und Öfen der Großküche regelmäßig durch die offene Tür in den Raum und vertrieben den letzten Rest von Sauerstoff. Wäre das Essen nicht so gut gewesen, hätte Leda niemals einen Fuß in dieses »Gefängnis der Gerüche« gesetzt, wie sie die Kantine nannte.

Als sie Silvia den Aluminiumbehälter mit der Lasagne brachte, berichtete diese, daß Martinelli aus Pistoia angerufen habe. Leda rief ihn sofort zurück.

»Sie haben ins Schwarze getroffen. Ein Alberto Cesarini, Immobilienhändler in Bologna, ist Teilhaber an der Firma Santilli.«

»Sie haben einen gut bei mir, Martinelli. Was auch immer Sie aus Rom brauchen, ich besorge es Ihnen«, bot sie ihm an.

»Ich wüßte da was: einen randvollen Teller ›Trippa alla romana‹«, antwortete Martinelli schlagfertig.

Leda konnte zwar nicht verstehen, wie jemandem dieses weiße Eingeweide in Tomatensoße munden konnte, stellte ihm aber dennoch in Aussicht, ihn zu dieser römischen Spezialität einzuladen, sobald er einmal in der Hauptstadt wäre.

Als Ugo aus dem Archiv zurückkam, stürzte er sich als erstes auf seine Aktentasche aus hellem Leder und zog sein tägliches Tramezzino heraus. Seine Mutter hatte es heute mit Salatblättern, dicken Mozzarellascheiben und rohem Schinken belegt.

Leda berichtete Ugo von ihren Telefonaten mit Longos Witwe in Cosenza, mit Santilli und Martinelli in Pistoia.

»Wahrscheinlich bauen Santilli und Cesarini zusammen Kirchen«, amüsierte sich Ugo.

»Mit der kriminellen Energie, die ich den beiden unterstelle, werden das Kathedralen«, meinte Leda und fuhr fort:

»Könnte es nicht sein, daß sowohl Longo als auch Santilli Schweigegeld erhalten haben? Der eine hat damit seine Kinder in England in Sicherheit gebracht, der andere ein Unternehmen gegründet.«

»Ja, natürlich«, antwortete Ugo, als wäre das die offensichtlichste Erklärung der Welt. »Aber von wem?«

»Von der Bank, von der Kirche, von beiden zusammen, vom Kardinalsbruder Carducci oder von Cesarini. Wir haben eine große Auswahl. Jeder von ihnen hätte gute Gründe gehabt«, antwortete Leda.

»Was meine Nachforschungen anbetrifft, so habe ich ebenfalls auf die Amtshilfe der Kollegen zurückgegriffen. Von unseren betrügerischen Ex-Bankern ohne kirchlichen Segen sitzt einer im Gefängnis und einer zu Hause, zählt Gänseblümchen und wartet seit drei Jahren auf seinen Prozeß.

Ein weiterer, der mit einer Bewährungsstrafe davongekommen ist, weil er der Bank eine Verletzung der Aufsichtspflicht nachweisen konnte, arbeitet ganz offiziell als freier Anlageberater. Mit dem habe ich gesprochen. Er konnte sich gut an Puccio erinnern und hat seine gründliche Arbeit gelobt. Seine eigene Entlassung und die Anzeige seien eine Entscheidung von Puccios Vorgesetzten gewesen, die ihn loswerden wollten. Ich würde ihn als möglichen Täter ausscheiden.

Zu den beiden anderen habe ich die Kollegen vor Ort geschickt, morgen oder übermorgen bekommen wir die Ergebnisse. Den im Gefängnis haben sie vor eineinhalb Jahren groß in der Zeitung abgehandelt. Wir bekommen die Artikel morgen zugefaxt. Über den, der noch auf sein Verfahren wartet, ist noch nichts erschienen«, erläuterte Ugo die Ergebnisse seiner Recherchen.

»Übrigens, haben Sie in der Zeitung gelesen, daß heute abend bei Verdone ein Benefizkonzert zugunsten armer Kinder in der Dritten Welt stattfindet?« meinte Ugo und blätterte im »Il Giorno«, bis er die Meldung gefunden hatte. Dann reichte er Leda die aufgeschlagene Seite über den Tisch.

Hundertfünfzig Gäste, so schrieb die Autorin des Artikels, würden um neunzehn Uhr in der Villa der Verdones zum Konzert »Kinder spielen für Kinder zu Weihnachten« erwartet. Eingeladen sei der Geld-, Kirchen- und Schönheitsadel Roms, dem es obliege, die bereitgestellten Schecks mit möglichst hohen Ziffern zu versehen. Im vergangenen Jahr sei bei dieser Veranstaltung fast eine halbe Million Euro zusammengekommen, die der römischen Kurie zur Verfügung gestellt wurde. Diese habe mit der Summe Kinderhilfsprojekte in Afrika und Lateinamerika unterstützt. Neben dem Artikel war Verdone mit seiner Frau Pia Mastella abgebildet.

»Da gehe ich hin, eingeladen oder nicht. Verdone wird mich schon nicht rauswerfen«, entschied Leda prompt.

»Dafür muß man sich aber sehr fein machen«, mahnte Ugo.

»Keine Sorge, das werde ich schon tun, darauf kannst du dich verlassen.«

Dann fiel ihr Signora Puccio wieder ein, und sie berichtete Ugo vom Einbruch im Landhaus der Puccios.

»Während ich mich auf den Kunstgenuß vorbereite, fährst du zu ihr und siehst alle Dokumente durch, die ihrem Mann gehörten. Vielleicht findest du einen Hinweis auf ein Mord- oder Selbstmordmotiv – oder zumindest irgend etwas, was er versteckt halten wollte.«

XIII

Leda hatte für den Abend bei Verdone ein beinahe knöchellanges schwarzes, weichfallendes Kleid aus Seidenjersey gewählt. Über die Schultern legte sie ein großes, in Herbstfarben handbemaltes Seidentuch, das sie vor drei Monaten für ein kleines Vermögen in einer Boutique erstanden hatte. Ihre rote Locken wurden von einem schwarzen Samtreif nach hinten gehalten und gaben den Blick auf ein Paar wunderschöne Ohrringe aus schwarzen Korallen in Goldfassung frei.

Sie lotste ihren Wagen durch die abendlichen Verkehrsstaus Richtung Norden. Eine Stunde brauchte sie für die nicht einmal zwanzig Kilometer in den Nobelvorort.

Als sie am Eingangstor ankam, wurde sie von einem freundlichen, kurzhaarigen Mann in dunklem Anzug um ihre Einladung gebeten. Sie habe sie nicht mitgebracht, antwortete sie wahrheitsgemäß und zückte statt dessen ihren Polizeiausweis.

»Einen Moment bitte«, entschuldigte er sich lächelnd, zog sein Funksprechgerät aus dem Gürtel und bat um Anweisung durch Verdone. Mit einem freundlichen »Alles klar« winkte er sie durch.

Vor dem Haus angekommen, eilte ein junger Mann auf sie zu, öffnete ihr die Wagentür, half ihr beim Aussteigen und versprach, sich um das Auto zu kümmern. In der Tür wartete Verdone bereits mit einem Glas Champagner in der Hand auf sie.

»Signora Commissaria, welche Überraschung, Sie hier zu sehen. Es freut mich von Herzen, daß Sie gekommen sind«, sagte er und reichte ihr mit einem charmanten Lächeln ein volles Glas. »Sind Sie dienstlich oder privat hier?«

»Als ich heute in der Zeitung von der Veranstaltung las, hat mich die Neugier gepackt. Für mich waren hohe Bankangestellte bisher immer Menschen, die für arme Menschen eher eine Bedrohung als eine Hilfe darstellen, weil sie ihnen im Zweifel große Probleme bereiten. Sie wollen dagegen helfen, das ist interessant.«

»Sie haben aber ein schlechtes Bild von meinem Berufsstand. Hoffentlich können Sie es heute abend aufpolieren«, lachte Verdone. »Oder gehöre ich etwa zu den Verdächtigen im Mordfall Puccio, und Sie wollen sich den Täter einmal näher betrachten?«

»Signor Verdone, machen Sie nicht solche Scherze«, meinte Leda mit einem charmanten Lächeln.

»Kommen Sie herein und genießen Sie den Abend in unserem Kreis.« Galant hakte Verdone sie unter und schritt mit ihr durch die Eingangshalle ins Wohnzimmer auf eine schlanke Dame in einem dunkelblauen Seidenkleid zu.

»Signora Commissaria, darf ich Ihnen meine Frau vorstellen, Pia Mastella? Sie ist die Organisatorin des heutigen Abends. Pia, das ist Leda Giallo, Kommissarin bei der Questura. Sie untersucht den Todesfall Puccio, von dem ich dir berichtet habe.«

»O ja, der arme Mann. Seine Familie hat mein volles Mitleid. Und das so kurz vor Weihnachten«, sagte Pia Mastella und schüttelte den Kopf. »Sind Sie dienstlich hier?« fragte sie.

»Nein, eigentlich nicht. Ich hoffe, ich störe nicht«, sagte Leda.

»Natürlich nicht. Ich hoffe, daß Ihnen unser kleines Konzert gefällt.«

In diesem Moment kam ein Paar auf sie zu, das die Verdones überschwenglich begrüßte.

»Wie schön, daß ihr extra aus Neapel gekommen seid«, freute sich die Gastgeberin.

»Dieses Ereignis konnten wir uns kaum entgehen lassen. Denkst du, daß du in diesem Jahr wieder soviel Geld zusammenbekommst?« meinte die Dame zu Pia Mastella.

»Wenn ihr nur die Schecks hoch genug ausfüllt. Ich denke, wenn Kardinal Balbo euch erst einmal berichtet hat, was wir mit dem Geld alles tun konnten, werdet ihr sicher noch spendabler werden.«

Ober in Fräcken kamen vorbei. Auf großen Silberplatten boten sie Häppchen mit Meeresfrüchten, rohem Schinken, gefüllte Oliven und Pizzastückchen an. Leda langte kräftig zu, weil sie noch nicht zu Abend gegessen hatte.

Unter den Gästen entdeckte sie viele Gesichter, die sie bisher nur aus der Zeitung kannte: Politiker, Fußballspieler, Geschäftsleute und eine große Anzahl Kirchenmänner. Aus ganz Italien waren Gäste gekommen, die langsam die Räumlichkeiten füllten. Leda war neugierig, das Haus in seiner ganzen Größe zu sehen.

»Ich mache einen kleinen Rundgang, bitte entschuldigen Sie mich«, sagte sie zu Verdone.

»Möchten Sie, daß ich Sie begleite?« fragte er höflich.

»Nein, vielen Dank, ich finde mich allein zurecht.«

Das Wohnzimmer lag vor ihr wie ein Königssaal in einem Schloß. Schwere, helle Seidenvorhänge wurden mit breiten Schärpen links und rechts der Fenster zusammengehalten, die den Blick auf den Garten mit Rasenflächen und hohen Schirmpinien freigaben. Mehrere Sitzkombinationen in aufeinander abgestimmten Pastellfarben waren um niedrige Glas- und Holztische herum gruppiert und erzeugten in diesem riesigen Raum sogar eine Art Gemütlichkeit. Hohe Palmen unterteilten ihn zudem optisch. Auf jahrhundertealten Holzkommoden standen üppige Blumenarrangements, an den Wänden hingen Ölgemälde mit Landschaftsmalereien in geschnitzten Goldrahmen.

Leda kämpfte sich durch die plaudernde Menschenmenge

in den Speisesaal, der durch einen Rundbogen abgeteilt war. In der Mitte stand ein Glastisch auf sechs Säulen, die antiken Vorbildern nachempfunden waren. Mindestens zwanzig Gäste hätten hier bequem sitzend speisen können. An diesem Abend war ein Büfett mit Spezialitäten der italienischen Küche aufgebaut: Hummer und Langusten türmten sich neben Schüsseln mit verschiedensten Salaten und Gemüsen, tropischen und einheimischen Früchten, Salami und Schinken, Käseplatten und Torten.

»Und das alles ist für die armen Kinder der Dritten Welt«, hörte Leda, die noch in den Anblick dieser Gaumenfreuden versunken war, eine spöttische Frauenstimme neben sich.

»Sie nehmen mir die Worte aus dem Mund. Von diesem Büfett kann eine afrikanische Familie das ganze Jahr über leben«, sagte Leda zu der Dame.

»Sollen wir es deshalb boykottieren?« fragte diese lächelnd.

»Schaffen wir das? Und nützt das irgendwem?« konterte Leda.

»Nein. Gestatten Sie, daß ich mich vorstelle: Laura Lombardi aus Rom«, sagte die berühmte Modeschöpferin, die Leda bisher nur aus der Presse kannte, und reichte ihr die Hand.

»Es freut mich, Sie kennenzulernen. Ich bin Leda Giallo, Kriminalkommissarin, ebenfalls aus Rom.«

»Oh, vermuten Sie in diesem Haus Verbrecher?«

»Vielleicht wissen Sie da mehr als ich.«

»Unter uns gesagt: wenn ein Banker und eine frühere Nonne heiraten, anschließend lauter Gutes für die Armen dieser Welt tun, während sie selbst dabei reich und reicher werden, dann finde ich das zwar nicht straf-, aber dennoch merkwürdig. Offen gesagt paßt mir dieser Heiligenschein überhaupt nicht, der diesen Verdones und ihrem unermüdlichen Wirken für Bedürftige von der Kirche verliehen wird.«

»Aber Sie selbst finanzieren doch auch Frauenprojekte in der Dritten Welt, tun also auch Gutes, wenn man so will. Warum ärgern Sie sich, wenn andere es tun?« fragte Leda etwas überrascht.

»Das kann ich Ihnen erklären. Wenn ich ein Wohltätigkeitskonzert veranstalte, dann mache ich das in einer Konzerthalle mit bekannten Künstlern. Ich sorge dafür, daß wir die Halle gratis bekommen, die Künstler ohne Gage auftreten, normale Eintrittspreise genommen werden, damit möglichst viele Leute kommen, die vielleicht von der Problematik der Menschen in der Dritten Welt nicht viel wissen.

Wenn Sie meine Veranstaltung verlassen, sind Sie bestens informiert. Denn vor jedem Konzert haben die Menschen, die aus diesen Regionen kommen, das Wort. Sie erklären genau, was sie selbst mit jedem Pfennig Geld, das von uns kommt, getan haben. Sie berichten, was bei Projekten gut und was schlecht läuft und was sie bewirken. Ich spiele mit meinem Namen nur die Rolle des Magneten, der die Konzertbesucher anlockt. Außerdem schaue ich mir vor Ort selbst an, wie unsere Projekte laufen. Die Reisen bezahle ich aus dem eigenen Geldbeutel, nicht von Spendengeldern. Bei mir werden Sie niemals eine solche Small-Talk-Inszenierung mit Völlerei und Champagner erleben. Und vor allem bin ich nicht von Herren im Talar abhängig, die das Geld einsammeln und nach ihrem Gutdünken ausgeben. Wer kontrolliert die schon?«

Laura Lombardi hatte sich in Rage geredet, und Leda rutschte die Frage heraus:

»Und warum sind Sie hierher gekommen?«

»Weil mich Jacopo, Verdones Sohn, darum gebeten hat. Wir sind Nachbarn. Er kommt oft und spielt mir auf dem Klavier etwas vor. Da wächst ein großer Pianist heran, davon bin ich überzeugt. Heute ist sein erster halböffentlicher Auftritt und er wollte, daß ich das miterlebe.«

Aus dem großen Saal erklangen eine Glocke und die Stimme Pia Mastellas:

»Bitte kommen Sie ins Konzertzelt hinter dem Speisesaal. Unsere kleinen Künstler erwarten uns.«

Langsam setzte sich die Menge in Bewegung.

»Wir sollten uns beeilen, damit wir möglichst weit vorn sitzen«, sagte Laura Lombardi.

Sie zog Leda mit sich durch die geöffneten Flügeltüren des Zimmers, vor denen ein gelb-weiß gestreiftes Zelt aufgebaut war. Am hinteren Ende war eine leicht erhöhte Bühne mit Blumenschmuck zu sehen, in deren Mitte ein Konzertflügel stand. Ein paar Treppenstufen führten zu ihr hinauf. Im vorderen Zeltbereich warteten die noch leeren Stuhlreihen auf Gäste. Gasöfen heizten das Provisorium.

»Kommen sie. Ich habe Jacopo versprochen, mich an den rechten Rand in der ersten Reihe zu setzen, damit er mich sehen kann. Er meinte, dann fühle er sich wie bei mir zu Hause und könne besser spielen.«

Langsam füllte sich das Zelt. Als Leda sich umschaute, sah sie, daß es bis auf den letzten Platz gefüllt war.

Inzwischen hatten einige Besucher Laura Lombardi entdeckt. Sie war eine Weile mit Händeschütteln und Smalltalk beschäftigt.

»Wer von diesen Herrschaften ist eigentlich besonders wichtig?« erkundigte sich Leda, sobald sich der Ansturm auf die prominente Frau gelegt hatte.

»Das Ehepaar, das mich zuletzt begrüßt hat, war beispielsweise ein Aufsichtsrat der Banca di Credito, Oreste Ariola, mit seiner Frau. Die Dame, die nächste Woche wegen ihrer neuen Sommerausstattung zu mir kommen will, ist die Frau eines Bauunternehmers, dessen Name mir leider entfallen ist, der aber immer wieder wegen irgendwelcher Bestechungsskandale in der Zeitung auftaucht. Davor war das Ehepaar Piero Saba aus Brescia bei mir. Er gilt als einer der gewieftesten Anlage- und Finanzberater Italiens, eine Art kleiner George Soros. Er arbeitet auch für mich.

Links neben uns sitzen die Kirchenfürsten, sprich der halbe Vatikan. Wer dort welche Funktion innehat, weiß ich nicht. Der elegante Herr mit der Begleitung in Knallrot, der gerade von den geistlichen Herren begrüßt wird, ist der Präsident der Vatikanbank. Da lassen sie seit der Marzinkus-Affäre keinen Priester mehr ran«, flüsterte Laura Lombardi.

Mittlerweile hatte Pia Mastella die Bühne betreten und klatschte in die Hände: »Meine Damen und Herren, darf ich bitten.«

Ruhe kehrte im Zelt ein. Mastella nahm ein bereitstehendes Mikrofon und begann zu sprechen:

»Sehr geehrte Damen und Herren, liebe Freunde. Ihr alle könnt euch vorstellen, wie sehr ich mich auf diesen Abend gefreut und wie sehr sich die Kinder auf ihn vorbereitet haben. Es sind besondere Kinder, die über eine Begabung verfügen, welche nur wenigen gegeben ist. Mit ihrer Musik verzaubern sie unsere Umwelt in ein Paradies. Ihnen gehört unsere ganze Liebe und Aufmerksamkeit, damit sie das voll entwickeln können, was sie an Möglichkeiten in sich tragen.

Diese Chancen werden den Kindern in der Dritten Welt womöglich nie eröffnet werden, auch nicht mit unserer noch so großen Unterstützung. Aber wir wollen wenigstens ihr Überleben sichern, ihr Leiden mildern. Das ist unser christlicher Auftrag, und wir danken Gott, daß wir es gerade jetzt in der Weihnachtszeit tun können.

Ich möchte nun Kardinal Corrado Balbo bitten, uns zu erläutern, wie unsere Spenden des vergangenen Jahres verwendet wurden.«

Pia Mastellas kleine Ansprache wurde mit kräftigem Applaus bedacht. Graziös und mit niedergeschlagenen Augen verneigte sie sich vor ihrem Publikum.

Dann stieg Kardinal Balbo die kleine Treppe zur Bühne hinauf, ging Pia Mastella mit weit geöffneten Armen entgegen und schloß sie um die zierliche Frau, die ganz in ihnen zu verschwinden schien. In einer Hand hielt er einen großen weißen Briefumschlag. Dann würdigte er in einer längeren Dankesrede die unermüdliche Arbeit von Pia Mastella:

»Solche Laien brauchen wir in unserer Kirche. Menschen, die ihren Glauben in die Tat umsetzen. Deshalb habe ich heute auch eine Überraschung ganz eigener Art mitgebracht: Der Heilige Vater, von dem wir alle wissen, wie nahe er gerade den benachteiligten Menschen auf der Erde steht, hat mir für Pia Mastella ein handschriftliches Gruß- und Dankeswort mitgegeben.«

Er reichte der völlig überraschten und gerührten Gastgeberin den Umschlag. Tosender Applaus erhob sich im Saal. »Dio mio«, hörte Leda einen Mann hinter sich sagen, »der Heilige Vater höchstpersönlich dankt dieser Frau. Sie hat es verdient.«

Nachdem wieder Ruhe eingekehrt war, fuhr Balbo fort, über die Investition der Spendengelder aus dem vergangenen Jahr in zwei Hilfsprojekte zugunsten afrikanischer und lateinamerikanischer Kinder zu referieren.

Leda fielen hin und wieder die Augen zu. Ein anstrengender Arbeitstag und zwei Gläser Champagner forderten ihren Tribut. Erst der erneute Applaus holte sie ins Hier und Jetzt des Zeltes zurück.

Im Scheinwerferkegel der Bühne stand nun ein etwa achtjähriges Mädchen, das seiner Mutter Pia wie aus dem Gesicht geschnitten war und sich als Virginia Verdone vorstellte. Unbefangen präsentierte es das erste Kinderkünstlerpaar: Anna und Ernesto.

Leda war überrascht, mit welcher Perfektion die beiden eine Sonate für Violine und Pianoforte von Bach darboten. Dabei schien ihnen das Spiel richtig Spaß zu machen. Sie hatte immer geglaubt, diese Wunderkinder seien nichts als gedrillte Musikmaschinen.

Als Ernesto sich einmal auf den Tasten verhedderte, entfuhr ihm ein lautes und deutliches »Mortacci«. Seine Schwester Anna kicherte los und steckte das gesamte Publikum mit ihrem Lachen an. Völlig gelassen erklärte die junge Dame, sie würden die Sonate noch einmal spielen, was diesmal auch reibungslos klappte. Rauschender Applaus.

Dann kam der kleine Jacopo auf die Bühne und setzte sich mit ernstem Gesicht ans Klavier. Leda beobachtete, wie er Laura Lombardi ansah und sie ihm lächelnd zunickte. Er lächelte zurück, bevor er einige Klavierstücke von Erik Satie zu spielen begann. Leda meinte ihren Ohren nicht zu trauen, was der kleine Kerl mit seinen winzigen Händen zustande brachte.

»Da haben Sie wohl recht. Der wird sicher mal ein ganz großer Pianist«, sagte Leda zu ihrer Nachbarin, die nach der Darbietung aufgestanden war, um ihm begeistert Applaus zu zollen. Jacopo verneigte sich kurz und verließ die Bühne so ernst, wie er sie betreten hatte.

Als letzter Programmpunkt wurden Flötenduette von Corelli geboten. Eliana und Eva spielten zwar nett und auch ziemlich richtig, aber ihr Musizieren wirkte eingeübt und steif. Doch auch ihre Bemühungen fanden den Beifall des Publikums.

Nach Beendigung der Vorstellung strömte der Pulk von Menschen wieder in die steinernen vier Wände des Hauses direkt aufs Büfett zu.

»Da haben wir vorläufig keine Chance. Die Letzten werden die Ersten sein, das steht schon in der Bibel. Da wir die Ersten hier waren, sind wir also beim Essen die Letzten«, meinte Laura Lombardi.

Gemeinsam bahnten sie sich den Weg in das große Wohnzimmer, nahmen ein weiteres Glas Sekt und griffen in die auf den Kommoden verteilten Schüsseln mit Knabbersachen.

»Wie lange wohnen die Verdones eigentlich schon hier?« fragte Leda.

»Seit drei Jahren. Sie haben das Haus von der Filmschauspielerin Linda Brindisi gekauft, nachdem diese nach Amerika umgezogen war.«

»Es muß ein Vermögen gekostet haben.«

»Drei Millionen Euro. Linda hat es mir gesagt.«

»Demnach muß einer der beiden aus einer sehr reichen Familie stammen.«

»Pia Mastella hat mir erzählt, daß ihr Vater riesige Olivenpflanzungen im gesamten Gargano-Gebiet besitzt. Außerdem haben sie wohl einige Hotels in und um Peschici an der Küste des Stiefelsporns. Aber warum fragen Sie sie nicht selbst?«

»Entschuldigung, Signora Lombardi, ich wollte Sie nicht aushorchen. Die Fragen schossen mir nur gerade durch den Kopf, als ich all diesen Luxus sah.«

»Ist schon gut. Kriminalkommissare machen sich wohl immer ihre Gedanken. Seien Sie sicher, wenn ich nicht antworten will, tue ich es nicht. Ich werde Sie jetzt verlassen und nach Hause gehen. Übrigens finde ich es schön, daß Sie ein Tuch aus meiner Kollektion tragen. Das hat eine der Frauen aus einem Hilfsprojekt in Indien entworfen und gemalt. Sie kann heute gut davon leben, sehr gut sogar.«

Laura Lombardi ging Richtung Ausgang davon. Leda sah, wie sie noch zwei- oder dreimal angesprochen wurde, jeweils aber nur kurz antwortete und dann verschwand. Eine erstaunliche Frau, dachte Leda.

In diesem Moment kam Verdone lächelnd auf sie zu.

»Sie haben ja noch gar nichts zu essen. Nehmen Sie meinen Teller, ich hole mir später einen neuen«, meinte er und drückte ihr seinen eigenen in die Hand.

»Ihr Sohn ist wirklich ein hochbegabtes Kind. Herzlichen Glückwunsch«, gratulierte sie ihm.

»Vielen Dank. Jacopo ist wirklich ein Geschenk des Himmels, und wir sind sehr stolz auf ihn«, erwiderte der Vater strahlend.

»Er wächst auch in einer wunderbaren Umgebung auf«, fuhr Leda fort.

»Ja, das stimmt. Dank meiner Schwiegereltern konnten wir uns dieses Haus kaufen. Wir leben sehr gern hier«, erklärte Verdone, was Leda ihm aufs Wort glaubte.

»Nicht nur das Haus ist schön, sondern auch das Essen schmeckt vorzüglich«, lobte Leda. »Ach ja, was ich noch fragen wollte: Wieso haben Sie eigentlich so gute Kontakte zur Kirche? Es sind auffällig viele kirchliche Würdenträger hier.«

»Das ist eine lange Geschichte. Ich stamme aus einem Dorf, das in der Basilicata liegt, den Bergen zwischen dem Golf von Tarent und dem Golf von Policastro. Weil ich ziemlich intelligent war, wurde ich vom Padre in ein kirchliches Internat nach Cosenza geschickt. Meine Eltern waren froh, daß ich eine gute Ausbildung erhielt.

Nach dem Abitur ermöglichten mir die Padres das Wirtschaftsstudium in Rom. Zusätzlich besuchte ich die päpstliche Universität, weil ich eigentlich Priester werden sollte. Da mich aber das Leben in Freiheit mehr faszinierte als das in den Mauern der Kirche und ich außerdem ein glänzendes Angebot von der Banca di Credito bekam, habe ich diese Laufbahn bevorzugt. Ohne allerdings jemals meine Liebe und Dankbarkeit der Kirche und Gott gegenüber aufzugeben.

In Pia habe ich eine Frau gefunden, die der Kirche ebenfalls sehr nahe steht. Sie war früher Ordensfrau bei den Schwestern der Heiligen Mutter Gottes. Ich bin schuld daran, daß sie es heute nicht mehr ist, sondern Ehefrau und Mutter.«

Nun war es an Verdone zu fragen:

»Haben Sie in den Berichten etwas gefunden, was Sie in der Ermittlung weiterbringt?«

»Nein, leider nicht«, log Leda.

»Entschuldigen Sie bitte, Signora, wenn ich störe«, unterbrach ein Geistlicher. »Ich muß Gianni noch kurz sprechen, bevor ich gehe.«

»Ich wollte mich ohnehin verabschieden«, erwiderte Leda und bedankte sich bei Verdone für den interessanten Abend.

In der Eingangshalle war inzwischen ein Tisch aufgebaut, hinter dem eine junge Dame saß. Freundlich sprach sie Leda an: »Signora, möchten Sie vielleicht etwas spenden? Das können Sie bei mir tun.«

»Wie spendet man denn, mit Bargeld?«

»Nein«, erwiderte die junge Frau lachend. »Nehmen Sie doch bitte einen Überweisungsschein mit. Dann können Sie sich zu Hause in Ruhe überlegen, wieviel sie diesen armen Kindern zu Weihnachten schenken möchten.«

»Wieviel ist denn üblich?« fragte Leda.

»Oh, das ist sehr unterschiedlich. Manche geben hundert Euro und manche viele Tausend.«

»Vielen Dank, ich werde es mir überlegen«, sagte Leda.

Sie nahm ein Überweisungsformular und steckte es in ihre Handtasche.

XIV

Am nächsten Morgen war Leda nervös. Ihr Rücken schmerzte vom schlechten Schlaf. Nach dem Konzert hatte sie ihre Handtasche ausgeräumt, dabei den Überweisungsträger herausgenommen und eher beiläufig nachgeschaut, an wen die Spenden überwiesen werden sollten. Sie wollte ihren Augen nicht trauen, denn als Empfänger war Fare-Bene-Events mit einer Kontonummer bei der Banca di Credito angegeben.

Im Traum plagte sie das Überweisungsformular, in das sie mit einem roten Stift eine Zehn mit unendlich vielen Nullen eintrug. Sobald das Blatt voll war, verschwanden die Nullen, und Leda mußte mit der Arbeit von vorn beginnen.

Eine heiße Dusche löste die Verspannungen etwas, doch die Nervosität blieb. Noch im Bademantel rief sie bei Alesi zu Hause an.

»Ciao, Leda, ist etwas passiert?« fragte Alesis Frau besorgt.

»Ja, aber nichts Persönliches. Mir geht es gut, den Kindern auch. Sie kommen übrigens in den Ferien. Dann sehen wir uns hoffentlich.«

»Darauf freue ich mich.«

»So wichtig?« ertönte gleich darauf die Stimme von Alesi.

»Ja. Bist du heute in der Questura? Ich muß dich dringend sprechen.«

»Sagen wir in einer Stunde in meinem Büro!«

Zwanzig Minuten später betrat Leda Marios Bar.

»Meine Güte, in letzter Zeit sind Sie immer so früh dran. Haben Sie so viel Streß?« begrüßte Mario sie und begann sofort an der Kaffeemaschine zu hantieren.

»Ich weiß kaum noch, wo mir der Kopf steht. Ein schwieriger Fall ist dieser Tote vom Tiberufer.«

»Sie bekommen demnächst noch viel mehr Tote«, sagte Mario, während er Kaffeepulver in den Filter der Maschine löffelte.

»Wieso denn das?«

»Werfen Sie einmal einen Blick in die Zeitung. Ein Irrer behauptet, Gift in Panettones gespritzt zu haben. Eine Million Euro will er von der Herstellerfirma haben und erst dann verraten, in welchen Geschäften er das Gift verteilt hat.«

»Du kannst nur froh sein, daß deine fast alle verkauft sind«, meinte Leda.

»Bin ich auch. Aber die anderen werden jetzt kein Stück mehr los. Glauben Sie, daß jemand so etwas tatsächlich tut?«

»Nichts ist unmöglich, würde ich sagen. Mein Panettone war jedenfalls nicht vergiftet und lecker dazu.«

»Dio mio, kann man in diesem Land nicht einen ruhigen Tag im Jahr haben«, stieß Mario seinen morgendlichen Stoßseufzer aus.

Bevor er längere Ausführungen zum Thema beginnen konnte, hatte Leda ihren Cappuccino runtergeschüttet, ihr Cornetto und die Schachtel Zigaretten geschnappt, die er ihr hingelegt hatte, passend gezahlt und das Lokal verlassen.

Im Eingang der Questura traf sie Ugo.

»Buon giorno, Signora. Sie sind ja heute morgen schon mit den Vögeln aufgestanden!«

»Komm schnell, wir müssen zu Alesi gehen.«

»Ist was passiert?«

Leda nickte nur, packte ihn am Ärmel und zog ihn mit sich durch die Flure.

Erman Alesi wartete bereits.

»Schieß los«, forderte er sie ohne Umschweife auf. Leda berichtete, was di Nittis ihr in Neapel erzählt hatte und daß sich seine Aussage mit dem deckte, was Ugo in den Berichten

Puccios gefunden hatte: In vier Jahren war dieser dreimal direkt und zweimal indirekt mit Kirchenangelegenheiten befaßt gewesen. Nach seinen Prüfungen hatten zwei Banker ihren Dienst quittieren müssen, und drei weitere waren wegen sonstiger unsauberer Geschäfte entlassen worden.

»Es gibt also insgesamt fünf mögliche Rächer«, stellte Alesi fest .

»Von denen drei meiner Meinung nach ausscheiden: Longo aus Neapel ist tot, Santilli scheint mit seinem neuen Leben zufrieden zu sein, dasselbe gilt für den jetzigen Anlageberater. Ein weiterer Ex-Banker sitzt im Gefängnis, und einer wartet noch auf seinen Prozeß. Diese beiden werden von Kollegen vor Ort vernommen. Wir müssen diese Ergebnisse abwarten.«

»Habt ihr ein Tatmotiv?« fragte Alesi.

»Nein. Wir wissen lediglich, daß die Täter dringend nach etwas suchen.« Leda berichtete vom Einbruch im Landhaus der Puccios.

»Hast du eigentlich bei Signora Puccio etwas in den Dokumenten entdeckt?« wollte Leda von Ugo wissen.

»Nichts, was von Interesse sein könnte. Normale Versicherungen für die Wohnung und das Landhaus, für die Kinder und die Ehefrau jeweils eine ziemlich hohe Lebensversicherung, die bei Selbstmord allerdings nicht ausgezahlt wird, ein paar Aktien – das war's. Zehn Jahre hat Puccio ein ordentlich dokumentiertes Leben geführt. Auf dem Dachboden der Puccios stehen aber mindestens zehn weitere verstaubte Kisten mit Unterlagen, die viel älter sind und teilweise, so sagte mir Frau Puccio, noch von ihren Eltern stammen.«

»Also auch keine Spur«, meinte Alesi.

»Nein, Signore.«

Dann berichtete Leda vom gestrigen Abend bei den Verdones, von dem Luxus, der sie umgab, von den vielen hohen

Kirchenvertretern, von den Unsummen, die in den vergangenen zwei Jahren bei dieser Wohltätigkeitsveranstaltung zusammengekommen waren und der erstaunlichen Vorgeschichte der beiden Verdones.

»Was ist daran verwerflich, wenn reiche Leute sich gemeinsam mit der katholischen Kirche für Arme einsetzen?«

»Nichts. Aber ich finde es mehr als seltsam, daß die Spenden ausgerechnet auf ein Konto der Fare-Bene-Events bei der Banca di Credito eingezahlt werden. Diese Organisation schmeckt mir nicht. In Mailand und in Venedig sind immerhin ein Finanzberater und ein Bauunternehmer in kürzester Zeit zu den wichtigsten Kunden der dortigen Niederlassungen geworden, weil sie die Prokura für diese heilige Firma haben. Das ist mir zuviel des glücklichen Zufalls«, sagte Leda.

»Was hast du vor?«

»Ich möchte erstens wissen, warum Pia Mastella ihre Laufbahn als Nonne aufgegeben hat und aus welcher Familie sie stammt. Sie könnte in diese Geldbeschaffung für die Kirche einbezogen sein, sonst würde ihr niemand ein persönliches Dankschreiben vom Papst besorgen.

Zweitens frage ich mich, welche Rolle Verdone bei der ganzen Angelegenheit spielt. Dazu bräuchten wir dich mit deinen guten Beziehungen. Ich möchte – ganz informell natürlich – erfahren, wer Verdone damals in die Bank gelockt hat.

Drittens will ich noch Mitarbeiter von Puccio befragen, wohin genau die Fare-Bene-Gelder in Mailand und in Venedig überwiesen wurden und wahrscheinlich noch werden. Darüber steht nämlich in den Berichten nichts.«

»Welchen Verdacht hast du?« fragte Alesi sie geradeheraus.

»Ich glaube, daß Puccio einen ganzen Nebenerwerbszweig der Kirche sowie anderer krimineller Elemente aufgetan hat, möglicherweise selbst darin verstrickt war und deshalb sterben mußte.«

Alesi war aufgestanden und ging im Zimmer auf und ab.

»Was sagen Sie dazu, Libotti?«

»Ich befürchte, daß die Signora recht hat.«

»Das ist ein ungeheurer Verdacht, Leda, ein ganz ungeheurer sogar. Du bringst uns in Teufels Küche, wenn wir keine absolut stichhaltigen Beweise für diese Behauptung auf den Tisch legen können. Schließlich ist die Banca di Credito eines der größten Geldinstitute in unserem Land.

Über die Macht der Kirche brauche ich dir wohl kaum etwas zu sagen. Sie ist eine Krake, die mit ihren Tentakeln jeden Winkel dieses Landes erfaßt. Greifst du sie an, wird sie dich packen. Das heißt im Klartext, wir riskieren entweder unsere Entlassung oder schieben bald Dienst in einem Bergdorf, wo es vielleicht eine Kirche, aber sicher keine Bankfiliale mehr gibt. Ist dir das klar?« Alesi schaute sie scharf an, und Leda konnte zum erstenmal Angst in ihnen entdecken.

»Ja«, sagte Leda leise.

Es war totenstill im Raum. Leda sah, wie Alesi seine Hände wrang, während er weiter schweigend auf und ab lief. Plötzlich blieb er stehen, atmete tief durch und sagte:

»Also gut. Wir verlieren noch mehr, wenn wir nichts unternehmen. Denn irgendwann kommt jede Wahrheit ans Licht. Macht weiter, aber seid sehr, sehr vorsichtig. Niemand darf merken, welche Spur wir verfolgen. Und noch etwas: Jedes Gespräch wird in Berichten festgehalten. Mit Namen, Datum und Uhrzeit. Umgekehrt werde ich das genauso tun, wenn ich etwas erfahre. Diese Berichte darf vorläufig niemand außer uns dreien sehen, und ich werde sie hier in meinem Panzerschrank deponieren. Das war's. Ich wünsche uns viel Glück.« Alesi reichte den beiden die Hand.

»Danke für das Vertrauen«, sagte Leda und drückte seine Hand fest. Er öffnete ihnen die Tür, und sie gingen schweigend davon.

»Alesi hat Angst, richtige Angst. Das habe ich bei ihm noch nie erlebt.«

»Ich habe auch Angst, Ugo. Es wird ein Kampf wie der von David gegen Goliath.«

Aus dem Büro schlug ihnen muffige Hitze entgegen, als sie die Tür öffneten.

»Ugo, du entschuldigst, aber es ist einfach nicht zum Aushalten«, sagte Leda und riß das Fenster auf. Dann setzte sie sich wieder an ihren Schreibtisch und erklärte Ugo ihre Vorgehensweise:

»Ich versuche, alles über Pia Mastella in Erfahrung zu bringen. Stell bitte fest, ob Fare-Bene-Events in Mailand und Venedig nur Niederlassungen der römischen Zentrale sind oder ob sie ganz unabhängig voneinander arbeiten.«

Dann rief sie bei ihrer Schwester Francesca an.

»Ist was passiert?« fragte diese, sichtlich erstaunt, Leda so früh am Telefon zu hören.

»Ich brauche eine Information. Ihr macht doch oft Urlaub in Peschici im Haus von euren Freunden. Kannst du rausfinden, ob es dort eine Familie Mastella gibt, die eine Tochter namens Pia hat. Sie ist heute mit einem römischen Bankdirektor verheiratet, früher war sie Nonne. Ich muß wissen, ob diese Familie sehr wohlhabend ist.«

»Warum mußt du das wissen?«

»Es geht um einen Mordfall. Das darf aber niemand erfahren. Falls du gefragt wirst, erklär einfach, Pia Mastella sei hier in Rom inzwischen berühmt für ihre Wohltätigkeitsveranstaltungen, und ich hätte bei einem Konzert erfahren, daß diese tolle Frau aus Peschici stammt, und dich nach ihr gefragt. Ich muß dringend alles über ihren Hintergrund wissen. Tust du das für mich?« bat Leda.

»Ja natürlich, wenn es so wichtig ist. Ich rufe dich zurück.«

Anschließend blätterte Leda im Telefonbuch nach. Sie suchte sich die Nummer der »Schwestern der Heiligen Mutter Gottes« heraus und wählte sie. Eine freundliche Frauenstimme teilte ihr mit, daß die Schwester Oberin im Moment leider nicht zu sprechen sei, weil sie Unterricht gebe.

»Welche Art von Unterricht wird bei Ihnen gegeben?« erkundigte sich Leda.

»Wir bilden für den Missionsdienst aus. Unsere Schwestern gehen als Lehrerinnen, Erzieherinnen, Ärztinnen oder Krankenschwestern in die ganze Welt. Darauf müssen sie vorbereitet werden. Und genau das machen wir hier«, erklärte die Frau bereitwillig. »Wenn Sie sich dafür interessieren, schicke ich Ihnen gern Informationsmaterial zu.«

»Vielen Dank, das brauche ich nicht. Ich möchte nur mit der Schwester Oberin sprechen. Wann wäre das möglich?«

Sie vereinbarten, daß die Oberin sie in der nächsten großen Pause zurückrufen würde, also in etwa einer Stunde.

Während Leda gerade den von ihr ungeliebten Organisationskram erledigte, Formulare ausfüllte, Abrechnungen erstellte und Unterschriften leistete, wozu sie von der Abrechnungsstelle nun schon zum dritten Mal aufgefordert worden war, klingelte das Telefon.

Es war Francesca.

»Ich habe mit meiner Freundin Eliana in Peschici gesprochen, die mit der älteren Schwester deiner Pia Mastella befreundet ist. Der Vater betreibt mit Pias beiden Brüdern und der Mutter einen Campingplatz. Ihre Schwester ist verheiratet und führt mit ihrem Mann ein kleines Hotel mit Restaurant. Beide sind reine Sommerbetriebe. Im Winter kümmern sie sich um ihre Oliven. Sie haben ein paar Hektar mit Bäumen. Insgesamt kommen beide Familien gut über die Runden, sind aber keinesfalls wohlhabend oder gar reich.

Pia ist die einzige aus der Mastella-Familie, die Peschici verlassen hat. Unter dem Einfluß ihrer bigotten Tante verfiel sie schon als junges Mädchen ganz diesem Padre Pio, der in San Giovanni Rotondo wohltätig gewirkt und Wunder vollbracht haben soll. Sie wollte als Missionarin den armen Kindern in Entwicklungsländern helfen und muß geradezu besessen von dieser Idee des Helfens, gleichzeitig aber auch intelligent und fleißig gewesen sein. Mit Hilfe der Tante ging sie nach Rom, trat in einen Orden ein und wurde Lehrerin. Dort war sie sehr glücklich, doch kurz bevor sie dann endlich ins Ausland gehen sollte, kam die Kehrtwende.«

»Was ist denn passier?« wollte Leda wissen.

»Pia hat sich ganz banal in einen steinreichen römischen Banker verliebt, ist aus dem Orden ausgetreten, hat den Mann geheiratet und dann eine Tochter bekommen, Maria, übrigens ein Siebenmonatskind von beinahe vier Kilo ... Seit ihrer Heirat macht sich die Schwester große Sorgen um Pia, weil sie offenbar sehr depressiv geworden ist. Eliana meint, daß Pia den Schritt aus dem Kloster in die normale Welt zutiefst bereue. So, hoffentlich habe ich nichts Wichtiges vergessen.«

Leda dankte ihrer Schwester.

»Hat Eliana eigentlich wissen wollen, warum du sie über Pia aushorchst?«

»Ja, und ich habe ihr genau die Version aufgetischt, die wir vereinbart hatten. Sie hat das anstandslos geschluckt.«

Vor Ledas innerem Auge tauchte die zierliche Achtjährige auf, die Pia Mastella so ähnlich sah, wie sie am vorherigen Abend auf der Bühne gestanden und die jungen Künstler vorgestellt hatte.

»Nach nur sieben Monaten Schwangerschaft ein Vier-Kilo-Baby«, sagte sie wenig später zu ihrem Mitarbeiter.

»Das war sicher eine unbefleckte Empfängnis, wie bei der

Mutter Gottes, und die trifft wohl – wenn überhaupt – nur Nonnen«, meinte Ugo.

»Bei wirklich gläubigen und guten Menschen ist eben das Unmögliche möglich.«

»Sei nicht so moralisch. Sie haben per Ehe die Situation geradegebogen und sogar noch ein Kind bekommen. Was wollen Sie mehr?« konterte Ugo.

»Ich rede nicht vom Baby. Ich rede von ihrem Geld. Die ehemalige Nonne kommt aus einer ordentlichen, aber keinesfalls reichen Familie. Die Leute in Peschici sind davon überzeugt, sie hätte einen reichen Banker geheiratet. Verdone hingegen läßt die Leute hier in Rom glauben, sie stamme von Eltern ab, die in Geld schwimmen. Warum nur?«

Wieder klingelte das Telefon.

»Guten Tag, hier ist Schwester Claudia. Signora Giallo wollte mich dringend sprechen.«

»Vielen Dank, daß Sie so schnell zurückrufen. Ich wollte mit Ihnen über Pia Mastella sprechen«, sagte Leda.

Am anderen Ende der Leitung herrschte Stille.

»Hallo«, rief Leda, »sind Sie noch da?«

»Wer sind Sie, daß Sie mit mir über Pia Mastella sprechen möchten?« fragte die Oberin.

Leda erklärte es ihr.

»Nicht am Telefon. Können Sie zu mir kommen? Am liebsten gleich, dann habe ich es hinter mir«, schlug Schwester Claudia vor.

Eine halbe Stunde später betrat Leda das moderne, mit hellrotem Backstein geklinkerte Ordenshaus an der Via Aurelia und ließ sich von der Pförtnerin bei der Schwester Oberin melden.

Die junge Frau in mittelblauer Schwesterntracht begleitete sie einen langen Flur entlang.

»Hier sind wir«, sagte sie schließlich und klopfte an eine Tür.

Ein leises »Herein« erklang.

»Signora Giallo ist da, Schwester Oberin.«

»Grazie, Gilda. Buon giorno, Signora Giallo. Bitte treten Sie ein.« Schwester Claudia stand auf und kam auf Leda zu, um ihr die Hand zu geben. Ein fester, Entschlossenheit signalisierender Händedruck. Sie war etwa sechzig Jahre alt, fast einen Kopf größer als Leda, ausgesprochen kräftig und strahlte Autorität aus.

»Sie möchten also mit mir über Pia Mastella sprechen. Was soll ich Ihnen erzählen, was wissen Sie schon über sie?«

Leda erklärte, daß sie mit der Aufklärung eines brisanten Todesfalls befaßt sei: es gehe da um einen Banker, der vor seinem Tod ein ungewöhnliches Wachstum von Geld auf den Konten zweier Unternehmer und einer Firma für Wohltätigkeitsveranstaltungen entdeckt habe, für die auch Pia Mastella tätig sei. Da Pia außergewöhnlich reich sei, müsse Leda die Zusammenhänge untersuchen und dazu den gesamten Hintergrund jeder einzelnen Person kennenlernen.

»Halten Sie Pia für eine Kriminelle? Schlagen Sie sich das sofort aus dem Kopf. Das ist völlig ausgeschlossen. Sie ist reich geworden, weil sie einen Mann aus einer begüterten Familie geheiratet hat, der zudem noch sehr fleißig ist. Ich erzähle Ihnen ungern Pias Geschichte, weil sie erschütternd ist. Aber wenn Sie sie kennen, werden Sie Pia sicherlich aus dem Kreis Ihrer Verdächtigen ausschließen«, sagte die Oberin und trank ihren Kaffee in einem Zug aus.

Dann legte sie die Hände auf den Tisch, senkte den Kopf und begann ganz ruhig sprechen:

»Pia hat mich in meinen größten inneren Konflikt gestürzt, seitdem ich in den Orden eingetreten bin. Sie kam aus einem kleinen apulischen Ort an der Adriaküste zu uns.«

»Wie war ihre Familie finanziell gestellt?« fragte Leda.

»Sehr anständige Leute. Sie waren zwar nicht reich, hatten aber ein eigenes Häuschen und konnten ihre vier Kinder gut ernähren und erziehen. Pia wurde also nicht zu uns geschickt, weil ihre Familie einen Esser loswerden wollte. Sie ergriff dieses Leben aus freien Stücken. Pia war eine wunderbare und intelligente Studentin und später eine ebensolche Lehrerin, sie war wißbegierig, kritisch und gleichzeitig loyal, absolut fest im Glauben an Gott und in ihrem Willen, benachteiligten Menschen zu helfen.

Sie hatte den Mut, in Gesprächskreisen mit allerhöchsten Vertretern des Vatikans über die Methoden der Missionsarbeit zu diskutieren, und fiel immer wieder durch gute Vorschläge auf. Sie las sich durch ganze Bibliotheken und entwickelte sich zu unserer hoffnungsvollsten Nachwuchsschwester.«

»Und was geschah dann?« fragte Leda.

»Mit neunundzwanzig Jahren veränderte Pia sich plötzlich, wurde verschlossen, weinte oft und beteiligte sich immer seltener an unseren gemeinsamen Aktivitäten. Sie war häufig unterwegs und behauptete, in den vatikanischen Bibliotheken zu lesen. Ein Jahr lang ging das so. Sie stand unter einem furchtbaren Druck, weigerte sich aber zu sagen, warum sie so durcheinander war. Wir beschlossen, sie in den Auslandsdienst zu schicken, damit sie ihr großes theoretisches Wissen endlich in die Tat umsetzen könnte. Außerdem glaubte ich, daß ihr ein Ortswechsel vielleicht gut täte.

Eines Abends rief ich sie zu mir und teilte ihr unsere Entscheidung mit. Da brach sie völlig zusammen und sagte mir, sie müsse aus unserem Orden austreten. Ich begriff zunächst nicht, wovon sie sprach, denn der Orden war ihr Leben.

Sie war schwanger und wollte heiraten. Ich fragte sie nach dem Vater des Kindes, wann und wie sie ihn kennengelernt hatte. Sie verwickelte sich in Widersprüche, bis endlich die grauenhafte Wahrheit zutage kam. Der Vater ist ein Priester, den sie bei einem dieser Gesprächskreise kennen und lieben gelernt hat. Sie war diesem dreißig Jahre älteren Mann seit mehr als einem Jahr völlig ergeben. Und dieser Mann hat diese junge Frau bis zum Letzten ausgenutzt und ihr Leben zerstört.«

Schwester Claudia hielt kurz inne und kämpfte sichtlich mit den Tränen. Dann erzählte sie weiter:

»Verdone war die gute Seele, die Pia schließlich auffing. Auch ihn hatte sie bei einem Diskussionsabend bei diesem Priester getroffen. Pia und Verdone waren dort Freunde geworden. Zwar veränderten sich Verdones Gefühle für sie mit der Zeit, und sie wußte das auch. Er respektierte allerdings ihren Status als Ordensschwester in vollem Umfang und pflegte eine Freundschaft mit ihr, die mir gut gefiel.

Als Pia ihre Schwangerschaft im Frühstadium bemerkte, begann sie sofort ein Verhältnis mit Verdone, um den Priester zu schützen. Sie bat ihn, sie zu heiraten, was er auch tat, weil er glaubte, der Vater zu sein. An dem Abend, als Pia mir das alles erzählte, wollte ich zum ersten und einzigen Mal in meinem Leben aus der Kirche austreten.«

Inzwischen hatte Schwester Claudia ihren Kopf in die Hände sinken lassen. Leda sah, wie Tränen auf den Tisch tropften. Sie zog ein Taschentuch aus ihrer Handtasche und gab es der Oberin. Die Tränen liefen ihr übers Gesicht, während sie weitersprach.

»Ich fragte Pia, ob sie Verdone denn liebte und wirklich mit ihm zusammenleben wollte. Immerhin sollte ein Kind in diese Beziehung geboren werden. Aber sie liebte den Priester. ›Ich werde ihn bis ans Ende meines Lebens lieben‹, sagte sie. ›Gianni schätze ich, er ist ein guter Mensch und wird ein guter Vater für mein Kind sein. Es wird im tiefen Glauben an Gott erzogen werden. Schwester Oberin, beten Sie um Vergebung für mich, ich habe falsch gehandelt.‹ Ich habe sie gefragt, ob nicht vielmehr der Priester Falsches getan habe.

Doch sie sprach diesen, bitte verzeihen Sie den Ausdruck, Lüstling frei.

Es stellte sich dann heraus, daß es die Idee des Kirchenmannes gewesen war, daß sie ein Verhältnis mit Verdone beginnen und ihn heiraten sollte. Verdone hat wahrscheinlich nie erfahren, daß er nicht der Vater von Maria ist. Ich habe Pia noch ein paarmal getroffen. Sie war sehr unglücklich, obwohl sie die Kinder liebt und Gianni mag. Bis heute sorgt sie dafür, daß wir für unsere Dritte-Welt-Projekte vom Vatikan aus reichlich mit Geld versorgt werden. Anders kann ich mir jedenfalls die außergewöhnliche Großzügigkeit der Kurie unserem Orden gegenüber nicht erklären.«

»War dieser Priester im Vatikan beschäftigt?« fragte Leda.

Die Oberin nickte.

»Sagen Sie mir, wer es war?«

Es fiel der Oberin sichtlich schwer, den Namen über die Lippen zu bringen.

»Kardinal Innocenzo Vinciguerra«, antwortete sie schließlich mit gesenktem Kopf.

Leda glaubte ihren Ohren nicht zu trauen. »Wie bitte, ein Kardinal? Haben Sie gegen ihn nichts unternommen?«

»Das habe ich mir auch überlegt. Doch dann kam ich zum Ergebnis, daß ich nur noch mehr Schaden anrichten würde. Es wäre eine vatikaninterne Untersuchung eingeleitet worden mit Pia als Zeugin. Das männliche Machtsystem dort hätte sie zugrunde gerichtet, und sie litt doch schon so furchtbar. An solchen Dingen haben immer ausschließlich die Frauen schuld. Diese junge Familie wäre daran zerbrochen. Das wollte ich nicht. Ich schrieb deshalb einen Brief an den Kardinal. Er hat nie geantwortet.«

»Wieso sind Sie eigentlich nicht aus dieser Kirche ausgetreten? Eine rein persönliche Frage, weil ich das getan hätte«, sagte Leda.

»Weil nicht alle in der Kirche so verdorben sind, weil ich

meinen Orden liebe und vielen Frauen ein erfülltes Dasein bieten kann und will. Gott wird diesen Menschen irgendwann zur Rechenschaft ziehen. Pia hat gefehlt und büßt dafür. Sie war allerdings meiner Meinung nach nichts weiter als sein Opfer. Glauben Sie immer noch, daß sie eine Kriminelle sein könnte?«

»Ich habe in meinem Beruf schon so viel erlebt, daß ich gar nichts ausschließen möchte«, antwortete Leda.

»Signora Commissaria, würden Sie mir einen Gefallen tun und mich anrufen, wenn etwas mit Pia geschehen sein sollte? Ich möchte wenigstens für sie beten können. Und falls Sie sie sprechen, sagen Sie ihr, daß sie sich jederzeit an mich wenden kann. Ich bin ihr nicht böse, was immer sie getan haben mag, es ist nicht ihre Schuld«, sagte die Oberin und geleitete Leda zum Ausgang. Mit einem »Gottes Segen sei mit Ihnen« verabschiedete sie sich von ihr.

Auf dem kurzen Weg durch den Garten zum Parkplatz atmete Leda tief durch. Die kühle Luft des frühen Nachmittags tat ihr gut. Sie gab ihr das Gefühl zurück, nach so vielen unglaublichen Geschichten in eine Welt zurückzukehren, die nicht ganz so verlogen war. Bevor sie in den Wagen stieg, schaute sie noch kurz auf das Haus der Schwestern der Heiligen Mutter Gottes zurück und sah die Oberin am Fenster stehen und zum Abschied leicht winken. Auch Leda hob ihre Hand zum Gruß.

Im Auto warf sie einen Blick auf die Uhr. Es war schon fast zwei, und um vier Uhr sollte die Weihnachtsfeier beginnen. Sie hatte noch nichts dafür eingekauft. Am Straßenrand entdeckte sie Werbeschilder für einen Supermarkt in der Nähe. In kürzester Zeit hatte sie ihren Einkaufswagen vollgeladen. An der Brottheke schlang sie noch ein köstliches Stück Pizza mit Zucchini hinunter.

Eine halbe Stunde später stand sie an der Kasse und pfiff amerikanische Weihnachtslieder vor sich hin, die aus den unsichtbaren Lautsprechern an der Decke erklangen, um nach den modernen Regeln der Werbepsychologie dem Konsumenten das Konsumieren besonders angenehm zu gestalten. Leda ertappte sich dabei, daß sie auf den Trick hereingefallen war und jetzt viel mehr aufs Laufband legte, als sie ursprünglich hatte erstehen wollen. Dafür hatte sie bereits einen Grundstock an Weihnachtsleckereien für die Kinder, dachte sie, während sie den Kofferraum mit fünf vollgepackten Plastiktüten belud. Auf schnellstem Wege fuhr sie zur Questura. Um diese Zeit pflegten die Römer zu essen und sich nur wenig mit dem Auto zu bewegen, was ihr ein glattes Durchkommen ermöglichte.

Drei der Tüten schleppte sie sofort zum Festsaal. Bereits auf dem Flur hörte sie laute Musik dröhnen, die überhaupt nichts mit Weihnachten zu tun hatte. Es waren Lieder des bekannten Sängers Claudio Baglioni, dem es heute so gut wie vor dreißig Jahren gelang, junge und ältere Menschen in seine Konzerte zu locken. Seine Musik kannte buchstäblich jedes Kind im Lande.

Einige Damen der Abteilung waren damit beschäftigt, das Büfett aufzubauen und die kahlen Wände des Raumes mit Weihnachtsschmuck und Girlanden zu dekorieren. In der einen Ecke stand ein Weihnachtsbaum, der über und über mit Glitzerzeug behängt war. Bunte elektrische Kerzen blitzten regelmäßig auf und erinnerten Leda an das Blaulicht eines Polizeiwagens im Einsatz. Auf den runden Tischen lagen weiße Decken, in deren Mitte jeweils ein kleiner Weihnachtsmann in Weihnachtsgrün prangte.

»Hallo Leda, was bringen Sie Gutes mit?« wurde sie freudig begrüßt.

»Lauter Leckereien. Soll ich sie auf den Büfettisch stellen?«

»Sie können mir die Sachen geben, damit ich sie auf Platten und Teller verteilen kann«, erbot Silvia sich.

Leda nahm dankbar an, denn sie wollte so schnell wie möglich ins Büro kommen. Wenigstens ihr Tagesbericht für Alesi sollte noch fertig werden.

»Haben Sie eigentlich daran gedacht, daß gleich die Weihnachtsfeier ist?« fragte Ugo, als sie den Raum betrat.

»Ich habe mir sogar die Vorbereitungen angeschaut. Der häßliche Konferenzraum sieht schon viel netter aus. Man sollte ihn anschließend so lassen«, meinte Leda.

»Gehen Sie tatsächlich hin? Sie waren seit Jahren nicht mehr da.«

»Aber ich trage immer mein Scherflein dazu bei. Das habe ich auch heute getan und drei Tüten voller Leckereien für das Büfett hingebracht.«

»Ob Sie hingehen, wollte ich wissen«, meinte Ugo hartnäckig.

»Warum denn?«

»Weil ich so gerne mal mit Ihnen tanzen würde«, antwortete Ugo breit grinsend.

»Tango oder Cha-cha-cha?«

»Am liebsten Polka, Marsch oder Walzer.«

»Ich kann aber überhaupt nicht tanzen.«

»Sie waren doch jahrelang mit einem Deutschen verheiratet, da werden Sie doch wohl die dortigen Volkstänze können?«

In der Erinnerung an die Tanzversuche, die sie mit Thomas gestartet hatte, mußte Leda lachen. Er hatte sich noch ungelenker als sie selbst angestellt. Bei ihrem Hochzeitswalzer waren sie zum großen Vergnügen der Gäste der Länge nach auf der Tanzfläche gelandet.

»Mein lieber Ugo, deine tänzerischen Fähigkeiten zweifle ich nicht an. Aber ich glaube, du solltest deine Chefin nicht so in der Öffentlichkeit blamieren. Ich kann wirklich nicht tanzen. Ich weiß außerdem nicht recht, ob ich die ideale Figur dazu habe.«

»Es kommt beim Tanzen nicht auf die Figur an, sondern auf den Rhythmus, der im Leib steckt. Jeder Mensch kann tanzen.«

»Wir schauen mal, wenn's soweit ist. Bist du mit Fare-Bene-Events weitergekommen?« fragte Leda, um das unbequeme Thema zu wechseln.

»Nicht wesentlich. Sowohl in Venedig als auch in Mailand ist die Firma mit eigenen Telefonanschlüssen zu erreichen. Unter beiden Nummern haben sich Sekretärinnen gemeldet. Da wir so vorsichtig vorgehen müssen, habe ich mich als Journalist ausgegeben und behauptet, für die Weihnachtstage einen Artikel über Wohltätigkeitsveranstalter vorzubereiten. Da ich FBE in Rom vorstellen würde, wollte ich das auch mit Mailand und Venedig tun.

Erstaunlicherweise wußten die beiden nicht, daß es diese Wohltätigkeitseinrichtung auch in anderen Städten gibt. Sie hätten mit denen nicht das geringste zu tun. Veranstaltungen organisierten sie auch nicht, sondern seien lediglich für die Buchhaltung da. Für jegliche Informationen solle ich mich an die Chefs wenden: in Mailand an einen Finanzberater namens Gregorio D'Alma und in Venedig an Luciano Rossi, Bauunternehmer. Das habe ich natürlich nicht getan.«

»Demnach arbeiten die also unabhängig voneinander.«

»Das klang zumindest so. Und wie war der Klosterbesuch?«

Leda berichtete ihm kurz von Pia Mastella und dem Kardinal. Ugo starrte sie mit ungläubigen Augen an.

»Das darf doch wohl nicht wahr sein! Solche Geschichten gibt es doch nur in Groschenromanen!«

»Das habe ich bis vorhin auch gedacht. Aber welchen Grund sollte die Oberin haben, mir ein solches Märchen aufzutischen?«

»Daß einfache Pfarrer mit ihren Haushälterinnen Verhältnisse oder sogar heimlich ganze Familien haben, hat sich schon herumgesprochen. Daß es aber ein Kardinal mit einer jungen Nonne treibt, ich finde, das ist zuviel des Guten. Das dürfen wir meiner Mutter auf gar keinen Fall erzählen. Die hat sich über die Mafiamethoden schon so aufgeregt. Wenn sie diese Geschichte hört, bekommt sie einen Herzschlag«, meinte Ugo kopfschüttelnd. »Und was machen wir jetzt?«

»Berichte für Alesi schreiben und dann feiern.«

»Was ich vergessen habe: Paolo hat angerufen. Sie möchten ihn bitte zurückrufen.«

Leda wählte umgehend seine Nummer.

»Ciao, Untermieter, hast du nichts anderes zu tun, als an eine alte Frau zu denken?«

»Nicht ganz«, lachte Paolo. »Ich werde nur sicherlich heute abend Hunger bekommen und wollte fragen, ob du mit mir essen gehst, weil ich so ungern allein im Restaurant sitze.«

»Wo wolltest du denn hingehen?«

»Ins Consolato D'Abruzzo.«

»Na gut, sagen wir um halb neun.«

Paolo war einverstanden.

Leda schaltete ihren Computer an und begann die Arbeit der vergangenen zwei Wochen detailliert aufzuschreiben. Sie nahm immer wieder ihr Notizbuch zu Hilfe, in das sie nach ihren Gesprächen mit Zeugen oder Verdächtigen Gedächtnisstützen eintrug. Wenn sie abends nach dem Essen nach Hause kam, setzte sie sich gern an ihren Küchentisch, trank einen Schluck Wein, rauchte die letzte Zigarette und notierte das Tagesgeschehen, bevor sie zu Bett ging. Diese Methode half ihr beim Abfassen der obligatorischen Abschluß- oder Zwischenberichte für Alesi.

»Es ist Zeit«, sagte Ugo, nachdem im Raum lange Zeit nichts als das Klacken der Computertastaturen zu hören gewesen war. Leda war noch nicht fertig.

»Geh schon vor, ich komme gleich nach.«

Kurz nach fünf war sie soweit. Sie speicherte ihren Text ab und überlegte ein paar Sekunden, welches Paßwort sie der Datei geben sollte. »Santi Soldi«, heiliges Geld, schoß es ihr durch den Kopf. Darauf würde niemand so leicht kommen. Sie tippte die Worte ein, mußte aber feststellen, daß ihr Rechner nur ein Wort mit höchstens acht Anschlägen akzeptierte. Als sie ihm »Santsold« anbot, surrte er und nahm an. Dann druckte sie den Text für Alesi aus.

Während der Drucker Seite um Seite ausspuckte, ging sie zum Schrank, öffnete die Tür, in die irgendwer vor ihrer Zeit einen kleinen Spiegel gehängt hatte, kämmte sich, trug Lippenstift auf und frischte ihr Deo auf. Dann schaltete sie Drucker und Computer aus, steckte den Bericht in einen großen Umschlag, klebte ihn zu und verstaute ihn in ihrem »Sack für alle Fälle«. Langsam schlenderte sie den Flur entlang zum Festsaal und wunderte sich, daß sie keine Musik hörte.

Alesi hielt gerade eine Rede. Als er sie erblickte, lächelte er sie an.

»Besonders freue ich mich, daß sich in diesem Jahr sogar Leda Giallo von ihrem Fall trennen konnte, um zu uns zu kommen. Wir wollen sie mit Applaus begrüßen.«

Alle drehten sich klatschend zu ihr um, was ihr sehr unangenehm war. Sie haßte solche Einzelauftritte vor Kollegen und brachte nur mühsam ein Lächeln auf die Lippen.

Die Feier nahm ihren üblichen Lauf. Mit Plastiktellern in der Hand, die unter der Last der mitgebrachten Leckereien zu knicken drohten, standen die Kollegen herum und tauschten sich über die neuesten skurrilen Geschichten aus, die sie berufsbedingt erlebt hatten. Zynische Witze über Ermordete wurden gerissen, die nur jemand erzählen konnte, der tagtäglich mit dem Tod in seinen grausamsten Varianten zu tun hatte.

»Wie geht's denn unserem Tibertoten? Hatte er nun

Freunde mit Colts?« fragte Piero Bassani von der Spurensicherung.

»Dem Toten geht's wahrscheinlich besser als uns. Er weiß wenigstens, wer geschossen hat. Wir nicht!« antwortete Leda.

»Habt ihr denn immer noch keine Hinweise, was passiert sein könnte?« fragte er erstaunt.

»Leider nichts, worüber es sich zu sprechen lohnen würde«, antwortete Leda.

»Wollt ihr die Akte zumachen?« bohrte Piero weiter.

»Noch nicht. Wir haben ein paar krumme Bankgeschichten gefunden. Die müssen erst geklärt werden. Dann sehen wir weiter. Und wie läuft's bei euch?«

»Wie immer. Tote mit und ohne Spuren. Ich denke mir immer, daß bei so vielen Morden die Stadt langsam aussterben müßte, und dabei ist jeden Tag mehr Verkehr auf den Straßen«, sagte Piero.

Irgendwann wurde Tanzmusik aufgelegt, und Ugo holte Leda zu den angedrohten Walzerrunden ab. Ihre Gegenwehr nahm er nicht zur Kenntnis, sondern schob seine Chefin übers Parkett. Es klappte viel besser, als Leda je erwartet hätte. Schnaufend ließ sie sich nach einer Weile auf einen Stuhl fallen. Alesi setzte sich zu ihr.

»Wir bieten in diesem Haus doch wirklich alles: gutes Essen, Wein, Freunde, Musik und Sport. Das bekommst du woanders nicht so leicht geboten«, lachte er angesichts ihrer Erschöpfung.

»Danke für die Fürsorge. Ich habe übrigens den Bericht dabei.«

»Wollen wir in mein Büro gehen, dann kannst du ihn mir geben, und wir kommen aus diesem Getümmel raus?«

»Nichts lieber als das.«

»Ich schätze solche Betriebsfeiern gar nicht. Aber sie müssen sein. Hast du gesehen, welchen Spaß es den Leuten macht, wenigstens einmal im Jahr für ein paar Stunden einfach nur miteinander zu essen, zu trinken und zu tanzen? Hinterher sind sie vertrauter miteinander, und die Zusammenarbeit klappt besser«, meinte Alesi vergnügt.

»Dabei reden sie die ganze Zeit über ihre Mordfälle«, wandte Leda ein.

»Morde sind nun einmal das Spannendste, was das Leben zu bieten hat. Auch die können das Wir-Gefühl einer Gruppe stärken«, gab Alesi zurück.

»Oho, hast du einen Kurs für Führungskräfte belegt?« fragte Leda lachend.

»Genau, vergangenen Freitag und Samstag. Da erzählen sie einem lauter Sachen, die man durch die eigene Berufserfahrung längst weiß, drücken es aber unglaublich gewählt aus.«

Im Büro nahm Alesi aus seiner Bar eine Whiskeyflasche und zwei Gläser.

»Mit Eis?« fragte er.

»Gern. Und vorher am liebsten ein Glas Wasser ohne Alkohol.«

Alesi brachte ihr das Gewünschte, während Leda aus ihrer Tasche den Umschlag mit dem Bericht zog und Alesi reichte, der inzwischen in einem Sessel Platz genommen hatte.

»Steht etwas Neues drin?« fragte er, prostete ihr mit dem Glas zu und begann zu blättern, nachdem er den Bericht aus dem Umschlag gezogen hatte.

»Dies hier vorn kenne ich ja schon, nicht wahr?«

»Ja, ich habe nur noch einmal alles zusammengeschrieben. Du brauchst jetzt nur den Teil unter dem heutigen Datum zu lesen.« Alesi las schweigend.

»Das darf ja nicht wahr sein. Ich erspare mir jeden Kommentar über die Moral in der Kirche. Aber der Zölibat scheint mir nicht der richtige Weg für die katholischen Priester zu sein. Wie dem auch sei, Pia Mastella ist jedenfalls nicht reich geboren worden. Über Gianni Verdone konnte ich noch nichts in Erfahrung bringen. Guido Cremonese, der Präsident der Banca di Credito, ist ein Freund und Universitätskollege von mir. Er ist leider heute und morgen unterwegs. Wir haben gemeinsam bei deinem Vater an der Universität als Assistenten gearbeitet. Er ist ein sehr honoriger Mann, zu dem ich Vertrauen habe, und ich möchte keinen anderen in der Bank mit der Sache beauftragen. Das wäre mir zu heikel.«

Sie tranken in Ruhe ihre Gläser leer.

»Ich kann nicht verhehlen, daß mich dieser Fall sehr erschüttert, Leda. Ich war bisher immer davon ausgegangen, daß die katholische Kirche eine moralische Instanz für uns Gläubige sein kann. Die ganzen Geschichten über die Kirchenkriminalität hielt ich für übertrieben, für Einzelfälle, die sich weder so noch ähnlich wiederholen würden. Je tiefer wir in den Fall Puccio hineinschauen, um so tiefer sind die Abgründe. Das bringt mein bisheriges Weltbild ins Wanken.«

Alesi tat Leda leid. Er war in doppelter Hinsicht hart getroffen. Zum einen mußte er ein kompliziertes Machtgeflecht von Banken und Kirche mit höchstem diplomatischen und kriminalistischen Geschick angreifen, ohne daß sie ihn, Leda und auch Ugo vernichteten. Zum zweiten mußte er erleben, wie der stützende Lebenspfeiler Kirche so tiefe Risse bekam, daß er für ihn einzustürzen drohte. Er gehörte noch zu jener Generation, für die die Kirche tatsächlich eine zweifelsfrei glaubwürdige Instanz außerhalb jeder Kritik dargestellt hatte.

»Weißt du noch? Als du und Francesca so um die zwanzig wart, haben wir heftig über Gott, den Glauben und die Kirche diskutiert. Ihr habt euch geweigert, sonntags mit in die Kirche zu gehen, mit dem Argument, Gott und Glaube seien unabhängig von der Kirche und deren Zeremonien, wie ihr sie nanntet. Je unabhängiger man sich von ihr mache, desto leichter könne man glauben, weil man die Widersprüche in der Kirche leichter ertragen könne. Übrigens eine These, die auch dein Vater zum großen Entsetzen deiner Mutter vertrat. Wenn ich mir diesen Fall anschaue, glaube ich fast, ihr hattet recht.«

Nach dem Gespräch mit Alesi kehrte Leda noch kurz in ihr Büro zurück. Ohne Erfolg hatte sie versucht, die beiden Bankinspektoren Fernando Brindisi und Italo Esposito aus der Gruppe Puccio zu erreichen, die in Mailand und Venedig mit von der Partie gewesen waren.

Brindisi war zur Zeit zwar in einer römischen Niederlassung beschäftigt, jedoch gerade nicht zu Hause, weil er im Fitneßstudio seine Muskeln stählte. Leda ließ sich von seiner Frau die Nummer seines Telefoninos geben, um ihn direkt erreichen zu können.

Esposito prüfte irgendwo im Norden eine Filiale der Banca di Credito. Als Leda ihn sprechen wollte, teilte ihr eine freundliche Damenstimme der Telefongesellschaft mit, daß dieser Mobilfunkanschluß im Moment außer Betrieb sei, sie könne aber eine Nachricht nach dem Piepton hinterlassen. Leda bat um Rückruf.

XV

Das Essen mit Paolo im Consolato D'Abruzzo wurde zu einer herrlichen Erholung vom anstrengenden Tagesgeschäft.

»Du wolltest heute abend wohl eine passende Umgebung für meinen Fall schaffen!« meinte Leda, nachdem Giacomo, der jüngere Bruder des Eigentümers Luigi, eine große Schüssel mit verschiedenen Sorten Mozzarella und abruzzesischen Wurstspezialitäten auf den Tisch gestellt und einen leichten Weißwein aus der Region in die Gläser gefüllt hatte.

Luigi sammelte seit vielen Jahren Geldnoten aus aller Welt und Schecks, die auf sehr geringe Beträge ausgestellt waren. Er bekam sie entweder von Gästen geschenkt oder fand sie auf Flohmärkten und in Antiquariaten. Sorgfältig hatte er jedes Stück seiner Sammlung in Glas gerahmt an die Wand gehängt.

Leda berichtete Paolo von ihren neuesten Erkenntnissen im Fall Puccio und wie schwierig es sich gestaltete, sowohl bei Banken als auch in Kirchenkreisen möglichst unbemerkt nachzuforschen.

Wie so oft fiel Paolo aus seinem breit gestreuten Bekanntenkreis jemand ein, der ein Spezialist für Rechtsfragen der Kirche war und, soweit sich Paolo erinnerte, einen Kardinal im Vatikan beriet.

»Du mußt mit David sprechen. Ich werde ihn morgen früh anrufen und ihn fragen, ob du ihn im Fall der Fälle in Anspruch nehmen kannst.«

»Kenne ich ihn?« fragte Leda.

»Ja. Vergangenes Jahr war er zum Kaninchenbraten bei uns. Er stellte die verwegene These auf, daß Giuseppe Verdis Kompositionskraft durch das Auftauchen von Richard Wagner geschwächt worden sei, weil er mit dessen Modernität nicht mithalten konnte. Dann gerieten er und meine Mutter sich in die Haare, weil ihr die pompösen Opern des Deutschen auf die Nerven gehen. ›Dieser Wagner hat doch keine einzige Arie geschrieben, die man von Anfang bis Ende mitsingen könnte. Wenn ich aus einer Oper rausgehe, möchte ich Melodien in meinem Herzen tragen und nicht von komplizierter Musik erschlagen sein‹, fauchte sie David an. Ich mußte dann lauter Verdi-Arien auflegen, die ihre These bestätigten.«

An diesen Abend konnte sich Leda lebhaft erinnern. David della Cava war ein vergnügter Jesuitenpater aus New York, der seit vielen Jahren in Rom lebte, die Oper fast so liebte wie Gott und streiten konnte wie der Teufel in Person. Als Mutter Agatas Wut von David auf den Höhepunkt getrieben worden war und Leda befürchtete, die alte Dame werde ihn nun gleich hinauswerfen, hatte David plötzlich das Gesicht eines gescholtenen Schuljungen aufgesetzt und gesagt:

»Signora Agata, bitte entschuldigen Sie. Ich glaube, ich habe übertrieben, weil ich streitsüchtig bin und Sie so leicht zu erzürnen sind. In Wahrheit liebe ich Verdi viel mehr als Wagner. Sie haben völlig recht, wenn Sie sagen, daß Verdi einem direkt ins Herz geht. Wagners Musik ist viel zu intellektuell. Darf ich Sie demnächst in die Oper ausführen? Zu Verdi natürlich!«

Mutter Agata hatte ihn zunächst verblüfft angeschaut und dann schallend losgelacht.

»Sie gefallen mir, junger Mann.«

Zwei Wochen später hatte er sie dann tatsächlich zu einer Aufführung von »La Traviata« eingeladen. Seitdem schwärmte Mutter Agata für David. Auch Leda mußte zugeben, daß es zumindest aus der Sicht einer Frau schade war, daß dieser blendend aussehende, groß gewachsene Italo-Amerikaner das Leben eines Jesuitenpaters gewählt hatte.

»Vielleicht führt er ein Doppelleben, wie dieser Kardinal«, meinte Leda.

»Das weiß ich nicht. Es geht uns auch nichts an, solange er in keinen Mordfall verwickelt ist. Hauptsache, er kann dir helfen.«

Bevor Leda an diesem Morgen ihre Wohnung verließ, legte sie Paolo einen Zettel auf den Tisch, um ihn an den versprochenen Anruf bei David zu erinnern.

Auf dem Weg zu Mario überlegte Leda, welches Thema er ihr wohl heute zum Frühstück servieren würde. Zehn Minuten später erfuhr sie es: die geplante Senkung der Pensionszahlungen für die Heerscharen von Ruheständlern des öffentlichen Dienstes.

»Genau richtig. Die sollen diesen ganzen Frühpensionären kräftig ans Portemonnaie gehen. Meine Nachbarin beispielsweise hat sich mit Mitte Vierzig in Pension schicken lassen, arbeitet seitdem bei ihrer Cousine in der Boutique mit und verdient mehr als das Doppelte wie früher. Und wer zahlt das? Sie und ich mit unseren Steuern.«

»Wie willst du das ändern?« erkundigte sich Leda.

»Wenn ich in der Regierung oder im Parlament säße, würde ich ein Gesetz erlassen, das diese Nebenarbeit verbietet. Außerdem sollen die Leute erst in Pension gehen dürfen, wenn sie alt genug dafür sind«, erklärte Mario.

Leda stellte sich vor, wie er in breitestem römischen Dialekt und wild gestikulierend eine Rede vor dem Parlament hielt und seine Kollegen dabei beschimpfte. Wahrscheinlich würde er zu einem der Hauptveranlasser der schon jetzt häufigen Prügeleien in dieser Arena der Demokratie werden.

»Ich stelle mir gerade vor, wie du erst die Politiker anschreist und sie anschließend in eine Prügelei verwickelst.«

»Richtig, die sollte man alle so lange schlagen, bis sie endlich aufwachen und etwas für die Bürger tun anstatt nur für die eigene Brieftasche.«

»Diese Gesetze gibt es doch längst«, wandte Leda ein.

»Dann frage ich Sie, warum sie denn bitte schön nicht angewendet werden?« erzürnte sich Mario und fuhr fort: »Ich werde es Ihnen erklären, meine Liebe: weil die sich gar nicht dafür interessieren. Die werden dafür bezahlt, die Gesetze zu machen. Ob die dann befolgt werden oder nicht, ob die Gesetze sinnvoll sind oder nicht, ob wir armen Steuerzahler dabei vor die Hunde gehen oder nicht, das ist denen da oben egal. Hauptsache, sie haben ihre goldenen Schäfchen ins Trockene gebracht!« Mario knallte die Cappuccinotasse auf die Theke neben das schon bereitliegende Cornetto und die übliche Schachtel Zigaretten. Er war so ungehalten, daß Leda beschloß, das Thema zu wechseln.

»Sag mal, hast du eine Idee, was ich Paolo zu Weihnachten schenken kann?«

»Eine neue Frau, die mich nicht jeden Morgen zur Weißglut treibt«, antwortete er wie aus der Pistole geschossen. Dann mußte er selbst lachen. »Ich habe es nicht so gemeint. Ich bin ja gar nicht sauer auf Sie, sondern auf die Politiker. Also ein Geschenk für Paolo?« Er stand vor ihr und rieb nachdenklich das Kinn. »Eine neue Lederjacke. Seine braune mit Fell sieht so abgetragen aus, daß man meinen könnte, er hätte sie bei den Zigeunern gestohlen.«

»Aber er liebt sie.«

»Wie kann man so einen Lumpen denn lieben? Schenken Sie ihm eine neue, die wird er garantiert noch mehr lieben und Sie gleich mit. Was macht eigentlich der Tibertote?«

»Er ist immer noch tot, und wir sind und bleiben wohl vorläufig ohne Mörder.«

»Haben Sie denn gar nichts gefunden?«

»Doch schon, aber es ist alles sehr verwirrend und unklar. Ich berichte, sobald ich mehr weiß.«

Leda hatte es eilig, ihr Frühstück zu beenden, weil Mario sie sonst weiter ausquetschen würde.

Auf dem Weg in die Questura überholte sie ein Wagen mit so geringem Seitenabstand, daß er ihr den Außenspiegel abriß. Auch seiner hing abgeknickt zur Seite. Ein junger Mann mit kurzgeschoren Haaren stieg aus dem Wagen und kam mit erhobenen Fäusten auf sie zu.

»Sie Kanaille! Das war Ihre Schuld! Wieso sind Sie plötzlich nach links ausgeschert und haben mir den Weg abgeschnitten?« schrie er Leda an.

Als sie ausstieg, mußte sie sich gewaltig im Zaum halten, um gelassen zu bleiben.

»Ich bin weder nach links ausgeschert, noch habe ich Ihnen den Weg abgeschnitten. Sie sind vielmehr zu schnell gefahren und haben den Abstand falsch eingeschätzt.«

»Wenn Sie weiter lügen wollen, holen wir eben die Polizei«, brüllte er weiter, und langsam versammelte sich eine Menschenmenge um die beiden.

Etwa hundert Meter weiter an der Kreuzung sah Leda zwei Polizisten stehen. Sie bat einen Passanten, doch einen von ihnen zu ihr zu schicken. Der junge Mann schilderte dem Polizisten noch einmal lautstark seine Version des Unfallhergangs. Dieser ließ sich jedoch nicht aus der Ruhe bringen. Das erlebt er wahrscheinlich zehnmal jeden Tag, dachte Leda.

»Ihre Papiere, bitte.«

Leda zog Fahrzeugschein, Versicherungsbescheinigung, Führerschein und schließlich ihren Polizeiausweis aus der Tasche. Sie reichte sie dem Uniformierten, während der junge Mann noch in seinem Handschuhfach kramte. Der Polizist schaute sich die Dokumente an, zog Block und Stift aus der Jackentasche und begann mit ernstem Gesicht die notwendigen Daten zu notieren.

»Was haben Sie zu dem Vorgang zu sagen, Signora Commissaria?«

Langsam, zum Mitschreiben, erklärte sie ihm, was sich

aus ihrer Sicht abgespielt hatte, und gab ihm noch ihre Direktwahl in der Questura, falls es Nachfragen geben sollte.

»Soll ich Ihnen einen Wagen kommen lassen?«

»Vielen Dank, aber ich komme auch mit dem Mittelspiegel bis zum Polizeipräsidium.«

»Seien Sie vorsichtig. Aber es ist ja nicht mehr weit«, verabschiedete er sich freundlich von der Kollegin.

Den Spiegelabreißer erwartete mindestens eine halbe Stunde lang die Keule der italienischen Bürokratie. Das geschieht ihm recht, dachte sie und fuhr davon.

»Sehen Sie, nichts als Ärger hat man mit Autos«, kommentierte Ugo, als sie ihm von dem kleinen Unfall erzählte.

»Das mit dem Spiegel regt mich gar nicht auf. Das kann jedem mal passieren. Aber daß dieser Kerl sich erdreistet, so zu lügen, das finde ich ungeheuerlich. Und das hat gar nichts mit Autos zu tun«, hielt sie ihm entgegen.

»Lassen wir die Diskussion. Bankinspektor Esposito hat angerufen. Hier ist seine Nummer.«

»Erst mal brauche ich einen Kaffee. Möchtest du auch einen?«

»Bitte mit Zucker.«

Am Automaten traf sie zwei weitere Kollegen, die angeregt über die Weihnachtsfeier plauderten.

»Ciao, Leda. Du bildest ja mit Ugo ein herrliches Tanzpaar. Wenn ihr wollt, kommt doch samstags abends mal mit uns zum Tanzen. Wir fahren fast jede Woche in einen der Tanzsäle.«

Leonardo erzählte in aller Ausführlichkeit, wie und was dort gegessen, getanzt, getrunken wurde, wie amüsant es sei, mit einer Gruppe von Freunden dorthin zu gehen und so weiter und sofort. Leda bedankte sich höflich für den netten Vorschlag und meinte, sie werde ihn sich durch den Kopf gehen lassen.

Mit einem »Entschuldigt, ich habe so viel zu tun« trat sie

die Flucht ins Büro an, mit zwei glühend heißen Plastikbechern voller Kaffee in den Händen.

»Mit der Tanzerei hast du uns ja etwas Schönes eingebrockt«, sagte Leda zu Ugo und stellte ihm seinen Kaffee auf den Schreibtisch.

»Danke, wieso denn?«

Leda berichtete Ugo vom Flurgespräch.

»Die Idee ist nicht schlecht.«

Leda sah Ugo irritiert an. Meinte er das wohl ernst?

»Ich glaube nicht, daß Paolo davon begeistert wäre, wenn ich auch noch samstags ohne ihn unterwegs bin.«

»Da haben wir's. Autos und feste Beziehungen taugen eben nichts.«

Sie entzog sich einer Antwort, indem sie zum Telefonhörer griff und Espositos Nummer wählte.

»Buon giorno, Signor Esposito. Ich möchte mit Ihnen über Signor Puccio sprechen. Wir haben in den Prüfberichten gelesen, daß sie mit ihm zusammengearbeitet haben.«

»Das stimmt, aber nur ein einziges Mal vor ein paar Monaten in Venedig. Ich kann also nur wenig über Puccio sagen.«

»Mich interessiert, was Sie in Venedig genau herausgefunden haben. Wir haben den Eindruck, daß dort etwas passiert sein muß, was Puccio aus der Fassung gebracht hat«, sagte Leda.

»Oje, da muß ich kurz überlegen, weil ich so viele Inspektionen durchführe. Aber warten Sie, Venedig ...«

Nach ein paar Sekunden sagte er: »Ich hab's wieder zusammen. Ja, es stimmt. Da sind merkwürdige Sachen aufgetaucht. Ein Bauunternehmer, dessen Name mir leider entfallen ist, hatte noch vor drei Jahren ein einziges und meist leeres Konto, war aber plötzlich Inhaber mehrerer Konten, über die hohe Summen liefen. Das machte uns stutzig, weil so etwas selten ganz legal geschieht. Wir überprüften also die Kontobewegungen der letzten Jahre. Dabei stellten wir fest, daß dieses einst winzige Bauunternehmen auf einmal überraschend große öffentliche Aufträge erhalten hatte.

Bei so sprunghaften Aufwärtsentwicklungen von Bauunternehmen muß man, so unsere Erfahrung, besonders vorsichtig sein. Tangenti, die Bestechungsgelder, die an die Auftraggeber im Staatsdienst gezahlt werden, sind leider immer wieder die Ursache für plötzlichen und später anhaltenden Reichtum von Bauunternehmern. Vor allem fragten wir uns, woher dieser Mann über solche Summen verfügte, die ihm die Zahlung von Bestechungsgeldern erlaubten. Wir fanden heraus, daß dieser ... Rossi hieß er, jetzt ist es mir wieder eingefallen ... Rossi also hatte die Kontovollmacht für die Konten einer Firma für Wohltätigkeitsveranstaltungen, wie hieß die noch?«

»Fare-Bene-Events.«

»Genau«, fuhr Esposito fort, »und zwischen den Konten von Rossi und Fare-Bene gab es einen ausgeprägten Finanzverkehr. Außerdem entdeckten wir einen bestimmten Zahlungsrhythmus. Von Fare-Bene-Konten entnahm Rossi große Summen und zahlte sie auf Konten von Kunden anderer Banken. Einige Zeit später gingen wiederum auf Rossis Konten wesentlich höhere Summen für die Ausführung von Bauaufträgen ein. Er zahlte daraufhin das zuvor von den Fare-Bene-Konten entnommene Geld zurück und spendete diesem Wohltätigkeitsverein große Summen, die er von der Steuer absetzen konnte. Das alles hat natürlich unsere Neugier geweckt.«

»Woher hatte Fare-Bene-Events das Geld?« fragte Leda.

»Das waren wohl vor allem Spendengelder an die Kirche.«

»Und an wen hat Rossi von diesen Kirchenkonten die hohen Summen gezahlt?«

»Das war genau der Punkt, den wir nicht zu Ende recherchiert haben. Puccio hat diese Aufgabe an sich gezogen. Er war der einzige, der es wußte«, erklärte Esposito.

»Haben Sie keinen einzigen Namen in Erfahrung gebracht?«

»Doch, schon, weil wir ja mit der Untersuchung angefangen hatten. Rossi hatte an zwei bekannte venezianische Herren in der Bauverwaltung Geld vom Fare-Bene-Konto überwiesen, und zwar nicht wenig. Das waren für mich ganz klar Bestechungsgelder. Der Ansicht war Puccio auch und übernahm daraufhin sofort die Prüfung. Das sei Chefsache, hat er gemeint, weil das eventuell eine strafrechtliche Verfolgung nach sich ziehen könnte«, berichtete Esposito.

»An wen sonst wurden Gelder von dem Konto überwiesen?«

»An die Vatikanbank. Ich erinnere mich deshalb genau, weil ich Puccio noch geraten habe, gut aufzupassen. Denn ich hatte vor ein paar Jahren in der Zeitung von einem Bestechungsfall in der Regierung gelesen, wo die schmutzigen Gelder von der Vatikanbank gewaschen worden waren. Puccio lachte nur und meinte, ich hätte zuviel kriminelle Phantasie. Danach hatte ich wie gesagt mit der ganzen Sache nichts mehr zu tun.«

»Ist es üblich, daß der Leiter einer Gruppe bestimmte Untersuchungen selbst übernimmt?« fragte Leda weiter.

»Was ist schon üblich? Jeder Gruppenleiter hat seine Marotten, denen wir uns fügen müssen. Da Puccio ja nichts grundsätzlich Verkehrtes tat, war es mir eigentlich gleichgültig. Ich fand sein Verhalten nur merkwürdig panisch. Zwei Tage später brach ich ohnehin meinen Einsatz in Venedig ab, weil Verdone meine Spezialkenntnisse in der Buchführung bei einer anderen Filiale benötigte. Das passiert öfter.«

»Signor Esposito, sagen Sie keinem Menschen etwas von unserem Gespräch, weder Kollegen noch Verdone oder Ihrer Familie. Da wir noch nicht sicher sind, was wir eigentlich suchen, wäre es mir sehr unangenehm, wenn unnötig viel Staub aufgewirbelt würde. Geht das in Ordnung?« fragte Leda eindringlich.

»Klar, Signora Commissaria. Ich konnte Ihnen ja auch wirklich nicht viel sagen.«

Sie irren sich, dachte Leda und bedankte sich bei Esposito für seine Mitarbeit.

Während ihres Telefonats hatte Ugos Apparat mehrfach geläutet.

»Wer war dran?«

»Die Kollegen, die die anderen möglicherweise rachsüchtigen Banker vernommen haben. Der eine sitzt im Gefängnis, wie Sie wissen. Dort ist er nicht etwa untätig, sondern studiert aufs fleißigste Informatik. Schon zu Bankzeiten hat er sich mit Computern beschäftigt. Er unterschlug damals das viele Geld bei der Banca di Credito, weil er sich mit einer Computerberatungsfirma selbständig machen wollte. Nun nutzt er die Zeit hinter Gittern, spezialisiert sich weiter und will, sobald er draußen ist, im Computerladen seines Bruders einsteigen und ein neues, ganz legales Leben beginnen.

Er erinnert sich an Puccio nur schemenhaft und ist keineswegs sauer auf ihn. Die Kollegen vor Ort halten ihn für völlig ungeeignet, irgendeine Rachetat zu verüben, geschweige denn einen Mord aus dem Gefängnis heraus zu planen. Sie haben auch mit der Gefängnispsychologin gesprochen, die das ebenfalls ausschließt. Wir bekommen nächste Woche den schriftlichen Bericht.«

»Und was ist mit dem anderen?« wollte Leda wissen.

»Der andere wartet ja noch auf seinen Prozeß. Er ist inzwischen Vollalkoholiker. Seine Frau hat nach seiner Entlassung aus der Bank ihre Sachen gepackt und ihn verlassen. Er ist zwar wütend auf die ganze Welt, aber unfähig, einen klaren Gedanken zu fassen oder sich aus seinem Loch von Wohnung weg zu bewegen. Einmal in der Woche geht eine Sozialarbeiterin zu ihm, kauft für ihn ein und putzt.

An Puccio konnte er sich offenbar nicht erinnern. Die von der Bank seien alle Verbrecher, habe er andauernd geschrien. Irgendwann werde er sie alle umbringen und seine Frau dazu. Aber die Kollegen meinten, das sei nicht ernst zu nehmen. Der Bericht kommt ebenfalls nächste Woche. Zwei Rächer weniger, würde ich sagen«, schloß Ugo. »Ach ja, und dann hat Paolo angerufen und mir die Telefonnummer von einem David gegeben. Der wartet auf Ihren Anruf.«

»Danke!«

»Und was hatte Esposito zu sagen?«

Leda berichtete.

»Also hat Puccio die Kirchenangelegenheiten buchstäblich an sich gerissen und anschließend geheim gehalten. Denn im Bericht steht davon nichts«, stellte Ugo fest.

»So war es wohl. Ich muß unbedingt noch mit dem anderen sprechen, diesem Brindisi.«

Sie wählte seine Nummer und hörte zunächst ein lautes Knacken, Rauschen und Knistern, bis die Mobilfunkleitung stand.

»Signor Brindisi? Ich würde Sie gern sprechen, aber so, daß kein anderer mithören kann«, sagte Leda, weil sie im Hintergrund noch andere Stimmen vernahm.

»Rufen Sie bitte in zwei Minuten noch einmal an, dann habe ich einen anderen Raum gefunden«, antwortete Brindisi.

Wenig später setzten sie das Gespräch ungestört fort. Leda fragte ihn, ob er bei der Überprüfung der Mailänder Filiale im vergangenen Jahr mit Konten eines Finanzberaters namens D'Alma und der Fare-Bene-Events zu tun gehabt habe und ob er sich an Puccio erinnere.

»Ja, natürlich, sogar sehr genau. Er war unser Gruppenleiter. Ich hatte früher schon mit ihm zusammengearbeitet und kannte ihn deshalb. An diese Fare-Bene-Events erinnere ich mich ebenfalls, und zwar, weil Puccio uns zu Beginn der Prüfung gesagt hatte, wir sollten diese Vorgänge aussondern und ihm geben. Was wir auch taten. Der Name D'Alma sagt mir allerdings gar nichts.«

»Aus der ganzen Gruppe hat sich also niemand außer Puccio mit Fare-Bene-Events beschäftigt?«

»So ist es.«

»Entspricht es normalen Prüfungsgepflogenheiten, daß sich der Gruppenleiter einen Kunden rauszieht und prüft, ohne daß die Kollegen irgendein Ergebnis sehen?« fragte Leda.

»Das kommt zwar nicht sehr häufig, aber hin und wieder durchaus vor. Wenn der Leiter von oben einen Sonderauftrag bekommt, erledigt er ihn eben.«

»Hat Puccio sich irgendwie seltsam verhalten, anders als Sie ihn kannten?«

»Er war depressiv, ausgelaugt von der Arbeit und den vielen Reisen und konnte seinen Ruhestand kaum erwarten.«

Leda dankte für die Informationen und bat auch ihn, über dieses Telefonat zu schweigen.

Als sie aus dem Fenster sah, stellte sie fest, daß es in Strömen goß. Ihr Magen zog sich vor Hunger zusammen.

»Hast du einen Regenschirm dabei?« fragte sie Ugo.

»Sie wollen doch nicht etwa bei dem Wetter rausgehen?«

»Ich habe aber Hunger.«

»Dann gehen Sie doch in die Kantine.«

»Da stinkt es.«

»Dann bestellen Sie sich eine Pizza.«

»Ich muß mal an die Luft gehen, kommst du mit?«

»Ich bin doch nicht verrückt. Das ist das klassische Wetter, um sich erst nasse Füße und dann eine deftige Grippe zu holen. Nein danke, ich möchte Weihnachten nicht krank sein.«

»Hast du nun einen Regenschirm oder nicht?«

»Bitte, hier ist er. Aber machen Sie mich hinterher nicht dafür verantwortlich, wenn Sie krank werden.«

»Du benimmst dich ja wie früher meine Mutter.«

»Einer muß ja auf Sie aufpassen«, sagte Ugo grinsend und zog sein Tramezzino aus der abgenutzten Ledertasche. Heute lagen zwischen den Salatblättern Sardellen. Das sah Leda zwar nicht, roch es aber, was sie veranlaßte, erst recht schnell in ihren Mantel zu schlüpfen und das Büro zu verlassen.

Im Laufschritt lief sie die schmale Straße zur Via XX. Settembre hinunter, die wie in fast jeder italienischen Stadt an den Tag erinnerte, als die Piemonteser Truppen sich 1870 endlich durch die der Franzosen und des Papstes durchgekämpft hatten und Rom zur Hauptstadt des geeinten Italiens erklärten.

Der Regen peitschte Leda ins Gesicht, obwohl sie Ugos Schirm aufgespannt hatte. Von Kopf bis Fuß tropfend betrat sie Giuseppes Selbstbedienungsrestaurant.

»Dio, Commissaria, wenn Sie sich mal keine Grippe holen. Pepe liegt schon im Bett. 39 Grad Fieber hat er, und jeder Knochen tut ihm einzeln weh. Und der Husten, ich sag es Ihnen, an diesem Husten wird er noch ersticken. Nicht einmal essen kann er richtig. Seit einer Woche geht das schon so. Jetzt hat ihm der Arzt Antibiotika verschrieben, die nimmt er auch. Aber die hätte er schon vor einer Woche bekommen müssen. Ich hab's ja gleich gesagt, er soll zum Arzt gehen. Aber Sie wissen ja selbst, wie Männer so sind. Stark und unverletzlich, bis sie auf der Nase liegen. Dann jammern sie wie kleine Kinder.« Letitia, Pepes Frau, thronte hinter der Kasse und redete wie ein Wasserfall auf Leda ein, die sich vorsichtig aus ihrem patschnassen Mantel schälte. Letitia riß Papiertücher von einer Rolle und reichte sie ihr.

»Hier, wischen Sie sich erst einmal Ihr Gesicht ab.«

»Danke, Letitia. Im Gegensatz zu Pepe habe ich aber riesigen Hunger. Was gibt's denn?«

»Antipasti, wie immer. Dann Spaghetti alla Carbonara, Rigatoni al Ragù und Tortellini in Brodo. Anschließend ein Steak oder eine gegrillte Dorata mit Zitrone. An Gemüsen haben wir Spinat, Brokkoli und Zucchini. Salate und Käse wie immer.«

»Ich nehme die Spaghetti, den gegrillten Fisch, Salat und einen kleinen Weißwein«, entschied Leda.

»Hinterher einen Kaffee?« fragte Letitia, während sie die Preise in die Kasse eintippte.

»Ja, bitte.«

Leda zahlte und ging zur Theke, wo sie einer jungen Frau in weißem Arbeitskittel den Bon reichte und sich die verschiedenen Teller und Getränke auf ein Tablett stellen ließ. Anschließend balancierte sie es vorsichtig zu einem freien Tisch.

Leda ließ es sich schmecken. Sie hörte, wie Letitia allen neu eintreffenden Gästen die tragische Geschichte von Pepes Grippe erzählte, und stets im gleichen Wortlaut. Die meisten, die ins Restaurant kamen, waren offenbar bis auf die Knochen naß geworden. Die Scheiben waren beschlagen, und jedesmal, wenn die Tür aufging, zog ein kalter Lufthauch bis zu Leda, und sie spürte ihren nassen Rocksaum an den Beinen.

Obwohl es auf dem Rückweg weniger regnete, fror Leda. Sie beeilte sich, ins Büro zurückzukommen.

»Völlig durchweicht«, stellte Ugo sachlich fest, als sie schnatternd vor Kälte den überheizten Raum betrat und ihrem Mitarbeiter den Regenschirm zurückgab.

»Dafür war das Essen gut«, verteidigte sie sich, wußte aber, daß ihr Argument schwach war.

Ihr Blick fiel auf Davids Telefonnummer. Sie zögerte, ob sie ihn anrufen sollte. Die Hinweise darauf, daß die Kirche willentlich und wissentlich in irgendwelche Verbrechen verwickelt sein könnte, waren bisher noch nicht überzeugend genug. Sie hatte nichts weiter in der Hand, als daß Geistliche in hohen Positionen ein paar Gaunern Kontovollmachten erteilt hatten, die diese mißbrauchten. Um welche Art von Hilfe sollte sie David also bitten? Nachdem Paolo sie nun aber schon einmal bei ihm angemeldet hatte, konnte sie ihn nicht vor den Kopf stoßen und wählte schließlich seine Nummer.

David lud sie sofort zu sich ein. »Sie haben Probleme mit der Kirche, sagte mir Paolo?«

»Sagen wir, es gibt da einfach zu viele Zufälle, die mir nicht gefallen«, antwortete sie.

»Wann haben Sie Zeit?«

»Wäre es Ihnen am späten Nachmittag recht?«

Sie verabredeten sich zum Tee um halb sechs. So blieb Leda noch genügend Zeit, um ihren Tagesbericht mit den Aussagen der beiden Inspektoren zu schreiben. Ugo hatte seinen bereits fertig. Um halb fünf war Leda fertig und inzwischen auch wieder weitgehend trocken.

Alesi hatte gerade Besuch von einem anderen Kollegen, als sie sein Zimmer betrat.

»Ich wollte nur schnell die versprochenen Berichte vorbeibringen«, sagte sie und reichte ihm den Briefumschlag.

»Danke. Wir bekommen übrigens morgen vormittag alle gewünschten Informationen von der Bank.«

XVI

David della Cavas Wohnbüro befand sich im fünften Stockwerk, und Leda ging bereits nach der vierten Treppe die Puste aus. Einst lagen die Häuser dieser ehemaligen kleinen Arbeitersiedlung am Rande der Stadt. Inzwischen wurde der Stadtteil zum Zentrum gerechnet, weil sich die Grenzen Roms längst weit nach außen verschoben hatten.

Rund um einen idyllischen Innenhof gruppierten sich die Gebäude, in dem hohe Palmen und Magnolienbäume im Sommer kühlen Schatten spendeten. Die Arbeiter waren schon lange weg, weil sie die Mieten nach den Renovierungen nicht mehr zahlen konnten. Sie lebten in nichtssagenden Wohnblocks, die aussahen wie nebeneinandergestellte Schuhkartons, dort, wo heute die Kriminalität in der Trostlosigkeit einen fruchtbaren Nährboden gefunden hatte.

Immerhin gibt es dort Aufzüge, dachte Leda, während sie still vor sich hin fluchend die letzte Treppe erklomm. Als sie vor Davids Haustür stand, hörte sie ihr Blut in den Ohren rasen und hatte das Gefühl, ihr Herz würde gleich vor Anstrengung aus der Brust springen.

»Das ist eine prima Sportübung, nicht wahr?« meinte David, der bereits wartend in der Tür stand.

»Meine Güte, wie schaffen Sie das jeden Tag?« fragte Leda schnaufend.

»Reine Trainingssache. Wenn Sie das hundertmal gemacht haben, sind Sie in Hochform. Kommen Sie rein und erholen Sie sich!« Er half ihr aus dem Mantel.

Die Wohnung war über und über mit Büchern und Schallplatten vollgestopft. Dort wo keine Bücherregale die Wände zustellten, hingen Bilder, Fotos, Reiseandenken oder Wimpel von amerikanischen Basketballmannschaften. Selbst auf dem Fußboden des Raums, der früher wahrscheinlich einmal das Wohnzimmer gewesen war, gab es kaum einen freien Fleck, wo man seine Füße hätte hinsetzen können. Bücher, Zeitungen, Zeitschriften, Broschüren und Zettel bedeckten jeden Quadratzentimeter des Raums. Mitten im Chaos stand ein Schreibtisch mit einem Computer.

»Finden Sie hier etwas wieder?« erkundigte sich Leda.

»Ich finde immer alles, so erstaunlich das klingen mag. Weil ich mir gut merken kann, wo ich was hinlege. Als meine Putzfrau neu war, hat sie hier nach ihrem Verständnis versucht aufzuräumen. Das war schrecklich, weil sie alles durcheinanderbrachte. Inzwischen hat sie begriffen, daß sie sauber machen muß, ohne die Sachen zu verlegen. Lassen Sie uns in die Küche gehen, da sieht es besser aus.«

Von diesem Raum war Leda entzückt. Er hatte offensichtlich die Wohnzimmerfunktion übernommen. Vor einer hohen Fenstertür, die den Blick auf eine kleine, rundum bewachsene Terrasse freigab, hatte David den runden Tisch gemütlich gedeckt. Auf einem Stövchen stand eine gläserne Kanne, aus der er duftenden Tee in die Gläser goß. Zitrone, Milch, Kandiszucker und Kekse standen bereit.

»Was kann ich für Sie tun?«

»Das weiß ich offen gestanden noch nicht genau«, antwortete Leda leicht verlegen. »Ich würde Ihnen gern den Fall beschreiben und Ihre Meinung dazu hören.«

»Milch oder Zitrone?«

»Zitrone, bitte.« David ließ eine Scheibe in ihre Tasse gleiten, während Leda ihren Bericht begann. Sie sprach zehn Minuten ohne Unterbrechung. David hörte ihr aufmerksam zu, nahm zwischendurch einen Keks und trank Tee.

»Das heißt, Sie wissen weder, ob diese Fare-Bene-Events nur zufällig in mindestens drei Städten den gleichen Namen trägt oder ob es sich um eine größere Organisation handelt, die möglicherweise zentral gesteuert arbeitet. Sie wissen auch nicht genau, wohin die Gelder von den Fare-Bene-Konten fließen. Außer den Aussagen von ein paar Inspektoren gibt es keine handfesten Beweise, die auf ein organisiertes Verbrechen hinweisen«, resümierte David nachdenklich und drehte dabei seinen Teelöffel zwischen den Fingern hin und her.

»Wenn Sie in Betracht ziehen, daß in Italien für die etwa 220 Diözesen über 250 Kardinäle, Erzbischöfe und Bischöfe verantwortlich sind, die fast alle nicht das geringste von Geldgeschäften verstehen, die aber alle dankbar sind, wenn ihre Kasse stimmt, dann kann ich mir schon vorstellen, daß eine Handvoll gewitzter Laien diese Ahnungslosigkeit ausnutzt«, meinte David. »Meiner Meinung trügt Sie Ihr Gefühl nicht. Wenn in vier Jahren ein einziger Prüfer fünfmal kriminelle Verwicklungen der Kirche mit einer Bank entdeckt, dann könnte das mehr als Zufall sein. Muß aber wie gesagt nicht.«

»Das weiß ich«, sagte Leda.

»Da Sie jedoch aufgrund Ihres Amtes und angesichts eines Toten Gewißheit brauchen, kann ich Ihnen anbieten, meine Fühler in Richtung Vatikan auszustrecken. Das dürfte wohl auch Paolos Hintergedanke gewesen sein, als er Sie an mich weiterverwiesen hat. Wie Sie vielleicht wissen, bin ich vor fünfzehn Jahren nach Rom gekommen, um mich in der Problematik der rechtlichen Beziehungen zwischen dem Vatikan und dem italienischen Staat zu spezialisieren. Dazu gehören vor allem die juristischen Aspekte der Berührungspunkte im Geld- und Finanzwesen.

Seit einigen Jahren berate ich meinen Landsmann Kardinal William Hughes. Er ist Mitglied der fünfköpfigen Kardinalskommission für die Ernennung des Kontrollrates der Vatikanbank. Dieser Kontrollrat setzt sich aus Finanzexperten aus der ganzen Welt zusammen. Das für Sie wirklich

Spannende kommt jetzt: Raten Sie einmal, wer der Vorsitzende der Kardinalskommission ist!« David schaute Leda mit erwartungsvollen Augen an.

»Der Papst?« fragte Leda ihrerseits zögernd.

»Falsch. Es ist ein guter Bekannter! Der heimliche Liebhaber dieser Ex-Nonne und der Vater ihres Kindes, Kardinal Innocenzo Vinciguerra.«

»David, soll das ein Scherz sein?« fragte Leda entgeistert.

»Keineswegs. Das ist die Wahrheit, nichts als die Wahrheit. So klein ist die Welt.«

Leda war sprachlos. In ihrem Kopf schwirrten tausend Gedanken gleichzeitig herum.

»Langsam würde es mich nicht mehr wundern, wenn sich eines Tages herausstellt, daß der Papst nicht nur der Herrscher über die Katholiken in aller Welt, sondern auch der über eine zahlreiche Kinderschar ist. Ihre Glaubensbrüder, entschuldigen Sie bitte, wenn ich das so drastisch sage, scheinen mir ein ziemlich zweifelhaftes Benehmen an den Tag zu legen«, meinte Leda.

»Was die angebliche Sexualfeindlichkeit und die Ehelosigkeit anbetrifft, gebe ich Ihnen recht. Aus gutem Grund kennen die orthodoxe Kirche oder die Protestanten den Zölibat nicht, und der Apostel Petrus, sozusagen der erste Papst, war verheiratet. Papst Alexander VI. zog noch mit vier Kindern in den Vatikan ein, machte seinen achtzehnjährigen unehelichen Sohn Cesare zum Kardinal und hatte ein Verhältnis mit seiner Tochter Lucretia Borgia. Er ließ eine seiner Geliebten, Giulia Farnese, als Mutter Gottes und sich selbst als Papst zu ihren Füßen malen.

Und so ging es nicht nur im Vatikan zu. Das Leipziger Thomaskloster beispielsweise wurde im ausgehenden Mittelalter als ›Weltwunder‹ bezeichnet, weil es dort so viele Kinder, aber keine Frauen gab. Manche Nonnenklöster in der Schweiz und in Deutschland waren als Bordelle berühmt.

Und das alles, obwohl schon zu Beginn des 12. Jahrhunderts der Zölibat als Kirchengesetz galt. Sie sehen also, daß es mit der verordneten Keuschheit noch nie so richtig geklappt hat. Das ist so ähnlich wie mit den Sicherheitsgurten in Autos. Das Gesetz sagt, man muß sie anlegen, sonst wird man bestraft. Haben Sie vielleicht in Rom schon einmal einen Polizisten gesehen, der sich drum geschert hätte? Ich nicht!«

Jetzt mußte Leda lachen. »Erstens hinkt der Vergleich gewaltig. Denn diese verrückten Keuschheitsregelungen sind gegen die menschliche Natur gerichtet, während die Gurte sie schützen. Zum zweiten spielt sich die italienische Polizei nicht als moralische Instanz für die ganze Welt auf.«

»Gut, gut, aber wir können ganz praktisch festhalten, daß das weltliche Gesetz so wenig befolgt wird wie das kirchliche«, meinte David mit einem kompromißbereiten Lächeln auf den Lippen.

»Ich würde sogar noch weiter gehen und sagen, daß dieser Kardinal höchstwahrscheinlich ein doppelter Sünder ist, weil er sich weder im Auto anschnallt noch das Keuschheitsgelübde eingehalten hat«, meinte Leda.

»O Gott, Leda, jetzt lassen Sie an uns Kirchenleuten aber gar kein gutes Haar mehr«, meinte David. »Es soll allerdings welche unter ihnen geben, die sich anschnallen und keusch leben.«

»Meinen Sie damit sich selbst?«

»Muß ich unbedingt antworten?« fragte David ausweichend.

»Nein, natürlich nicht. Entschuldigen Sie die dumme Frage, sie war nicht persönlich gemeint.«

»Zurück zu Ihrem Mordfall«, griff David den roten Faden wieder auf. »Um den Posten Vinciguerras tobt in den letzten Jahren unter den Kardinälen ein heftiger Konkurrenzkampf. Die ausländische Mehrheit im Kontrollrat ist der Meinung, daß mit Vinciguerra der Posten nicht optimal besetzt ist. Sie würden gern Hughes in dem Amt sehen. Hughes selbst glaubt auch, den Job besser machen zu können, weil nach seinem Dafürhalten die Vatikanbank unter ihm effektiver kontrolliert würde. Trotz der vielen Reformen arbeitet sie ihm noch immer viel zu stark nach den Regeln des italienischen Klüngels.«

»Was heißt das?«

»Das bedeutet, daß sich die Bank, so Hughes, nach wie vor von religiösen Institutionen dafür einspannen läßt, ihren weltlichen Spendern zu helfen, Geld illegal ins Ausland zu transferieren. Oder um Embargos gegen Staaten zu umgehen. Wenn also beispielsweise Kubaner aus den Vereinigten Staaten an ihre Landsleute am amerikanischen Wirtschaftsembargo vorbei Geld auf die Karibikinsel schicken wollen, ist das über die Vatikanbank möglich. Dieses Beispiel regt Hughes als erklärten Anti-Kommunisten und glühenden amerikanischen Patrioten besonders auf. Er meint, solche Aktionen müßten schleunigst unterbunden werden, damit das Geldinstitut des Heiligen Stuhls nicht immer wieder in negative Schlagzeilen gerät.«

»Was heißt das für meinen Fall?«

»Daß Kardinal Hughes sicherlich seine Kollegen davon überzeugen wird, die Vatikanbank und ihre Kontenbewegungen sehr bald und sehr genau in Augenschein zu nehmen. Als Kommissarin der italienischen Polizei und damit Vertreterin einer fremden Staatsmacht dürfen Sie natürlich nicht in die Bank. Ich denke, daß unter diesen Umständen die Hilfe von Hughes sehr nützlich sein könnte.«

»Im Moment weiß ich nicht, ob wir ihn brauchen. Aber die Aussicht, daß er zur Verfügung stehen könnte, finde ich beruhigend, sagen wir als Schlüssel für den Panzerschrank Vatikan.«

Sie unterhielten sich noch lange über die Kirche und ihre Leitung hinter den dicken Mauern inmitten der Stadt. Leda erstaunte es, wie sehr David mit seiner Kirche ins Gericht ging.

»Ich habe schon Schwester Claudia gefragt: Wieso bleiben Sie bei dieser Vereinigung, die Sie in so viele Zweifel und Widersprüche stürzt?«

»Weil es ohne sie noch schlimmer in dieser Welt aussähe. Was Außenstehende wahrnehmen, sind oft nur die negativen Seiten. All das Positive, was sie bewirkt, wird für selbstverständlich hingenommen, weil sie sich ohnehin der Sache des Guten verschrieben hat. Sie können mir getrost glauben, daß diese Kirche mit allen ihr innewohnenden Mängeln immer noch die stärkste und schönste Gemeinschaft ist, die ich mir vorstellen kann. Wir müssen nur immer darauf achten, daß Fehler korrigiert werden. Genau deshalb sind Leute wie ich – und damit meine ich die Jesuiten im allgemeinen – besonders kritisch in ihrer Betrachtung der Kirche«, antwortete David ruhig.

Inzwischen war es draußen stockfinster geworden. In der Küche brannte nur das Kerzenlicht des Stövchens, und Leda fühlte sich ausgesprochen wohl, obgleich sie ziemlich hungrig war.

»Darf ich Sie zum Essen einladen?« fragte sie David.

»Nein, ich Sie! Ich war heute vormittag einkaufen und habe köstliche Sachen im Haus, außerdem guten Wein und Lust zum Kochen. Draußen ist es kalt und naß. Warum sollten wir unnötig leiden? Rufen Sie Paolo an, vielleicht kommt er auch. Wir hatten uns vage für heute abend verabredet.«

Paolo versprach, in einer Stunde dazusein, und David begann mit der Küchenarbeit. Leda assistierte ihm, indem sie den Tisch deckte, Gemüse und Salat putzte.

Als Paolo erschien, standen eine Platte mit Bresaola auf dem Tisch: handgepökeltes, luftgetrocknetes Rindfleisch, bedeckt mit feinen Scheiben frischer Champignons und Rucolablättern und mit Zitrone und Olivenöl beträufelt. Der blanchierte Spinat wartete bereits in der Pfanne darauf, einmal kurz in Olivenöl und ein wenig Knoblauch heiß gewendet zu werden, und drei Rindersteaks lagen ebenfalls zum Braten bereit. Während des Kochens plauderten sie über Gott und die Welt und tranken einen kühlen Frascati dazu. Irgendwann spät am Abend öffnete David eine Flasche perlenden Prosecco. Als Leda die fünf Treppen wieder hinunterging, fühlte sie sich beschwingt wie ein Engel.

XVII

Leda richtete sich im Bett auf, um besser atmen zu können. Ihr brummte der Schädel, das Herz raste. Der Traum wirkte nach.

In einem mit Landschaftsszenen bemalten Raum hatten an einem langen Tisch aus schwerem, dunklen Holz sechs Kardinäle in schwarzen Gewändern und purpurroten Schärpen und Kappen gesessen und auf der gegenüberliegenden Seite die gleiche Anzahl Banker in dunklen Anzügen und Zylindern. Hinter ihnen standen Lakaien in weißen Uniformen und mit weißen Perücken. Die Banker schoben Papiere mit Bilanzkurven über den Tisch hin und her, lasen sie und reichten sie dann den Uniformierten. Diese schritten mit den Blättern ans Tischende, auf dem ein goldener zwölfarmiger Leuchter stand. Mit starrem Gesichtsausdruck verbrannten sie sie einzeln in den Flammen. Die Asche rieselte auf die blanke Holzplatte des Tisches und bedeckte langsam den schweren, runden Fuß des Leuchters. Nachdem alles Papier verbrannt war, sagte ein Kardinal:

»Meine Herren, das war's. Ich danke Ihnen.« Dann war die skurrile Szene entweder beendet gewesen, oder Leda erinnerte sich nicht mehr an ihren Fortgang.

Leda atmete tief durch. Irgendwo schlug eine Tür. Die grünen Leuchtziffern des Radioweckers, die ein schwaches, unwirkliches Licht erzeugten, zeigten 4:17 an. Sie stand fröstelnd auf, zog ihren dicken Frotteebademantel über und ging durch die Wohnung. Durch die Fenster schien das Licht der Straßenlaternen, und Leda bemerkte, wie sich draußen die Bäume im Wind hin und her wiegten. Die Flügel der Balkontür in der Küche schlugen im Rhythmus der Windböen gegeneinander. Es kam ihr so vor, als ob sie jedesmal ein Erdbeben auslösten. Schnell ging sie hin, um sie zu schließen. Ihr Mund war trocken vom vielen Zigarettenrauch und Wein bei David. Leda schenkte sich Mineralwasser ein und trank das Glas in einem Zug leer. Das Ticken der Küchenuhr an der Wand hallte so laut durch die Stille der Nacht, als wolle sie an die Kürze des Lebens erinnern. Leda schloß die Küchentür hinter sich, bevor sie ins Schlafzimmer zurückkehrte.

Unter der Decke war es warm, und sie steckte ihre eiskalten Füße zwischen Paolos Beine. Er drehte sich im Schlaf um, schlang seine Arme um sie, und Leda schlief wieder ein.

Es war weit nach acht Uhr, als Paolo sie weckte. Er stand frisch geduscht und rasiert vor dem Bett, und Ledas erster Eindruck vom neuen Tag war ein Duftschwall seines Rasierwassers.

»Buon giorno, mein Schatz. Willst du heute nicht arbeiten?«

»Wieso bist du so früh wach?« fragte Leda ihn verwirrt.

»Weil nachher eine Razzia gegen einen Ring von Rauschgifthändlern durchgeführt wird, da will ich dabeisein.«

»Bringst du uns zum Abendessen ein Pfund Kokain mit?«

»Wahrscheinlich wird's Heroin werden. Mal sehen, was sich machen läßt«, gab Paolo lachend zurück.

»O Gott, mein Schädel brummt. Den Prosecco gestern abend hätten wir lieber auslassen sollen«, sagte Leda, während sie sich langsam aufrichtete. Zu ihrer Freude sah sie, daß der nächtliche Wind die dicken Regenwolken vertrieben hatte und vom blauen Himmel die Sonne strahlte.

Die heiße Dusche bewirkte Wunder. Ledas Kopf wurde klar und ihr Kreislauf kam in Bewegung. Sie hörte, wie Paolo in der Küche herumfuhrwerkte und dabei laut und falsch pfiff.

»Sag mal, ist das immer noch der uralte Kaffee hier in der Dose?« rief er.

»Ja.«

»Der ist doch völlig ungenießbar.«

»Ja.«

»Dann müssen wir wohl zu Mario gehen. Würdest du dich freundlicherweise beeilen?«

»Ist es kalt draußen?« fragte Leda.

»Eiskalt sogar. Zieh dich bloß warm an«, erwiderte Paolo.

Kurz darauf saßen sie in ihren Autos. Leda kam als erste bei Mario an und stellte ihren Fiat in die letzte freie Parklücke direkt vor der Tür.

»Ciao, Commissaria, so spät heute?«

»Ciao, Bello. Der Wein gestern abend war so gut. Ich habe völlig verschlafen. Machst du zwei Cappuccini? Paolo kommt auch gleich. Er sucht noch einen Parkplatz.«

»Ich dachte schon, Sie hätten sich getrennt, so lange habe ich ihn nicht gesehen.«

»Nein, keine Sorge. Ich sage dir Bescheid, wenn es je dazu kommen sollte, und zwar bevor es in der Zeitung steht.«

»Haben Sie die neueste Unverschämtheit schon gelesen?« fragte Mario und führte damit sein Tagesthema ein.

»Nein, Mario, wie sollte ich? Meine erste Berührung mit einer Zeitung findet jeden Tag bei dir statt. Was ist denn nun schon wieder passiert?«

»Die wollen Franco Bertone wegen Bestechung anklagen.«

»Und wer ist das?« fragte Leda.

»Dieser Politiker aus der Emilia Romagna, der vor vier Wochen die Mehrheit in der Regionalregierung gekippt hat, weil er von den Links-Unionisten zur Rinnovazione Italiana übertrat. Nun will er sich bei den nächsten Wahlen für die Rechten präsentieren.«

»Also ein klassischer ribaltone, ein Parteienspringer.«

»Genau. Und recht hat er getan. Denn diese ewigen Kommunisten oben im Norden verseuchen doch das ganze Gebiet mit ihren Beziehungskadern. Kein Andersdenkender hat die geringste Chance, je einen wichtigen Posten zu bekommen. Und das nennen die auch noch Demokratie. Linker Inzest ist das, und sonst nichts.«

»Was sind das für harte Worte?« fragte Paolo, der den letzten Satz von Mario gerade noch mitbekommen hatte.

»Als was würden Sie das denn bitte bezeichnen? Demokratie bedeutet doch, daß die politischen Parteien sich beim Regieren abwechseln. Davon kann in der Emilia Romagna keine Rede sein«, fuhr Mario seinen Gast an. »Seit Jahrzehnten haben diese linken Clans die ganze Region in ihren Krallen. Wenn sich einer besinnt, daß es noch was anderes auf der Welt gibt, dann wird er – schneller, als man gucken kann – wegen irgendeiner Kleinigkeit angeklagt.«

»Wer wurde vor Gericht gestellt?« erkundigte sich Paolo, der überhaupt nicht verstand, wovon Mario sprach.

»Franco Bertone«, sagte Mario gewichtig.

»Dieser ribaltone, der erst über die Linken Politkarriere gemacht hat, sich dann von den Rechten kaufen ließ und jetzt für sie Wahlkampf macht?«

»Woher wollen Sie wissen, daß er gekauft wurde?« fragte Mario spitz.

»Weil es in der Politik wie im Fußball zugeht. Den Parteien werden die Leute weggekauft, sobald sie bekannt genug geworden sind. Anschließend werden sie bei den Wahlen aufgestellt – als Zugpferde, die zur angeblich richtigeren Meinung bekehrt worden sind«, antwortete Paolo. »Sind der Cappuccino und das Cornetto hier für mich?«

»Ja. Scheint es Ihnen denn unvorstellbar, daß einer nach gründlicher Überlegung seine Meinung ändert?«

»Theoretisch nicht. Praktisch ist in unserem Land Politik aber oft nur eine Frage von Geld und Karriereaussichten. Überzeugungen spielen leider selten eine Rolle«, meinte Paolo und biß vergnügt in sein Cornetto. Er genoß diesen morgendlichen Wortwechsel mit Mario.

»Erstens ist das nicht immer so. Zweitens, mein Lieber, ist das noch lange kein Grund, jemanden in einen Prozeß hineinzuziehen«, sagte Mario.

Er beugte sich so weit wie möglich über die Theke, hielt Paolo die Zeitung hin und tippte dabei mit dem Zeigefinger aufgeregt auf einen Artikel.

»Hier, das hat immerhin einer Ihrer Kollegen geschrieben.« Dann riß Mario das Blatt wieder an sich und begann mit lauter Stimme vorzulesen:

»Es ist immer wieder auffällig, um nicht zu sagen verwerflich, wie sich die Justiz in die politischen Angelegenheiten einspannen läßt. Der Vorwurf der Bestechung gegen Bertone wird von keinem anderen Beweis gestützt als von der Aussage eines einzelnen Bologneser Finanzbeamten, der, wie könnte es anders sein, ein ehemaliger linker Gefolgsmann Bertones ist. Und – was sagen Sie nun?« fragte Mario mit triumphierendem Blick.

»Daß der Kollege recht hat, wenn er sagt, die Justiz lasse sich viel zu leicht von der Politik einspannen. Es werden auch für meinen Geschmack zu häufig mitten im Wahlkampf Prozesse gegen Politiker eröffnet«, meinte Paolo, zog seine Geldbörse aus der Tasche und fügte hinzu:

»Mario, siamo nati per soffrire, zum Leiden wurden wir geboren! Dieses Land bringt uns noch um. Wieviel schulde ich dir?«

Mario ging hinter der Theke zur Kasse: »Vier Euro fünfzig. Ich habe Ledas Zigaretten dazugerechnet.«

Als Leda im Auto saß und es Meter um Meter in Richtung Questura bewegte, hörte sie in ihrer Tasche das Telefonino klingeln. Den Blick auf die Straße gerichtet, mit einem Hand am Lenkrad, kramte sie es heraus.

»Pronto.«

»Leda, Alesi möchte Sie dringend sprechen. Er hat schon zweimal nach Ihnen gefragt«, hörte sie Ugo.

»Ich stecke im Stau und brauche mindestens noch zwanzig Minuten, bis ich da bin. Kannst du ihm bitte Bescheid sagen? Wenn es so drängt, soll er mich kurz auf dem Telefonino anrufen«, rief sie in den Apparat und wich dabei einem Mofa aus, das sich langsam den Hügel hinaufquälte.

»Das mache ich. Fahren Sie vorsichtig. Bis gleich.«

Es kostete Leda noch eine halbe Stunde Nervenkrieg, bis sie endlich Alesis Büro betrat.

»Buon giorno, gnädige Signora Commissaria. Haben Sie gut geschlafen?« fragte er mit rügendem Unterton.

»Entschuldigung, aber es war ein Riesenstau. Was gibt es so Wichtiges?«

»Cremonese, der Präsident der Banca di Credito, hat angerufen. Du sollst so schnell wie möglich zu ihm in die Bank kommen.«

»Ist er zur Zusammenarbeit mit uns bereit?« fragte Leda.

»Ja. Er möchte nur unter allen Umständen vermeiden, daß von unseren Untersuchungen etwas publik wird.«

»Das wird kaum möglich sein, falls Mordanklage erhoben werden muß.«

»Solange wir das nicht wissen, kannst du ihm auch in meinem Namen versichern, daß wir so verdeckt wie irgend möglich arbeiten. Das wird seine Hilfsbereitschaft mit Sicherheit positiv beeinflussen. Geh vorsichtig mit ihm um. Er ist sehr auf seine Karriere in der Bank und auf deren guten Ruf bedacht«, erklärte Alesi.

»Wir können ihm aber keinesfalls garantieren, daß die Banca di Credito als unbefleckte Muttergottes dasteht, wenn ihre Mitarbeiter in mafiose Geschäfte verstrickt sind. Danach sieht es immerhin sehr stark aus, ganz unabhängig vom Tod Puccios.«

»Willst du vielleicht hingehen und ihm sagen: Es tut mir leid, Herr Präsident, aber Sie sind eine Führungsnull, denn Sie haben nicht bemerkt, welche faulen Spiele bei Ihnen gespielt werden?« bemerkte Alesi. Er war jetzt richtig böse geworden. Doch Leda blieb hart:

»Nein, so natürlich nicht. Aber ich will ihm auch nichts versprechen müssen, was sich später vielleicht als unmöglich erweist. Wenn die Bank und ihre Mitarbeiter sich etwas haben zuschulden kommen lassen, dann muß das auch klar gesagt werden. Ich bin jedenfalls nicht bereit, einen komplizierten Fall zu lösen, um ihn hinterher in der Schublade verschwinden zu lassen. Verbrecher gehören hinter Gitter, auch wenn sie in den obersten Positionen sitzen«, sagte sie.

»Du bist zu ehrlich, meine Liebe, und wirst eines Tages noch über deine Direktheit stürzen«, meinte Alesi.

»Das hoffe ich nicht, ich werde damit nur vermutlich nicht viel weiter nach oben kommen.«

»Und das ist dir gleichgültig?« fragte Alesi mit prüfendem Blick.

»Nicht ganz. Aber es scheint mir immer noch besser zu sein, als dieses verdammte Unter-den-Teppich-Kehren von Wahrheiten mitzumachen.«

»In einem anderen Land als Italien kämest du mit der Einstellung vermutlich sehr weit. Dir sollte aber klar sein, daß hier andere Spielregeln gelten.«

»Das weiß ich und habe deshalb die Hoffnung längst aufgegeben, irgendwann einmal beispielsweise deinen Posten einzunehmen«, sagte sie ruhig. »Außerdem bin ich eine Frau.«

»Willst du damit behaupten, daß ich auf meinem Posten sitze, weil ich die Wahrheit nicht ans Licht lasse und dann Versteck spiele, wenn es mir nützlich erscheint?« Alesi, normalerweise die Ruhe in Person, stand vor ihr und funkelte sie aus wütenden Augen an.

»Um Gottes willen, nein, Erman, das meine ich überhaupt nicht. Im Gegenteil. Wie oft habe ich deinen Mut bewundert, gegen die Heerscharen der Machtinhaber zu Felde zu ziehen! Aber du verfügst über die Fähigkeit, den Leuten die schlimmsten Vorwürfe so charmant zu servieren, daß sie glauben, sie würden gelobt. Ich kann das leider nicht.«

»Dann geh jetzt bitte zu Cremonese und übe es«, sagte Alesi, der sich inzwischen wieder gefaßt hatte. Er wußte, daß Leda ihn schätzte und achtete und ihm gegenüber immer rigoros ehrlich sein würde. Außerdem hatte sie seine Angst vor diesem vereinigten Machtapparat von Banken und Kirche erkannt.

»Leda, sie werden uns zerquetschen wie der Elefant die Maus, wenn wir nicht aufpassen, denk daran.«

»Ja, natürlich.«

Leda ließ sich mit einem Zivilfahrzeug an den von Cremonese genannten Seiteneingang der Bank bringen. Sie bat den Fahrer zu warten und ging hinein. Dem Pförtner sagte sie auf Wunsch Cremoneses nur ihren Namen, nicht ihre Funktion.

»Der Präsident erwartet Sie.« Der Mann begleitete sie zum Aufzug, steckte einen Schlüssel in ein Schloß, worauf sich die Türen öffneten. In der Kabine gab es nur eine Taste mit einem Pfeil nach oben und eine weitere mit einem Pfeil nach unten.

»Der Aufzug bringt Sie direkt in die Chefetage. Sie werden dort abgeholt«, erklärte ihr der Mann. Als Leda im achten Stockwerk ankam, stand bereits eine Dame in einem eleganten roten Kostüm vor der Aufzugtür.

»Ich bin Simonetta Gerini, die persönliche Assistentin des Präsidenten. Es freut mich, Sie kennenzulernen«, sagte sie und reichte Leda lächelnd die Hand. »Bitte folgen Sie mir.«

Sie gingen gemeinsam auf eine Tür zu, und Gerini klopfte.

»Avanti«, erklang es von drinnen.

»Signor Presidente, Signora Giallo ist da«, wurde Leda vorgestellt.

Luigi Cremonese erhob sich behende wie ein junger Mann von seinem Schreibtischstuhl. Er war groß wie ein Riese und hatte das Format eines Boxers. Mit zwei Schritten durchquerte er den Raum. Als ob er Gedanken lesen könnte, sagte Cremonese zu Leda:

»Erschrecken Sie nicht, ich weiß, daß ich wie ein Preisboxer aussehe, und als Student habe ich tatsächlich Geld im Ring verdient. Heute schlage ich mich aber nur noch mit Banksachen herum. Im übrigen bin ich friedlich wie ein Lamm.«

»Dürfen wir Ihnen einen Kaffee anbieten?« fragte Simonetta Gerini.

»Danke, gern.«

»Bitte nehmen Sie Platz, Signora Giallo. Simonetta, sorge dafür, daß uns absolut niemand stört. Laß Anrufe nur durch, wenn Nero Rom zum zweiten Mal angezündet hat«, gab Cremonese seiner Assistentin mit auf den Weg.

»Wissen Sie eigentlich, daß ich zu den größten Verehrern Ihres Vaters gehöre? Er war ein fabelhafter Professor und besaß die seltene Gabe, die trockene Rechtsmaterie höchst lebendig darzustellen, sie immer wieder in einen konkreten Zusammenhang einzubeziehen.«

»Vice-Questore Alesi hat mir erzählt, daß Sie zusammen mit ihm bei meinem Vater im Seminar gearbeitet haben.«

»Ja, das war eine großartige Zeit. Wir hatten Spaß und lernten trotzdem viel. Sie sehen ja, aus uns beiden ist etwas geworden. Was kann ich denn für die Tochter dieses wunderbaren Mannes tun?«

Es klopfte, und Simonetta trat mit einem Tablett ins Zimmer, das Cremonese ihr abnahm. Erneut war Leda erstaunt über die Geschicklichkeit, mit der der große Mann die kleinen Espressotassen auf den niedrigen Tisch stellte. Sie betrachtete seine Hände, die im Gegensatz zum wuchtigen Körper ausgesprochen zierlich waren.

»Zucker?«

»Einen Löffel, bitte.«

»Wie Sie von Erman Alesi schon wissen, stecken wir mitten in einer höchst schwierigen Ermittlung. Es geht um den Tod eines Ihrer Angestellten, Gianpiero Puccio. Er hat viele Jahre lang als Inspektor verschiedene Niederlassungen der Banca di Credito geprüft.«

Sie erzählte ausführlich von den Berichten, die Puccio verfaßt hatte, und von den Aussagen der verschiedenen Zeugen, die wesentlich weiter gingen als die schriftlichen Berichte.

»Soweit ich Erman verstanden habe, kann nicht ausgeschlossen werden, daß Mitarbeiter unserer Bank gemeinsam mit hohen Kirchenrepräsentanten in unsaubere Angelegenheiten verwickelt sind.«

»Alles weist im Moment darauf hin.«

»Sie sind sich darüber im klaren, daß das für meine Bank eine fatale Situation ist?«

»Nur zu genau. Ich bin gekommen, um mit Ihnen gemeinsam und nicht gegen Sie und die Bank zu arbeiten«, sagte Leda und fand, daß sie sich sehr diplomatisch ausgedrückt hatte.

»Nach Ermans Anruf habe ich mir diverse Akten aus der Personalabteilung kommen lassen. Ich kann mich natürlich nicht an die Geschichte aller Mitarbeiter erinnern, die bei uns eingestellt wurden, vor allem dann nicht, wenn es vor der Zeit meiner Präsidentschaft geschah. Beim oberflächlichen Durchschauen konnte ich nur bei Verdone einen ziemlich intensiven Bezug zur Kirche herstellen.

Gianni Verdone wurde unter meinem Vorgänger Emiliano Nucci vor zwölf Jahren eingestellt. Es ist in der Bank bekannt, daß Nucci den damals jungen Verdone bereits während dessen Studienzeit kennen- und schätzen gelernt hatte. Verdone entsprach in den Folgejahren Nuccis Erwartungen. Nach allem, was ich über ihn gehört und in den Akten gelesen habe, war seine Einstellung ein Glücksgriff.«

»Hat er innerhalb der Bank jemals speziell für die Kirche gearbeitet?«

»Speziell für die Kirche? Wie soll ich das verstehen? Wir haben keinen Bereich ›Katholische Kirche‹ oder ›Vatikan‹. Die Kirche hat bei uns genauso wie bei anderen italienischen und ausländischen Banken Geld, sogar sehr viel Geld angelegt. Sie ist für uns ein besonders wichtiger Kunde. Unter Nuccis Leitung war sie vielleicht sogar zum wichtigsten geworden. Das habe ich allerdings wieder etwas eingeschränkt, um ihren Einfluß auf unser Haus zu begrenzen. Ich halte es rein wirtschaftlich für riskant, nur auf einem, anstatt auf vielen Beinen zu stehen. Seine heutige Position hat Nucci nicht zufällig inne.«

»Was macht er denn?« wollte Leda wissen und löste mit ihrer Frage bei Cremonese zunächst ein überaus erstauntes Gesicht und dann ein breites Lächeln aus.

»Ich möchte Ihnen nicht zu nahe treten, aber Sie kennen sich im Bankenwesen wohl recht wenig aus«, sagte er.

»Ich würde sagen gar nicht.«

»Emiliano Nucci ist der heutige Präsident der Vatikanbank. Sie haben ihn uns weggeschnappt, um diesem skandalbeladenen Geldinstitut endlich eine Struktur und ein Ansehen zu verleihen, die, sagen wir, allgemeinen Gepflogenheiten im Finanzsektor entsprechen. Nucci hat einen guten Namen im Bankenbereich. Es war ihm seinerzeit auch gelungen, die Banca di Credito vor dem Konkurs zu retten. Heute hat er seinen Traumjob, weil er sich der Kirche von jeher zutiefst verbunden fühlte und so seinen Glauben und seinen Beruf ideal miteinander verbinden konnte.«

»Und Verdone war sozusagen sein Ziehkind?«

»Das ist eine gute Beschreibung. Nucci hat immer ein Auge darauf gehalten, daß Verdone innerhalb der Bank Posten erhielt, denen er gewachsen war, so daß er optimale Entwicklungsmöglichkeiten hatte. Lassen Sie es mich sehr direkt ausdrücken: Verdone ist gut, aber ohne Nucci wäre er wahrscheinlich nicht so schnell so weit gekommen. Kurz bevor Nucci uns vor fünf Jahren verließ, hat er Verdone noch auf den frei werdenden Posten des Direktors für Außeninspektionen gesetzt. Auch diesen Bereich bearbeitet er wieder zu unserer Zufriedenheit.«

»Es gibt aber Indizien dafür, daß die Berichte über die Prüfungen in den Außenstellen, die Sie respektive das Direktorengremium zu sehen bekommen haben, nicht immer vollständig waren«, antwortete Leda.

»Verdächtigen Sie Verdone der Fälschung von Berichten?« fragte Cremonese scharf.

»So weit würde ich nicht gehen, aber sie könnten geschönt worden sein. Es muß keineswegs Verdone gewesen sein, vielleicht war es ja auch Puccio selbst – aus uns bisher unbekannten Gründen. Oder ein noch unbekannter Dritter«, antwortete Leda.

»Gefälschte Berichte! Das glauben Sie doch wohl nicht ernsthaft?«

»Der Fall stellt sich vor meinen Augen sehr widersprüchlich dar. Puccio hat seinen Mitarbeitern in mindestens zwei Fällen die weitere Prüfung entzogen, und zwar in dem Moment, als man auf Kirchenangelegenheiten stieß. Dann hat er sie selbst übernommen. Ich frage mich: aus eigenem Antrieb oder aufgrund einer Weisung von oben?

Nach seinem unerwarteten Tod wurde sowohl in seiner römischen Wohnung als auch in seinem Landhaus eingebrochen. Es sieht ganz danach aus, als hätten die Täter etwas gesucht. Leider wissen wir nicht, was. Weiter hatte seine Tochter vor zwei Jahren, kurz vor der Inspektion in Bologna, einen schweren Autounfall. Die Bremsschläuche waren durchgeschnitten. Und schließlich wollte Puccio kurz vor seinem Tod mit der Polizei sprechen. Das haben wir alles sicher ermitteln können.«

»Würden Sie mir bitte konkrete Beispiele nennen?«

»Gern. Fall Nummer eins: Cosenza, der Bruder des Kardinals von Neapel, war Inhaber der Prokura für Kirchenkonten, die er nutzte, um gemeinsam mit dem Filialleiter Ihrer Bank Wuchergeschäfte zu betreiben. Durch Puccios Prüfung flog die Sache auf. Um einen Prozeß und die damit verbundene negative Publicity für die Bank zu vermeiden, wurden keinerlei Anzeigen erstattet. Mit dem inzwischen verstorbenen Filialleiter wurde seitens der Bank ein ›Ausscheiden in gegenseitigem Einvernehmen‹ vereinbart. Nach Aussage seiner Witwe hat er eine beachtliche Abfindung erhalten, Verdone behauptet jedoch, es seien keinerlei Abfindungsgelder von der Bank gezahlt worden. Der Bericht schweigt sich über die Frage der Größenordnung der entdeckten kriminellen Geschäfte aus.«

Cremonese war zusehends bleicher geworden, doch er schwieg, während Leda den zweiten Fall darlegte:

»In Neapel kam es zum gleichen Spiel mit den entsprechenden Folgen. Allerdings erging diesmal eine Warnung an den Kardinal. Die Banca di Credito werde im Wiederholungsfall den Vatikan unterrichten. Der Bruder des Kardinals wurde noch vermögender, die Kardinalskonten prallvoll. Der ehemalige Filialleiter, ein Signor Talamona, ist bisher unauffindbar. Wieder kein Wort im Bericht über die Größenordnung von Geldbewegungen.

Fall Nummer drei: In Bologna erteilte der Bischof einem Unternehmer die Generalvollmacht über Kirchenkonten. Diesem gelang es, die Kirchengelder durch Wucherzinsen wundersam zu vermehren. Wieder gab es keinerlei Anzeigen.

Fall Nummer vier, Mailand: Nun wurde das System umgestellt. Statt Bankleute einzuschalten gründete man eine Firma für die Durchführung von Wohltätigkeitsveranstaltungen zugunsten der Kirche. Der Inhaber ist Finanzberater und hat die Kontovollmachten. Er wurde in kürzester Zeit der wichtigste Einzelkunde dieser Niederlassung.«

Wie gebannt und sichtlich erschüttert verfolgte Cremonese den Bericht der Kommissarin.

»Fall Nummer fünf spielte sich in Venedig ab«, erklärte Leda. »Auch hier war ein Benefizveranstalter tätig, zufällig mit dem gleichen Namen. Diesmal ist der Inhaber Bauunternehmer. Und wieder ist er innerhalb kürzester Zeit einer der wichtigsten Kunden der Bank, angeblich wegen seiner großen unternehmerischen Anstrengungen. Auch in diesem Fall hat Puccio die Prüfung an sich gezogen, allerdings erst, nachdem einer Ihrer Inspektoren Einblick gewonnen hatte und zum Ergebnis gekommen war, daß von den Konten des Wohltätigkeitsvereins Bestechungsgelder für Bauaufträge gezahlt worden waren. Davon steht im Bericht nichts.

Fall Nummer sechs schließlich führt uns nach Rom: Verdones Frau betätigt sich bei einem Benefizunternehmen, das den gleichen Namen trägt wie in Mailand und Venedig. Im vergangenen Jahr hat angeblich ein einziges Konzert im Privathaus der Verdones fast eine halbe Million Euro eingebracht. Die Frau erhielt letzte Woche anläßlich des diesjährigen Konzerts sogar eine handschriftliche Danksagung des Papstes. Die Verdones begründen ihren Reichtum damit, daß die Frau aus einer sehr wohlhabenden apulischen Familie stamme. Ermittlungen haben ergeben, daß ihre Familie keineswegs über große finanzielle Reserven verfügt. In ihrem Heimatort wiederum haben sie erzählt, daß Verdone der vermögende Ehepartner sei. Das stimmt wiederum nach seinen eigenen Aussagen nicht, im Gegenteil, die Verdones seien ausgesprochen arme Leute aus den Bergen der Basilicata«, beendete Leda ihren Vortrag.

»Woher wissen Sie das alles?« fragte Cremonese, der bleich geworden war.

»Das steht, wie gesagt, zum Teil in Puccios Berichten, die uns Verdone gegeben hat. Ich habe sie Ihnen in Kopie mitgebracht, damit Sie sie nicht noch einmal anfordern müssen«, antwortete Leda, zog aus dem Aktenkoffer einen Stapel von Unterlagen und legte sie vor Cremonese auf den Tisch. »Außerdem haben wir einige Zeugen vernommen.«

»Dio mio, das wäre eine Katastrophe, wenn es wahr ist.« Er sah Leda mit weit aufgerissenen Augen an. »Aber Verdone selbst hat Ihnen doch die Berichte gegeben. Warum sollte er Ihnen unter diesen Umständen helfen wollen?«

»Das weiß ich nicht, wir wissen ja nicht einmal, ob er etwas damit zu tun hat. Wir schließen bei unserer Ermittlung nicht aus, daß es sich um eine Reihe voneinander unabhängiger Einzelfälle handeln kann«, fügte Leda hinzu.

Cremonese blickte sie mit leeren Augen an. Dann stand er auf, ging schweigend zum Fenster und betrachtete das großartige Panorama der römischen Innenstadt, die ihm zu Füßen lag.

»Sie haben recht«, sagte er schließlich. »Das sind zu viele Indizien, als daß es sich um einen Zufall handeln könnte.«

»Können Sie unter Umständen auch beweisen, daß Verdone unschuldig ist?«

»Wenn er es ist, ja! Wir dürfen nichts unversucht lassen. Ich kann mir als Präsident dieser Bank einen Mitarbeiter, auf dem ein solcher Verdacht ruht, nicht erlauben. Noch weniger kann ich mit der Kirche Krieg führen. Was schlagen Sie vor?«

»Am besten schiene es mir, die Prüfungen an den genannten Orten zu wiederholen. Verdone dürfte allerdings nichts davon erfahren – damit er sich einerseits nicht angegriffen fühlen, aber auch kein Beweismaterial unterschlagen kann. Ideal wäre es, wenn Sie in allen Städten eine handverlesene Gruppe Ihres Vertrauens zusammenstellen würden, um die entsprechenden Konten mit allen ihren Bewegungen nochmals auf Herz und Nieren zu prüfen«, erklärte Leda.

Cremonese rief Simonetta Gerini an und bat sie, Mineralwasser zu bringen. Seine angespannte Passivität lockerte sich langsam. Die Aussicht, sich nicht nur in eine Situation fügen, sondern sie durch eigenes Handeln beeinflussen zu können, hatte ihn wiederbelebt. Simonetta kam herein und stellte Wasser und Gläser auf den Tisch.

»Danke. Haben wir im Computer die Liste aller unserer Inspektoren und wo sie sich gerade aufhalten?« wandte sich Cremonese fragend an sie.

»Das weiß ich nicht. Aber ich kann sie sicher über die Direktorate der Inspektionen bekommen.«

»Genau daher möchte ich sie nicht haben. Die Inspektorate dürfen unter keinen Umständen erfahren, daß ich die Listen brauche.«

»Ich schaue mal nach«, antwortete sie und bewies ihre Qualität als diskrete Mitarbeiterin dadurch, daß sie sich nicht erkundigte, wofür ihr Vorgesetzter diese Unterlagen brauchte.

»Außerdem muß ich dringend mit Festa in Mailand, mit Giordano in Venedig, mit Ventura in Neapel und mit Martini in Forli sprechen. Und suchen Sie mir bitte raus, wer die Filiale Cosenza leitet.«

»Ist die Reihenfolge egal?« wollte Gerini wissen.

»Ja, es muß nur schnell gehen.«

»Wieso Forli?« fragte nun Leda.

»Ein Freund von mir leitet die dortige Filiale. Er war früher selbst Prüfer und kann mir vielleicht gute Leute empfehlen.«

»Wäre es nicht sinnvoll, Prüfer aus anderen Banken hinzuzuziehen?« schlug Leda vor.

»Auf gar keinen Fall. Die kennen unsere Systematik nicht und würden Wochen brauchen, bis sie überhaupt etwas finden. Außerdem will ich unter keinen Umständen, daß von den Untersuchungen etwas nach außen dringt«, antwortete Cremonese sehr bestimmt.

Es war Mittagszeit geworden. Leda begann, ihren Magen zu spüren.

»Vermutlich wird es ein paar Tage dauern, bis ich Ihnen die Ergebnisse vorlegen kann. Hoffen Sie mit mir, daß wir nichts finden, auch wenn das Ihre Suche nach dem Mörder erschwert«, sagte Cremonese. Er begleitete sie zum Fahrstuhl.

»Vielen Dank für Ihre Mitarbeit«, sagte Leda, bevor die Metalltüren sie trennten.

Als sie aus der Bank trat, hatte sie das Gefühl, aus dem geräuschlosen Inneren einer Höhle in ein wirbelndes Fest geraten zu sein. Die Sonne stach ihr in die Augen, und sie spürte ihre wärmenden Strahlen auf der Gesichtshaut. Autos hupten und fuhren mit brummenden Motoren an ihr vorbei. Von irgendwoher zog der Duft frisch gebratenen Fleisches direkt in ihre Nase. Ihre Haare flogen im Wind und sie mußte sie sich aus den Augen streichen. Der Gedanke, sofort ins Büro zu fahren, verursachte ihr Widerwillen. Sie beschloß, zu Fuß zurückzukehren und auf dem Weg irgendwo etwas zu essen.

Auf der gegenüberliegenden Straßenseite entdeckte sie den Wagen der Questura, vom Fahrer keine Spur. Vermutlich hat er sich in die nächste Bar verzogen. Genau dort fand Leda ihn und spendierte ihm einen Kaffee.

»Das hat ja lange gedauert«, meinte er.

»Es tut mir leid, haben Sie gefroren?«

»Nein, ich bin bald hierher gegangen, um den ›Corriere dello Sport‹ zu lesen und mich aufzuwärmen. Ich dachte mir, daß Sie mich hier leicht finden würden.«

Leda erklärte ihm von ihrem Plan, zu Fuß zurück ins Büro zu gehen, worauf er lediglich bemerkte:

»Dann fahre ich eben allein zurück.«

In die engen Gassen der Innenstadt gab es für die Sonne kein Durchdringen. Wo der Schatten im Sommer willkommene Kühle bot, ließ er Leda jetzt frösteln. Sie schlug ihren Mantelkragen hoch und war froh, als sie ein kleines chinesisches Restaurant entdeckte. Im Inneren war es dämmrig und warm. Asiatische Laternen baumelten an den Wänden und neben einem dicken Buddha stand ein kleiner, bunt geschmückter Weihnachtsbaum aus Plastik. Eine Gemüsesuppe und eine Portion knuspriges Entenfleisch mundeten ihr um so mehr, als die Suppe schon fünf Minuten nach der Bestellung auf dem Tisch stand.

Auf dem Rückweg wurde Leda von einem Weihnachtsmann angesprochen, der sie um eine Spende bat. Sie fragte nicht wofür, sondern schüttelte nur den Kopf. Nach Wohltätigkeit war ihr derzeit nicht zumute.

Der Mann ließ jedoch nicht locker und ging neben ihr her, während er unablässig an ihr mütterliches Herz zu appellieren versuchte. Leda blieb stur und tat so, als sei er nicht da. Nach einiger Zeit gab er auf, und sie hörte, wie ihm ein lautes »Canaglia« entwich.

»Daß man Sie auch mal wieder sieht«, begrüßte Ugo sie, als sie ins Büro kam. »Waren Sie so lange bei dem Bankpräsidenten?« erkundigte er sich.

»Ja, und anschließend essen«, erwiderte Leda, die vom Laufen noch etwas kurzatmig war.

»Schick sehen Sie aus«, meinte Ugo. »Das Schwarz mit dem Dunkelgrün steht Ihnen sehr gut. Haben Sie sich extra für den hohen Herrn so schön gemacht?«

»Nein, Ugo, ich bin von Natur aus schön. Heute morgen, als ich mich anzog, wußte ich übrigens noch gar nichts von meinem Rendezvous in der achten Etage. Verrat es niemandem, aber es war für dich gedacht«, antwortete Leda und warf ihm einen schelmischen Blick zu.

»Ich wußte doch, daß Sie einem Tänzer wie mir mit Haut und Haaren verfallen würden.«

»Was gibt's Neues?« meinte Leda und ging damit zum beruflichen Teil ihrer Bürogemeinschaft über.

»Diesen Talamona kann ich absolut nicht finden«, berichtete Ugo. »Ich lasse ihn gerade übers Einwohnermeldeamt suchen. Dann hat der Kollege Alessandro Tombardi aus Bolsena angerufen. Ich soll ausrichten, daß sie leider keinerlei verwertbare Spuren beim Einbruch ins Haus der Puccios gefunden haben. Er meldet sich noch mal.«

Dann erzählte Leda ihm von ihrem Besuch bei Cremonese, der sich bereit erklärt hatte, bei der Aufklärung zu helfen.

»Gesetzt den Fall, Cremoneses Leute kommen zu anderen Erkenntnissen, als es die derzeitigen Berichte besagen, und gesetzt den Fall, da stecken Kirchenleute mit drin, wird der Präsident sicher jemanden aus seinem Haus zum Hauptverantwortlichen für das Debakel erklären, selbst wenn der ganze Vatikan mitgemischt haben sollte.«

»Wenn es drauf ankommt, ganz bestimmt. Glaubst du etwa, ein Mann in seiner Position legt sich mit den dunklen Mächten der Kirche an? Er wäre mir nichts, dir nichts sein Präsidentenamt los«, meinte Leda.

»Und was ist, wenn er gewichtige Freunde warnt?«

»Dann haben wir Pech gehabt. Aber ich sehe im Moment keinen Grund, warum er es tun sollte. Je weniger Wind er um die Sache macht, um so eher kann er sie gegebenenfalls später unter dem Deckel halten«, gab Leda zu bedenken.

Anschließend wählte sie Davids Nummer.

»Ich wollte Sie auch schon anrufen. Kardinal Hughes möchte Sie sprechen. Haben Sie morgen vormittag gegen zehn Uhr Zeit?«

»Ja. Wo wollen wir uns treffen?«

»Im Vatikan, in seinem Büro. Ich möchte auch dabeisein, wenn es Ihnen recht ist.«

»Natürlich. Ich würde ihn aber gern gemeinsam mit meinem Vorgesetzten sehen, glauben Sie, das wäre möglich?«

David versprach, sie zurückzurufen, falls Hughes nicht einverstanden sein sollte.

»Nun habe ich noch ein Anliegen. Ich möchte mit Kardinal Gruciolo aus Bologna reden. Da ich aber nicht weiß, ob er eventuell in die dortigen Machenschaften verwickelt war, brauche ich einen Kundschafter, der mir ein paar Informationen über ihn geben kann. Fällt Ihnen jemand ein?«

»Ich denke darüber nach und sage Ihnen Bescheid.«

Anschließend ging sie zu Alesi, um ihn über den Besuch bei Cremonese zu unterrichten und zu fragen, ob er mit zu Hughes gehen wollte.

»Das ist gut. Je mehr Kirchentruppen wir um uns versammeln, um so besser. Wir müssen nur verhindern, daß sie irgendwann die Lanzen gegen uns wenden«, sagte Alesi.

»Ich bin fest davon überzeugt, daß uns David helfen wird, genau das zu verhindern.«

»Und Cremonese war zahm?«

»Ganz und gar«, erwiderte Leda lächelnd. Dann ging sie in ihr Büro zurück, um noch den Tagesbericht für Alesi zu schreiben. Ugo saß Zeitung lesend da und hatte offensichtlich nichts zu tun.

»Könntest du mir bitte bis morgen früh die Puccio-Berichte noch einmal kopieren? Ich möchte sie mit in den Vatikan nehmen.«

»Ich mach's am besten gleich zweimal. So schön ist es nämlich nicht, laufend am Kopierer zu stehen«, maulte Ugo.

XVIII

Mario hing an diesem regnerischen Morgen trüben Gedanken nach. Das berühmte Schlagersängerpaar Romano und Paola hatte nach dreißig Jahren Ehe und gemeinsamer Karriere seine Trennung öffentlich bekannt gegeben.

»Noch letzte Woche sind sie in der Show von Raffaele Carrara aufgetreten und haben erklärt, ihre Ehe sei entgegen allen Gerüchten völlig in Ordnung und sie planten gemeinsam Großes für die Zukunft. Eine Woche später ist alles vorbei. Warum lügen die Leute bloß so?«

»Weil sie das Musikfestival in Ventimiglia noch gewinnen wollten, ganz einfach. Glaubst du, dort wäre ein Liebeslied akzeptiert worden, bei dem sich die Sänger tief in die Augen schauen, wenn das Publikum gewußt hätte, daß die beiden völlig zerstritten sind? Niemals!« erklärte Leda.

»Dann hätten sie ein anderes Lied singen können«, blieb Mario hart.

»Aber sie haben doch ihr ganzes Leben lang nur Liebesschnulzen geträllert. Sie können dem Publikum nicht einfach etwas ganz anderes vor die Nase setzen. Ich wette, daß das die Veranstalter abgelehnt hätten.«

»Dabei waren gerade die Liebeslieder so schön, weil echte Liebe dahinterstand«, seufzte Mario.

»Vielleicht war sie schon seit Jahren tot, und sie haben nur weitergemacht, weil sich soviel Geld mit der Masche verdienen ließ.«

»Das glaube ich nicht. Die beiden haben sich immer sehr verliebt angeschaut. Könnten Sie vielleicht vor laufenden Kameras Liebe in Nahaufnahme heucheln? Das merkt man doch, wenn es nur gespielt wird.«

»Das tun die Schauspieler in den Filmen auch«, entgegnete Leda trocken.

»Ja, aber da sind es Filme, und hier war es Wirklichkeit«, blieb Mario seinem romantischen Traum vom glücklichen Sängerpaar treu.

Leda gab auf, trank ihren Cappuccino und aß ihr Cornetto.

»Können Sie mir erklären, warum es heute so viele Scheidungen gibt? Was haben die Leute nur davon? Und was soll aus unserer Gesellschaft werden, wenn nicht mal mehr die Familie zusammenhält?«

»Gründe für Scheidungen gibt es wie Sand am Meer. Die Zeiten haben sich halt geändert«, antwortete Leda.

»Das war früher wirklich besser«, bemerkte Mario.

Leda überließ ihn seinem Kummer, nahm ihre Zigaretten, zahlte und fuhr in die Questura.

Ugo war noch nicht da. Leda wunderte das, denn ihres Wissens streikte heute kein Verkehrsmittel. Auf ihrem Schreibtisch lagen die Kopien der Berichte, die sie für Kardinal Hughes hatte machen lassen. Sie hinterließ Ugo eine Nachricht, daß sie schon losgegangen sei, druckte ihren Bericht von gestern aus und ging zu Alesi, um ihn abzuholen.

»Buon giorno, Leda. Ich habe uns einen Wagen bestellt, der uns zum Vatikan bringt«, begrüßte er sie.

»Wir sollten nicht zu spät losfahren. Draußen herrscht das übliche Verkehrschaos.«

Sie brauchten fast eine Dreiviertelstunde, bis sie auf den Petersplatz zufuhren. In seiner Mitte war wie jedes Jahr eine Krippe mit mannshohen Figuren aufgebaut worden. Vor den beiden Säulenbögen des Platzes teilte sich der Verkehrsstrom. Gemäß Davids Wegbeschreibung reihten sie sich in die linke Spur ein und fuhren außen am Säulenrund vorbei, bis sie zu einem Tor kamen, vor dem die Soldaten der Schweizer Garde in ihren blaugelben Uniformen Wache hielten. Leda erklärte einem von ihnen, wohin sie wollten, woraufhin dieser sie zum vatikanischen Empfangsbüro schickte.

Sie gingen an der vatikanischen Poststelle vorbei, bis sie rechts an der kleinen Piazza dei Protomartiri Romani das Büro entdeckten. Leda betrachtete die Außenmauern des Petersdoms, die sich direkt neben ihr erhoben.

Gegenüber entdeckte sie ein Portal mit der Inschrift »Camposanto Teotonico«, hinter dem Palmen und Bäume emporragten. Sie erinnerte sich, daß Thomas ihr früher einmal von diesem alten Friedhof der Deutschen erzählt hatte, auf dem unter anderen der Schriftsteller Stefan Andres seine letzte Ruhestätte gefunden hatte. Über den Baumwipfeln sah sie die moderne, große Audienzhalle des Papstes, in der Tausende von Menschen Platz finden. Leda bedauerte, daß der Architekt so gar keine Rücksicht auf die Bauweise der Umgebung genommen hatte, und empfand den Anblick des Gebäudes, auch wenn es zum Großteil verdeckt war, als störend.

Der freundliche ältere Herr hinter der Glasscheibe war auf ihren Besuch vorbereitet. Er entschuldigte sich, daß sie trotz der Anmeldung durch Kardinal Hughes Ausweise hinterlegen müßten. Sie gaben ihm ihre Personalausweise und steckten sich die Schildchen an, die sie als Besucher des Vatikans auswiesen.

»Gehen Sie immer geradeaus, bis sie zu einem Platz mit einer Tankstelle kommen. Links daneben ist der Eingang zu einem Palazzo. Dort wird Ihnen der Portier weiterhelfen.«

Dieser griff, nachdem sie ihm ihr Anliegen unterbreitet hatten, zum Telefon. Ein paar Augenblicke später stand David vor ihnen, diesmal nicht in Jeans und buntem Pullover, sondern in einem dunklen Anzug, unter dessen Jackett er allerdings auch heute einen schwarzen Rollkragenpullover trug.

»Buon giorno. Pünktlich wie die Uhrmacher. Ich freue mich, Sie kennenzulernen, Dottore Alesi.«

Leda fühlte sich wie eine Geheimagentin mitten im feindlichen Terrain, während sie durch den kahlen, hellgelb getünchten Flur liefen, dessen meterhohe Wände lediglich hin und wieder von Gemälden oder Kreuzen geschmückt waren. Die Atmosphäre erinnerte an die eines alten Krankenhauses. In jeder Fensternische standen Grünpflanzen, die allesamt einen Umzug in größere Blumentöpfe nötig gehabt hätten.

Am Ende des Flurs stiegen sie eine schmale Treppe in den ersten Stock hinauf. Oben angekommen, klopfte David gleich an die erste Holztür zur Linken.

»Come in«, erklang es von innen.

Als sie in das schlicht eingerichtete Büro des Kardinals eintraten, war Leda völlig überrascht: Der Kardinal ähnelte dem Schauspieler Fernandel im Film »Don Camillo und Peppone« wie ein Ei dem anderen.

»Signora, Sie sind nicht im Film, und ich bin nicht Don Camillo, auch wenn uns Gott eine geradezu identische Physiognomie schenkte. Die meisten Menschen, die mich das erste Mal sehen, halten mich für einen Scherz und fragen, ob der Papst heimlich Filmproduktionen mache. Dem ist nicht so, das kann ich Ihnen versichern«, sagte er lachend und schüttelte Leda die Hand.

»Entschuldigen Sie bitte, Eminenz, daß ich Sie so anschaue, aber die Ähnlichkeit ist wirklich verblüffend.«

Hughes bat sie, auf den mit braunem, abgeschabtem Samt bezogenen Sesseln aus den fünfziger Jahren Platz zu nehmen, und bot ihnen Kaffee an. In den Bücherregalen standen Aktenordner, verschiedene Lexika und Tausende von Büchern. Über der Tür hing ein schlichtes Kruzifix aus Holz. Ansonsten konnte Leda nicht ein einziges überflüssiges Stück entdecken, das reinen Dekorationszwecken gedient hätte.

»Pater David hat mir von Ihren Problemen bei der Aufklärung eines Mordfalls erzählt«, leitete Kardinal Hughes die

Unterhaltung ein, und schon bald wurde Leda bewußt, wieviel Autorität dieser Mann ausstrahlte. Hughes sprach ein blendendes Italienisch, allerdings – anders als sein Landsmann David – mit einem starken amerikanischen Akzent.

»Ich habe sehr wenig Zeit und werde Ihnen jetzt einfach sagen, was ich weiß. Die Angelegenheit interessiert mich aus zwei Gründen: erstens, weil Nucci von der Banca di Credito kommt. Er hat zweifelsohne das Kunststück vollbracht, aus der Vatikanbank eine Art normales Bankhaus mit Sonderaufgaben zu machen. Sie war viele Jahre lang als unberechenbarer Fremdkörper durchs internationale Finanzwesen gesegelt und hatte nach keinerlei bekannten Regeln gearbeitet, weil keine Fachleute, sondern Priester an ihrer Spitze standen. Was früher undenkbar gewesen wäre, daß nämlich externe Prüfungsgesellschaften Bankabläufe, Wirtschaftlichkeit und das Vermögen unter die Lupe nehmen, ist heute Normalität geworden.

Jetzt komme ich zum entscheidenden Punkt: Genau diese externen Prüfer haben in den vergangenen Jahren mehrfach gerügt, die Vatikanbank helfe bei Steuer- und Kapitalflucht. Sie tut das auf höchst raffinierte Weise, die ich hier nicht weiter erläutern möchte und die auch nur einem sehr versierten Fachmann einfallen kann.«

»Und Nucci ist solch ein versierter Banker?« fragte Alesi.

»Man muß ihm wohl zugestehen, einer der besten des Landes zu sein«, antwortete Hughes und fuhr fort: »Die Vatikanbank arbeitet natürlich nicht aus purer Nächstenliebe so oder weil sie gegen die Steuerpolitik anderer Länder protestieren will. Sie verdient daran Geld.

Das System der Geldflucht über die Vatikanbank funktioniert ganz einfach: Der Steuerflüchtige überweist auf die Vatikanbank sein Kapital, ausgewiesen als Spende für ein beliebiges Projekt der Kirche. Noch hier in Rom wird die geschätzte Steuersumme rein rechnerisch durch vier geteilt.

Anschließend wird der gesamte Batzen Geld ins Ausland transferiert, vorzugsweise auf ein Kirchenkonto in einem Land der Dritten Welt, wiederum als Spende für ein Hilfsprojekt deklariert. Dort behält die Kirche ein Viertel der Steuersumme ein. Das Kapital geht über mehrere Umwege auf Schweizer Nummernkonten zurück. Dort kann der Steuerflüchtling das Geld abholen oder sonst darüber verfügen. So kann er drei Viertel der eigentlich fälligen Steuersumme sparen, und ein kirchliches Projekt irgendwo in der Welt hat eine Finanzspritze bekommen«, erklärte Hughes.

»Legal dürfte das aber nicht sein!« warf Alesi ein.

»Es wurde so geschickt eingefädelt, daß es zumindest nicht offensichtlich illegal ist. Lassen Sie es mich so ausdrükken: Die Vatikanbank befindet sich mit diesen Aktionen hart am Rande der Legalität«, antwortete Hughes.

»Haben die externen Prüfer keine Handhabe, um das Spiel zu beenden?« erkundigte sich Leda.

»Nein. Sie haben das in ihre Berichte geschrieben, aber solange die Kontrollgremien der Bank, und das sind in oberster Instanz wir Kardinäle, das durchgehen lassen, passiert gar nichts.«

»Warum tun Sie das?«

»Weil wir mit Mehrheit beschließen müßten, daß eine andere Bankpolitik betrieben wird. Diese Mehrheit kommt aber nicht zustande, weil in unserer Kontrollkommission zwei Italiener sitzen, die unter dem Einfluß des Vorsitzenden, Innocenzo Vinciguerra, stehen. Und er hält alles für richtig, was nicht eindeutig unter die Rubrik der Illegalität fällt und der Bank Geld einbringt. Da haben wir Ausländer mit unseren Stimmen keine Chance.«

»Warum wurde er zum Vorsitzenden gewählt?« fragte Alesi.

»Er wurde nicht gewählt, sondern vom Heiligen Vater ernannt. Da dieser sich aber um Detailfragen nicht kümmert, sondern nur die hervorragenden Jahresabschlüsse der Bank sieht, vertraut er dem Kardinal.«

»Dagegen ist wahrscheinlich auch kein Kraut gewachsen«, meinte Leda.

»Richtig«, antwortete Hughes ruhig. »Ich möchte an dieser Stelle deutlich sagen, daß mir diese Geldangelegenheiten der sogenannten Bank Gottes zuwider sind. Ich bin der Meinung, daß sie dringend beendet werden müssen.«

Hughes atmete tief durch.

»Da haben Sie mehr als recht, Eminenz«, pflichtete Alesi ihm bei.

»Ich komme nun zum zweiten Punkt, den ich bei Ihrer ganzen Geschichte für eminent wichtig halte«, sagte der Kardinal und räusperte sich. »David sagte mir, daß Vinciguerra eine Tochter mit einer ehemaligen Ordensschwester habe, die mit einem Controller in der Banca di Credito verheiratet sei. Ich möchte Sie darauf hinweisen, daß Vinciguerra immer langfristige Strategien verfolgt und über eine unglaubliche Suggestivkraft verfügt.

Ich habe in seinen Gesprächskreisen mit Geistlichen und Laien, aber auch hier im Vatikan beobachten können, wie er Menschen dauerhaft in seinen Bann zu ziehen versteht. Für mich ist er geradezu ein Phänomen. Ich halte ihn deshalb für sehr gefährlich, er kann seine Macht leicht ausnutzen.«

»Was wollen Sie uns damit sagen?« fragte Alesi.

»Daß Vinciguerra durchaus in der Lage ist, ein ganzes Heer von Menschen nach seinem Willen arbeiten zu lassen. Vinciguerra ist klug, charmant, gebildet und argumentationsfreudig, eine Art männliche Sirene. Wer seinem Gesang folgt und ihm nicht zu nahe tritt, wird in ein perfektes Beziehungsnetz eingebaut. Der Betörte profitiert davon, bis er eines Tages merkt, daß er sein Ich für die Ambitionen dieses Mannes aufgegeben hat, daß er nichts weiter als ein Rädchen in seinem Machtgefüge ist. Wer sich weigert, diese

Rolle weiter zu spielen, wird gnadenlos ersetzt. Das bedeutet für die Betroffenen in der Regel das Ende ihrer beruflichen Karriere. Da sie das wissen, ziehen sie es verständlicherweise vor, in den Diensten des Kardinals zu bleiben.«

»Soll das heißen, daß Verdone, Nucci oder Puccio Männer Vinciguerras sein könnten?«

»Das weiß ich nicht, würde aber an Ihrer Stelle diesen Aspekt bei der weiteren Ermittlung auf jeden Fall im Auge behalten.«

Leda sah, welche Unruhe ihren Chef befallen hatte. Er wippte mit den Beinen und war kalkbleich im Gesicht.

»Das heißt weiter, daß wir gegen die oberste Heeresleitung im Vatikan ermitteln?« fragte er nun eher rhetorisch.

»Ich weiß es wirklich nicht, gebe es aber zu bedenken. Und ich gebe Ihnen noch einen Rat: Seien Sie vorsichtig bei jedem Schritt, den Sie tun.«

In Leda stieg für einen kurzen Moment der Verdacht auf, sie könnten von Hughes selbst als Marionetten in einem Ränkespiel mißbraucht werden. Sie sah David an, der ihr die ganze Zeit reglos und schweigend gegenüber gesessen hatte. Ihm vertraute sie. Da er Hughes vertraute, konnte sie es auch tun.

»Noch eins: Pater David hat mir gesagt«, fuhr Hughes fort, »daß Sie mit Kardinal Gruciolo in Bologna sprechen möchten, aber nicht wissen, ob Sie das wagen können, weil er in irgendwelche Kirchen-Mafia-Geschichten verwickelt sein könnte. Ich selbst kenne ihn nicht, habe mich aber über ihn kundig gemacht. Gruciolo ist alt und hat von Gelddingen nie das Geringste verstanden. Es interessiert ihn wohl auch nicht. Dafür hat er seine Leute.

Er gehörte lange Zeit zu denjenigen, die von der Intelligenz und Bildung Vinciguerras angezogen waren. Es ist bekannt, daß die beiden in Glaubensfragen voller Hingabe die intellektuellen Klingen kreuzten. Ihre Diskussionen müssen beeindruckend gewesen sein. Gruciolo hat sich allerdings nie von dem jüngeren Vinciguerra vereinnahmen lassen.

Vor etwa einem Jahr kam es zum Zerwürfnis zwischen den beiden. Niemand konnte mir genau sagen, warum. Aber eines Abends hat Gruciolo das Arbeitszimmer Vinciguerras verlassen und nie wieder ein Wort mit ihm gesprochen. Seitdem vermeidet er es soweit wie möglich, in den Vatikan zu kommen. Da er weiß, daß ich Vinciguerra feindselig gegenüberstehe, habe ich mir erlaubt, ihn anzurufen und um einen Gesprächstermin für Sie zu bitten. Er ist bereit, Sie zu treffen. Sie müssen allerdings nach Bologna zu ihm fahren. Ich hoffe, in Ihrem Sinne gehandelt zu haben. Pater David ist bereit, Sie zu begleiten.«

Hughes stand auf, ging zu seinem Schreibtisch und notierte Gruciolos Telefonnummer auf einem Blatt Papier, das er Alesi reichte. Dieser bedankte sich für das Gespräch, und Leda verabredete mit David, ihn anzurufen, sobald sie mit Gruciolo gesprochen hätte.

»Nur eines interessiert mich noch«, fragte Leda den Kardinal. »Wenn es doch im Vatikan bekannt ist, daß Sie und Vinciguerra Feinde sind und ihn daher am liebsten von seinem Posten vertrieben sehen möchten – wie können Sie uns dann innerhalb dieser Mauern empfangen und so offen mit uns sprechen?«

»Sie meinen, daß unser Gespräch eventuell abgehört wurde, so wie es in manch einem Kriminalroman beschrieben wird?« Hughes lachte. »Sehen Sie, ich glaube, daß diese Beschreibungen möglicherweise nicht einmal so falsch sind. Hier ist alles möglich, das habe ich gelernt. Aber ich habe keine Angst davor. Außerdem bin ich gewappnet. In den Vereinigten Staaten gibt es kleine Apparate zu kaufen, die Wanzen problemlos aufspüren. Die sind in meinem Arbeitsraum installiert. Rein vorsorglich, weil meine kriminelle Intelligenz stark ausgeprägt ist.«

Als sie den Weg zwischen den vatikanischen Gemäuern zum Eingangsbüro zurückgingen, waren Wolken aufgezogen, und Leda kamen sie noch düsterer vor als auf dem Hinweg.

»Glaubst du diese Geschichte mit den Gegenwanzen?« fragte Alesi sie, während er seinen Mantelkragen hochschlug.

»Darüber habe ich auch gerade nachgedacht. Es könnte schon sein, daß es wahr ist«, antwortete sie.

»Welchen Eindruck hattest du von dem Mann?« wollte Alesi wissen.

»Ein typischer Amerikaner, der offen sagt, was er denkt, und bereit ist, gegen Vinciguerra Krieg zu führen.«

»Und kann er ihn gewinnen?«

»Da habe ich meine Zweifel. Hughes scheint mir aber klug vorzugehen. Er hat erkannt, daß er mit einer Gegenintrige unterliegen würde, weil er keine Partisanentruppen hat. Also hat er die offene Schlacht gewählt. Wenn überhaupt, scheint mir dies der erfolgreichere Weg zum Sieg zu sein«, erwiderte Leda.

»Für uns stellt sich nur das Problem, daß wir in diesem verdammten Krieg die Panzer in der ersten Frontlinie sind. Und wenn wir auf eine Mine fahren, fliegen wir in die Luft«, bemerkte Alesi grimmig.

Im Schutz eines Mauervorsprungs blieb er stehen, zog sein Telefonino aus der Manteltasche und rief den Fahrer an, der so lange gewartet hatte. Im Büro bekamen sie ihre Ausweise zurück und ließen sich schweigend in die Questura zurückfahren.

Als sie durch das große Eingangstor des Polizeipräsidiums gingen, roch es bereits aus der Kantine nach Fisch.

»Kommst du mit zum Essen?« fragte sie Alesi.

»Irgend etwas müssen wir ja in den Bauch bekommen. Obwohl die Gerüche nicht gerade anziehend wirken.«

Sie nahmen beide eine gebackene Dorata, die mit Petersilie im Maul und dicken Zitronenstücken garniert wesentlich besser schmeckte, als der Geruch es hatte vermuten lassen.

»Leda, ich weiß nicht, wieso Puccio umgekommen ist, ich weiß aber, daß wir mitten in einer Geschichte sitzen, die uns niemand glauben würde, weil sie so ungeheuerlich ist.«

»Ein Kardinal als Drahtzieher übelster Machenschaften. Das hat schon was!« grinste Leda ihren Chef an, während sie ihren Fisch nach allen Regeln der Kunst tranchierte.

»Genau richtig gebraten«, kommentierte sie ihr Essen. »Das Fleisch löst sich leicht von den Gräten und fällt trotzdem nicht auseinander. Hier stinkt es zwar, aber kochen können die.«

Alesi interessierten die Künste des Kantinenkochs wenig.

»Wann wirst du nach Bologna fahren?« fragte er statt dessen.

»Wenn es geht, morgen. Ich gebe dir aber Bescheid, sobald ich mit Gruciolo gesprochen habe.«

»Schaffst du es, heute noch den Bericht über den Besuch bei Hughes zu schreiben? Ich habe leider keine Zeit, weil nachher der Justizminister in die Questura kommt, um mit uns die neuesten Pläne für eine Strafrechtsreform zu besprechen. Da muß ich dabeisein.«

»Natürlich. Du brauchst die Berichte nur, um im Fall irgendwelcher Beschwerden unsere Ermittlungsarbeit Schritt für Schritt belegen zu können, nicht wahr?«

»Ja. In diesem Fall ist Vorsicht das oberste Gebot.«

Im Büro angekommen, wählte Leda sofort Gruciolos Nummer.

»Guten Tag. Ist dort Kardinal Gruciolo?«

»Nein, Signora. Ich bin Monsignore Claudio Silvestri, sein Sekretär. Wen darf ich melden?«

»Leda Giallo, ich rufe auf Geheiß von Kardinal Hughes an. Er hat mich bereits bei Seiner Eminenz vorangemeldet.«

»Oh, ja, ich erinnere mich. Einen Moment. Und sprechen Sie bitte sehr laut.«

Leda mußte nur zwei Sekunden warten, bis ihr ein brüllendes »Pronto, Signora Giallo, sind Sie das?« beinahe das Trommelfell zerrissen hätte.

»Ja, Eminenz, ich bin es. Ich wollte fragen, ob ich morgen mit Pater David della Cava zu Ihnen kommen kann?«

Das folgende Telefonat entwickelte sich zu einer Qual, weil Gruciolo so gut wie taub war. Es dauerte mehr als fünf Minuten, bis sie ein Treffen in seinem Bologneser Palazzo verabredet hatten.

»Sagen Sie das am besten noch einmal Monsignore Silvestri, damit ich auch nichts falsch verstanden habe. Arrivederla«, sagte er schließlich und verband sie zurück zu seinem Sekretär. Mit ihm machte Leda den Termin erneut fest.

Anschließend vereinbarte sie mit David, ihn morgen früh abzuholen, und fragte Paolo, ob er mitkommen wollte. Er freute sich über das Angebot und beschloß, bei dieser Gelegenheit einen alten Schulfreund in Bologna zu besuchen.

»Wo essen wir heute abend?« fragte er Leda.

»Ob du es glaubst oder nicht, ich würde gern zu Hause bleiben.«

»Dann verhungern wir«, antwortete Paolo trocken.

»Wir können uns doch eine Pizza und Salat bestellen.«

Paolo fand Ledas Vorschlag zwar befremdlich, akzeptierte ihn aber.

»Hast du Wein im Haus?«

»Nein, ich glaube nicht.«

»Ich bringe welchen mit.«

Während sie den Bericht schrieb, fiel ihr plötzlich Ugos Abwesenheit auf, und sie rief bei ihm zu Hause an.

»Meine Mutter hat vergangene Nacht plötzlich vierzig Grad Fieber bekommen. Es geht ihr sehr schlecht«, erklärte er.

»Hast du einen Arzt gerufen?«

»Ja, gleich heute morgen. Er meint, daß es die australische Grippe sei, und hat ihr ein Antibiotikum verschrieben.«

Leda berichtete ihm vom Besuch bei Hughes und wünschte seiner Mutter gute Besserung.

»Ich melde mich am Sonntag. Morgen fahre ich nach Bologna zu dem anderen Kardinal.«

»Passen Sie auf, daß Ihnen keine Bremsschläuche durchgeschnitten werden«, meinte Ugo.

»Mach bitte keine üblen Scherze, Ugo«, erwiderte Leda.

»Ich scherze nicht, sondern meine das ganz ernst. Gute Fahrt.«

Leda beschloß augenblicklich, mit Paolos Auto zu fahren.

Als sie mit dem Bericht fertig war, versuchte sie Alesi zu erreichen, doch Silvia teilte ihr mit, er tage noch im Konferenzraum mit dem Minister und mehreren Parlamentsabgeordneten. Leda steckte den Bericht in einen Umschlag mit der Information, daß sie morgen mit Gruciolo verabredet sei. Sie ließ Alesi aus dem Saal rufen, drückte ihm den Umschlag in die Hand und fuhr nach Hause.

Von dort aus rief sie Paolo an und bat ihn, sein Auto vorsichtshalber ein gutes Stück von ihrer Wohnung entfernt zu parken und den restlichen Weg zu Fuß zu kommen.

XIX

Credo in un Dio crudel
che m'ha creato simile a se,
e che nell'ira io nomo.
Dalla viltá d'un germe
d' un atómo vile son nato.
Son scellerato perché son uomo,
e sento il fango originario in me.
Si! quest' è la mia fè!
Credo con fermo cuor,
siccome crede la vedovella al tempio,
che il mal ch'io penso
che da me procede
per mio destino adempio.
Credo che il giusto è un istrion beffardo
e nel viso e nel cuor;
che tutto è in lui bugiardo,
lagrima, bacio, sguardo,
sacrificio ed onor.
E credo l'uom gioco d'iniqua sorte
dal germe della culla
al verme dell'avel.
Vien dopo tanta irrision la Morte.
E poi? E poi?
La Morte è il Nulla,
è vecchia fola il Ciel.

Ich glaube an einen grausamen Gott,
der mich nach seinem Bilde erschuf,
und den ich im Zorn nenne!
Aus der Niedrigkeit eines Keims
oder Atoms bin ich in Niedrigkeit geboren!
Ich bin ein Bösewicht, weil ich ein Mensch bin,
und ich fühle den Schlamm meines Ursprungs in mir!
Ja! Das ist mein Glaube!
Ich glaube mit festem Herzen
so wie die Witwe im Tempel,
daß ich das Böse, das ich denke,
das von mir ausgeht,
als mein Schicksal erfülle!
Ich glaube, daß der Gerechte ein höhnischer Komödiant ist,
im Antlitz wie im Herzen,
daß alles an ihm Lüge ist:
Tränen, Küsse, freundliche Blicke,
Opfermut und Ehre!
Und ich glaube, daß der Mensch das
Spielzeug eines bösen Schicksals ist,
vom Keim in seiner Wiege
bis zum Wurm in seinem Grab.
Auf diesen Spott folgt der Tod.
Und dann? Und dann?
Der Tod ist das Nichts!
Das Jenseits ein altes Märchen!

Jago im zweiten Akt von Giuseppe Verdis »Othello«

Um sieben Uhr meldete sich der Radiowecker mit den Nachrichten zu Wort. Leda erfuhr zu ihrem Schrecken, daß es in den Bergen Mittelitaliens geschneit hatte. Auf der Autobahn zwischen Florenz und Bologna wurde zwar Schnee geräumt, man forderte die Fahrer aber dennoch auf, die Strecke nur mit Schneeketten zu befahren.

»Paolo, wach auf. Wir müssen schnell los. Es liegt Schnee auf der Straße, und wir werden ewig brauchen, bis wir in Bologna sind.«

»Nun werde nicht gleich hysterisch wegen etwas Schnee. Bis wir ankommen, ist der längst weggetaut«, murrte Paolo verschlafen. Statt sich zu erheben, drehte er sich im warmen Bett auf die andere Seite.

Leda war klar, welch schwierige Aufgabe ihr bevorstand, diesen Morgenmuffel aus den Federn zu bekommen. Sie drehte das Radio laut auf und drehte einen Sender mit Popmusik an, die er haßte. Geräuschvoll suchte sie sich ihre Tagesgarderobe aus dem Schrank. Dann öffnete sie das Schlafzimmerfenster sperrangelweit, daß beißende Kälte ins Zimmer strömte.

Sie selbst floh ins Bad, um heiß zu duschen. Als sie das Wasser wieder abdrehte, hörte sie, wie Paolo laut fluchend das Fenster zuschlug, in die Küche ging und dort begann, mit der Kaffeemaschine herumzuhantieren. Er war wach, wenn auch übel gelaunt. Leda erwartete zum Glück um diese Uhrzeit nichts anderes von ihm.

»Läßt du andere Leute vielleicht auch mal ins Bad?« raunzte er wenig später vor der Tür.

»Komm nur rein, ich bin fertig.«

»Kannst du mir mal erklären, warum du mich morgens so mißhandelst?«

»Das tue ich wirklich nur in Ausnahmefällen.«

»Dann könntest du dir für diese Ausnahmefälle bitte andere Methoden zulegen!«

»Welche denn beispielsweise, die zum gleichen Erfolg führen?«

»Es soll Frauen geben, die wecken ihren Mann mit einem zärtlichen Kuß auf die Nasenspitze«, brummte Paolo nun schon ruhiger.

»Und was würde passieren, wenn ich es täte?« fragte sie.

»Ich würde ihn mit Freude zur Kenntnis nehmen ...«

»... und friedlich weiterschlafen«, vollendete Leda seinen Satz, während sie ihm im Spiegel fröhlich zublinzelte.

»Du bist und bleibst eine Tyrannin. Buon giorno, hast du gut geschlafen?« fragte Paolo. Endlich war er auf der Zielgeraden des Tagesbeginns eingelaufen.

»Danke, an deiner Seite schlafe ich immer prächtig.«

»Gut schaust du aus. Diese Kombination aus Grün und Schwarz steht dir.«

»Das hat Ugo mir kürzlich auch schon gesagt.«

»Wenn ich ihn nicht so gut kennen würde, wäre ich jetzt sehr, sehr eifersüchtig.«

»Deshalb stünde mir die grün-schwarze Kombination vermutlich nicht schlechter. Aber danke für dein Kompliment.«

»Muß ich mich rasieren?«

»Wenn du keine Lust hast, dann nicht. Du brauchst ja nicht beim Kardinal aufzutreten.«

»Ich mache mich lieber doch ausgehfähig. Bei solchen Fahrten weiß man nie, was passiert. Außerdem hat mein Freund Sergio eine ausgesprochen hübsche Frau. Der möchte ich imponieren.«

»Dann solltest du dich auch auf jeden Fall einparfümieren. Frauen lieben duftende Männer, sagt die Werbung.«

»Und was sagst du?«

»Es kommt auf den Mann hinter dem Duft an«, antwortete Leda.

»Und wer bekommt in meinem Fall den Vorzug? Der Duft oder der Mann?«

»Eindeutig der Mann, obwohl der Duft gut ist, ich habe ihn schließlich ausgesucht.«

»Danke. Für so viel Schmeichelei am Morgen steht bereits ein Kaffee für dich auf dem Küchentisch.«

»Hast du das alte Pulver genommen?«

»Nein. Gestern abend beim Weinkauf habe ich auch gleich frischen Kaffee, Milch und Cornetti erstanden. Die sind im Ofen und verbrennen wahrscheinlich, wenn du sie nicht schleunigst herausholst. Außerdem steht im Kühlschrank Orangensaft.«

Leda eilte in die Küche und rettete die Cornetti, die auf der Unterseite tatsächlich schon etwas dunkel geworden waren. Paolo stand unter der Dusche und schmetterte lauthals »Nessun dorma«, »Niemand schläft«, die Arie des Prinzen Kalaf aus Puccinis Oper »Turandot«. Leda verstand die Anspielung und mußte lachen. Sie wärmte Milch auf. Paolo liebte heißen Milchkaffee mit viel Zucker.

Ein paar Minuten später stand er frisch rasiert und duftend vor ihr.

»Na, wie war ich?«

»Eine echte Konkurrenz für Luciano Pavarotti. Ich habe nur den Eindruck, daß du den letzten, ganz hohen Ton sauberer singst, als er es je getan hat, und außerdem hältst du ihn länger, als er es in seinen besten Jahren schaffte«, scherzte sie.

»Irgendwann wird die Scala in Mailand mich engagieren.«

»Oh, da bin ich ganz sicher. Möchtest du vorher noch einen Milchkaffee?«

»Gern, wenn die Milch heiß ist.«

Sie saßen am Tisch und tunkten ihre Cornetti in den Kaffee.

»Und du meinst wirklich, daß wir diesen ganzen Autowechsel-Zirkus machen müssen?«

»Wahrscheinlich übertreibe ich, aber sicher ist sicher.«

»Dann bestell schon einmal ein Taxi. Ich sage David Bescheid, daß du früher kommst. Bis du ihn abgeholt hast und ihr am Bahnhof seid, vergeht noch jede Menge Zeit. Ich räume hier die Sachen weg und erwarte euch dann am Ausgang in der Via Marsala.«

Das Taxi war innerhalb weniger Minuten da, weil Samstag morgens in Rom wenig Verkehr herrschte. David war fix und fertig und kam sofort herunter, als Leda ihn mit dem Haustelefon anrief. Zügig erreichten sie den römischen Hauptbahnhof, die Stazione Termini.

Leda war nervös geworden, ohne daß sie einen konkreten Anlaß dafür hätte benennen können. Mehrfach schaute sie sich während der Fahrt um, konnte aber keinen Wagen entdecken, der ihnen gefolgt wäre. Sie betraten das Bahnhofsgebäude durch den Haupteingang, gingen in Richtung Gleise und verließen den Bahnhof durch den Nebeneingang wieder. Dort stand Paolo wie verabredet.

»Und? War jemand hinter euch her?«

»Ich habe zumindest nichts entdeckt.«

»Dann wünsche ich uns eine gute Fahrt«, sagte Paolo und fuhr los.

Ohne jeglichen Stau erreichten sie die Ringautobahn, die die gesamte Stadt wie ein Gürtel umschloß. An normalen Werktagen herrschte hier um diese Uhrzeit ein grenzenloses Verkehrschaos, doch jetzt lag die vielspurige Asphaltpiste leer vor ihnen, und Paolo drückte aufs Gaspedal seines Lancias.

»Warum haben wir eigentlich den Umweg über den Hauptbahnhof gemacht?« fragte David.

Leda erzählte ihm von den durchtrennten Bremsschläuchen, die zum Unfall von Puccios Tochter geführt hatten.

»Ich muß zumindest versuchen, während der Ermittlung jedes Risiko für uns auszuschalten. Deshalb fahren wir auch mit Paolos Wagen und nicht mit meinem.«

»Ich finde ja, daß du übertreibst. Aber mein Auto ist sowieso schneller als deines. Das tröstet mich.«

»Du hast sicher recht. Außerdem hat Ugo gestern eine dumme Bemerkung gemacht, daß ich ganz nervös geworden bin. Entschuldigt bitte die Verrücktheiten eines durchgedrehten Weibes.«

Als sie zur Mautstation kamen, bremste Paolo scharf ab.

»Mußt du denn so darauf zurasen?« beschwerte sich Leda.

»Das war eine Bremsprobe. Wenn die uns die Schläuche durchgeschnitten hätten, wären wir jetzt mit Karacho durch die Schranke gesaust«, antwortete Paolo, während er sie lachend von der Seite anschaute. Sie wußte nicht genau, ob er sie auf den Arm nahm oder es ernst meinte, hatte aber keine Lust, das Thema weiter zu verfolgen.

Die Landschaft flog an ihnen vorbei. Sie sahen die entfernten Bergketten der Abruzzen in jungfräuliches Weiß getaucht, und Leda wurde etwas wehmütig.

»Früher sind wir mit den Kindern oft am Wochenende zum Skilaufen in die Berge gefahren. Warum machen wir das eigentlich nicht, Paolo?«

»Weil du in den vergangenen zehn Jahren diesen Wunsch kein einziges Mal geäußert hast und ich nicht Ski laufen kann und deshalb von allein nie auf diese Idee gekommen wäre. Ich träume aber manchmal davon, mit einem ganz flachen Schlitten die Hänge runterzuflitzen. Mit meinem Gewicht bringe ich es sicher auf Höchstgeschwindigkeiten.«

»Kardinal Hughes und ich fahren öfter in die Abruzzen. Da sind die Pisten zwar ziemlich kurz, dafür aber auch nicht so voll. Und wunderschön langlaufen kann man dort«, meldete sich David vom Rücksitz.

»Fahren Kardinäle Ski?« fragte Leda erstaunt.

»Sogar der Papst war früher ein begeisterter Skiläufer. Jetzt ist er dafür zu alt geworden.«

»Gibt es denn einen vatikanischen Skiclub, mit Sonderkonditionen für die Lifte?« erkundigte sich Paolo.

»Das wäre überhaupt eine gute Idee, einen solchen zu gründen. Aber nur dann, wenn Sie mitfahren, mein lieber Paolo.«

»Dann dürfte das Projekt wohl bereits in seiner Entstehungsphase gestorben sein.«

»Sagen Sie mal, Leda, welchen Eindruck hatten Sie eigentlich von Kardinal Hughes?« wechselte David das Thema.

»Möchten Sie ein ganz ehrliches Wort hören?«

»Ja.«

»Daß er uns als Armada für seine Schlacht gegen Vinciguerra nutzen will. Das gefällt Alesi noch weniger als mir, weil es für uns sehr gefährlich ist.«

»Das hat er nicht verheimlicht.«

»Nein, in der Tat nicht. Es stellt sich für uns nur die Frage, ob wir gemeinsam mit ihm untergehen wollen oder siegen können.«

»Und wofür haben Sie sich entschieden?«

»Für den Sieg natürlich. Und da wir keine andere Wahl als Kardinal Hughes haben, um an Informationen aus dem obersten Kirchenbereich zu kommen, sind wir ihm bei der Ermittlung sozusagen ausgeliefert. Das ist zwar ein unangenehmes Gefühl, aber nicht zu ändern.«

»Ich habe mit Kardinal Hughes über diesen Punkt gesprochen. Er sieht ihn auch sehr deutlich. Er hat Ihre skeptische Haltung ihm gegenüber durchaus bemerkt. Sie hat ihn nicht gekränkt, weil er der Meinung ist, daß Sie wie der ungläubige Thomas im Johannesevangelium sehen und glauben werden. Er selbst meint, er habe Ihnen Vinciguerra noch verhältnismäßig harmlos dargestellt.«

»Wie dem auch sei. Ich vertraue Ihnen und Ihrer Freundschaft zu Paolo und hoffe, daß es Ihnen nicht egal ist, was mit Alesi und mir passiert. Dieses Vertrauen ist im Moment vielleicht das einzige Unterpfand für meine künftige Existenz, das ich in den Händen habe. Alesi hat das nicht und sieht vor seinem inneren Auge tagtäglich die drohende Versetzung in ein kleines Bergdorf mit Kirche, aber ohne Bank.«

»Ich kann nichts weiter tun als zu versichern, daß Kardinal Hughes ein außerordentlich ehrenhafter Mann ist, der Sie nicht nur zur Erfüllung eigener Karrierezwecke benutzt. Ich habe noch nie erlebt, daß er sich für eine Sache eingesetzt hätte, die den Einsatz nicht gelohnt hätte. Und er hat vor allem noch nie jemandem geschadet.«

»Hoffen wir's«, meinte Leda nur.

Bis Florenz hatten sie nicht die geringsten Straßenprobleme, und Paolo fuhr mit einer Geschwindigkeit, die Leda hin und wieder im Magen spürte. Nach etwa zwei Stunden schaltete er das Radio ein.

»Mal hören, was die über den Straßenzustand sagen«, meinte er. Aus den Lautsprecherboxen erklang die Stimme einer Radiosprecherin:

»Auf der A 1, Florenz – Bologna, wird vor Straßenglätte und Schnee gewarnt. Wegen eines Unfalls hat sich auf dem Streckenabschnitt Castiglione und Piano di Voglio ein drei Kilometer langer Stau gebildet.«

»Da müssen wir durch, ob wir wollen oder nicht«, sagte Paolo seufzend.

»Gibt es keine andere Strecke?« fragte David.

»Höchstens die Bergstraßen durch den Mugello. Aber wenn sie schon die Autobahn nicht schneefrei bekommen, dann sieht es woanders noch schlimmer aus.«

Um für die voraussichtlich anstrengende und lange Bergfahrt ausreichend gewappnet zu sein, hielten sie bei der nächsten Raststätte und tranken einen Kaffee.

»Ich habe gute Reifen drauf und sicherheitshalber Schneeketten eingepackt. Auf der Strecke weiß man im Winter nie, was einem blüht. Und ich bin da schon mal steckengeblieben, weil die Reifen nicht mitmachten«, verkündete Paolo.

Anschließend lenkte er den Wagen langsam und vorsichtig über die kurvenreiche, teilweise stark ansteigende Autobahn. Der Asphalt war von festgefahrenem Schnee bedeckt. Je weiter sie nach oben kamen, um so nebliger und dunkler wurde es. Sie saßen schweigend im Auto und versuchten, mit ihren Blicken die weiße Nebelwand zu durchdringen. Paolo fuhr jetzt nur noch im Schrittempo auf der rechten Fahrspur. Er hatte die Nebelscheinwerfer eingeschaltet und versuchte sich anhand der Rücklichter der vor ihnen fahrenden Autos zu orientieren.

Plötzlich tauchte ein uralter, winziger Fiat 500 vor ihnen auf. Paolo wollte ihn überholen und blinkte. Doch gerade als er begann, nach links auszuscheren, raste eine große, schwarze Limousine mit aufgeblendetem Licht laut hupend von hinten auf sie zu und fuhr in einem Abstand von wenigen Zentimetern an ihnen vorbei.

»Mortacci tua, verflixt und zugenäht, das war knapp«, schimpfte Paolo.

»Dio mio, ich dachte, daß es uns jetzt erwischt«, seufzte David.

»Der Typ ist doch völlig verrückt. Wahrscheinlich stehen wir gleich im Stau, weil er einen Unfall verursacht hat.«

Die Scheibenwischer mußten kräftig arbeiten, um die Windschutzscheibe vom aufgewirbelten Schnee freizuräumen. Vor ihnen tauchte das Abfahrtsschild nach Piano auf, und ihnen war klar, daß sie sich der angekündigten Stauzone näherten.

Zu ihrer Überraschung hatte sich der Stau inzwischen aufgelöst. Sie überquerten die Bergketten des Apennin ohne weitere Zwischenfälle, wenn auch sehr langsam. Über drei Stunden brauchten sie für die nur etwas mehr als einhundert Kilometer zwischen Florenz und Bologna.

»Wir sind spät dran. Soll ich euch nicht direkt zum Kardinalspalast bringen?« fragte Paolo.

Doch Leda lehnte dankend ab. Sie blieb bei ihrem Plan, vom Bahnhof aus ein Taxi zum Kardinalssitz zu nehmen. Also setzte Paolo sie dort ab und fuhr weiter zu seinem Freund.

Der Palast der Kardinals schloß sich direkt an die Kathedrale San Pietro an. Leda drückte auf den Klingelknopf aus Messing.

Monsignore Claudio Silvestri, ein Mann mittleren Alters, der sie freundlich willkommen hieß, nahm ihnen die Mäntel ab. Er führte sie durch die prächtigen Hallen und Flure des Palastes, dessen Wände mit großartigen Wandteppichen behängt waren. Leda hätte sie gern genauer betrachtet, doch Silvestri drängte sie weiter.

»Entschuldigen Sie bitte, wenn ich Sie so erbarmungslos vorantreibe. Aber es ist schon spät. Seine Eminenz ist an feste Essenszeiten gewöhnt. Er war vorhin schon sehr unruhig, und wir sollten ihn keinesfalls länger warten lassen.«

Als sie den Eßsaal betraten, saß Kardinal Gruciolo am Kopfende eines mindestens fünf Meter langen Holztisches, der für vier Personen gedeckt war.

»Buon giorno, Signora, entschuldigen Sie, daß ich sitzenbleibe. Aber meine Knochen machen bei den Zeremonien der Höflichkeit nicht mehr mit«, begrüßte er die Eintretenden. Leda reichte ihm die Hand, und David küßte seinen Ring. Der Kardinal bat die beiden, zu seiner Rechten und Linken Platz zu nehmen.

»Bitte setzen Sie sich, damit wir gleich mit dem Mittagsmahl beginnen können. Alte Leute wie ich haben einen Magen, der pünktlich wie ein Uhrwerk gefüttert werden will.«

Sie nahmen Platz, und Sekunden später stand vor jedem ein Teller Spaghetti à la Bolognese.

»Sehen Sie, unser Koch wollte Sie gleich mit den Spezialitäten unserer Stadt bekannt machen«, stellte Gruciolo zufrieden fest. »Er läßt sich immer etwas Nettes einfallen, wenn Gäste kommen. Pater, ich freue mich übrigens ganz außerordentlich, Ihre Bekanntschaft zu machen«, wandte er sich an David. »Ich habe kürzlich einen interessanten Beitrag von Ihnen gelesen – über die Notwendigkeit von Reformen bei den Finanzstrukturen im Vatikan. Ich verstehe gar nichts von Finanzen, hatte aber nach der Lektüre den Eindruck, daß es dort drunter und drüber gehen muß«, sagte Gruciolo, während er seine Spaghetti geschickt auf die Gabel rollte.

»So schlimm ist es nicht. Die von mir vorgeschlagenen Reformen hätten jedoch den großen Vorteil, daß die Abläufe weitaus durchsichtiger wären und damit eine bessere Kontrolle ermöglichen würden. Weil ich glaube, daß der Vatikan als geschlossene Gesellschaft in der Zukunft einer modernen Informationsgesellschaft keine Chance mehr hat, habe ich für solche Reformen plädiert.«

»Von denen in Rom niemand etwas hören möchte, habe ich recht?« erwiderte Gruciolo.

»Sie werden sicher nicht sofort und im vollen Umfang umgesetzt werden können, Eminenz.«

»Kardinal Hughes steht auf Ihrer Seite, nicht wahr?«

»Ja. Ich habe ihm mit diesem Artikel aus dem Herzen gesprochen oder – wenn Sie so wollen – mich als seine Stimme betätigt. Für ihn wäre es politisch ungünstig, sich direkt mit den Reformgegnern anzulegen. Also überläßt er mir als Wissenschaftler diese Aufgabe.«

»Ein kluger Mann, nur schade, daß ich ihn bisher nie persönlich kennengelernt habe.«

»Das kann man sicher nachholen«, antwortete David.

»Nun zu Ihnen, Commissaria. Was haben Sie so Schweres auf dem Herzen, daß Kardinal Hughes Sie zu mir schickt?«

»Es fällt mir schwer, den richtigen Einstieg zu finden«, antwortete Leda.

»Nur Mut. Alle Menschen sind Sünder, und so schlimm wird es nicht sein«, forderte Gruciolo sie auf.

Leda bemerkte, daß er heute ein Hörgerät trug und wohl deshalb nicht lauter als alle anderen sprach. Sie hatte sich wegen der Schwerhörigkeit auf eine schwierige Unterhaltung vorbereitet.

Dann berichtete sie Gruciolo von den unsauberen Geldgeschäften, die der Finanzberater Cesarini mit der von ihm erteilten Kontovollmacht betrieben hatte. Der Kardinal hörte ihr sehr aufmerksam zu.

»Woher wissen Sie das?« fragte er nach einer Weile.

Sie erzählte von Puccios Berichten, von dem Vorhang des Schweigens, der seitens der Bank über die Angelegenheit gedeckt worden war, und schließlich von Puccios Tod.

»Ich möchte wissen, wieso Sie ausgerechnet diesem Cesarini die Prokura über die kirchlichen Konten erteilt haben.«

Gruciolo schwieg eine Weile und schien vollkommen in sich gekehrt, als habe ihn soeben ein großer Schock getroffen, den es erst einmal zu verarbeiten galt, bevor er antwortete.

»An den Namen erinnere ich mich nicht mehr. Ich weiß nur noch, daß mir Kardinal Vinciguerra eines Tages einen für seine Begriffe außerordentlich fähigen Mann für Kirchenfinanzfragen empfohlen hatte. Er kam, das muß schon einige Jahre zurückliegen, mit diesem Mann zu mir und ich habe unterschrieben, was mir vorgelegt wurde. In der Folgezeit ist mir auch nichts über unsaubere Geschäfte oder fehlendes Geld auf unseren Konten zu Ohren gekommen.«

»Es wurde Ihnen ja auch nichts weggenommen. Im Gegenteil, Ihre Diözese hat recht gut daran verdient.«

»Heißt das, über unsere Konten wird Geldwäsche betrieben?«

»So könnte man es sagen.«

»Monsignore Silvestri, stellen Sie bitte sofort fest, ob dieser Kriminelle immer noch die Kontovollmacht hat. Sie können später weiteressen.«

»Eminenz, ich möchte darum bitten, daß diese Frage höchst vertraulich behandelt wird, weil unsere Ermittlungen sonst von den Betroffenen massiv gestört und Beweismittel vernichtet werden könnten«, wandte Leda ein.

»Sollen wir diese Verbrecher einfach weiterarbeiten lassen?«

»Auf ein paar Tage kommt es jetzt nicht mehr an. Es scheint mir im Moment wichtiger zu sein, den gesamten Hintergrund aufzudecken und soviel Beweismaterial wie möglich zu erhalten.«

Gruciolo seufzte und schob den halbvollen Teller von sich fort.

»Kamen Menschen dabei zu Schaden?« fragte er.

»Ja, weil Wucherzinsen erpreßt wurden.«

Der junge Mann, der vorhin die Spaghetti gebracht hatte, erschien wieder, um die Teller abzuräumen.

»Eminenz, hat es Ihnen nicht geschmeckt?«

»Doch, Don Tommaso, es hat mir nur den Appetit verdorben.« Zu seinem Sekretär gewandt, fuhr er fort:

»Monsignore, prüfen Sie bitte auch, ob dieser Unmensch von uns Finanzberatungsaufträge erhalten hat. Falls ja, müssen wir sie ihm – koste es, was es wolle – sofort entziehen. Können Sie das unbemerkt tun?«

»Nein, Eminenz. Die Unterlagen sind in der Verwaltung, und für diese Räume habe ich keine Schlüssel. Die hat Bischof Devoti.«

»Eminenz, ich verstehe Ihre Empörung und Ihre Enttäuschung. Ich möchte Sie aber nochmals eindringlich bitten, im Moment gar nichts zu unternehmen. Sie richten sonst wirklich viel Schaden an, und wir können die Verantwortlichen nie hinter Gitter bringen«, schaltete sich Leda ein, weil sie Angst vor der Dickköpfigkeit des Kardinals hatte. Seine pergamentblasse Haut war im Laufe des Gesprächs noch weißer geworden, und blaue Adern traten sichtbar auf der Stirn hervor.

»Das war wieder mal ein Teufelswerk Vinciguerras. Und ich habe mich von ihm hineinziehen lassen. O Gott!« klagte der Kardinal, der zusammengesunken in seinem thronähnlichen, geschnitzten Holzstuhl hockte.

»Was für ein Mensch ist Vinciguerra?« wollte Leda wissen.

In diesem Moment betrat Don Tommaso mit einer Fleisch- und Gemüseplatte den Saal. Gruciolo lehnte ab, und Leda hielt es für angebracht, sich ebenfalls nichts zu nehmen. David und Silvestri folgten ihrem Beispiel.

»Kennen Sie den Jago aus Verdis ›Othello‹? Genau so ist Vinciguerra. ›Credo in un Dio crudel che m'ha fatto simile a se‹, singt er. ›Ich glaube, daß der Gerechte ein höhnischer Komödiant ist, im Antlitz wie im Herzen, daß alles an ihm Lüge ist‹, heißt es im weiteren. Ich habe nie in meinem Leben einen innerlich so verkommenen Menschen mit einer äußerlich so perfekten Maske getroffen wie diesen Teufel im Vatikan! Vinciguerra zieht Menschen in seinen Bann, er verführt sie und benutzt sie anschließend als Werkzeuge des Bösen.«

Gruciolos Hände zitterten. Als er versuchte, sich Wasser aus einer Karaffe in ein Glas zu schenken, verschüttete er die Hälfte.

»Ich glaube, es ist besser, wenn Sie gehen«, meinte Silvestri und reichte dem Kardinal ein Wasserglas, das dieser mit kleinen Schlucken leer trank.

»Ich hätte nur noch eine allerletzte Frage«, sagte Leda bittend.

»Monsignore, lassen Sie die Signora nur. Wenn ich wenigstens jetzt helfen kann, das Malheur wieder zu bereinigen, möchte ich das tun. Bitte, Signora Commissaria.«

»Sie waren früher mit Kardinal Vinciguerra befreundet. Warum haben Sie mit ihm gebrochen?«

Der Kardinal zögerte, ehe er zu sprechen begann.

»Wir haben jahrelang sehr interessante Diskussionen über die Probleme des Gottesglaubens und die Rolle der Kirche in der heutigen Zeit geführt. Vinciguerra besitzt einen brillanten Verstand, hat ganze Bibliotheken gelesen. Mit der Zeit merkte ich, daß er Wissen ansammelte und seine Intelligenz ausschließlich einsetzte, um Argumente gegen Gott zu suchen. Er ist nicht nur ein Atheist, sondern aus tiefstem Herzen ein Antichrist.

Eines Abends habe ich ihm das gesagt. Er antwortete mir: ›Ja, Gruciolo, das stimmt. Gott ist nichts weiter als eine Krücke für menschliche Schwäche und Unvollkommenheit. Alle Völker der Erde haben sich ihre Götter geschaffen, weil sie sie als Erklärung für das Unerklärliche brauchen, weil sie nur so ihre eigene Unfähigkeit überwinden können. Gott ist eine Erfindung aus der Not, die Fata Morgana des Verdurstenden in der Wüste der Bedeutungslosigkeit. Ich habe meinen Glauben an Gott mit meiner wachsenden Stärke verloren und komme ohne ihn bestens zurecht. Sie sehen, ohne Glauben bin ich im Leben weiter gekommen als Sie. Von mir läßt sich der mächtigste Mann der Kirche beraten, von Ihnen nicht. Was also nützt Ihnen Ihr Glaube, wenn Sie mit ihm nichts bewegen können?‹ Monsignore, kann ich bitte noch Wasser haben?«

Der Kardinal trank ein weiteres Glas leer und sprach ruhig weiter:

»›Warum bleiben Sie dann im Kreis der Gläubigen?‹ habe ich ihn gefragt. ›Hier geht es mir doch blendend. Warum sollte ich gehen?‹ hat er geantwortet. ›Aber vergessen Sie nicht: falls Sie mein Geständnis jemals weitergeben sollten, wird es mir ein Leichtes sein, Sie als einen verwirrten alten Mann dastehen zu lassen.‹

Tief erschüttert verließ ich ihn an jenem furchtbaren Abend, habe tagelang geweint und mehr als ein Jahr lang geschwiegen. Jetzt bin ich erleichtert, daß ich es mir endlich einmal von der Seele reden konnte. Danke, daß Sie zugehört haben.«

Dicke Tränen liefen über das Gesicht des alten Mannes. Leda ging zu ihm, hockte sich neben ihn und streichelte seine Hand. Er ergriff sie und hielt sie schweigend fest.

»Ich danke Ihnen, daß Sie so viel Vertrauen zu uns haben, Eminenz«, sagte sie, während sie selbst mit den Tränen des Mitleids kämpfte.

»Gott segne Sie. Wären Sie mir böse, wenn ich mich jetzt zurückziehen würde? Ich fühle mich sehr schwach.«

»Können wir Ihnen helfen, Eminenz?« fragte David besorgt.

»Nein, danke, es geht schon. Monsignore Silvestri ist ja bei mir. Pater David, Sie möchte ich darum bitten, den Kampf mit Kardinal Hughes gegen Vinciguerra nicht aufzugeben. Ich würde mitmachen, aber Sie sehen, daß ich zu alt und schwach bin. Mit Rat stehe ich Ihnen, lieber Pater, und auch Ihnen, Signora Commissaria, jederzeit gern zur Verfügung.«

Sie verabschiedeten sich, und Silvestri bat Tommaso, die Gäste hinauszugeleiten. Leda gab ihm ihre Visitenkarte:

»Falls etwas sein sollte, wäre ich für einen kurzen Anruf dankbar.«

Schweigend gingen Leda und David nebeneinander durch die weitläufigen Gänge zurück und verließen den Palast des Kardinals von Bologna.

Als sie vor das große Tor traten, wirbelten ihnen Schneeflocken ins Gesicht. Auf dem Boden angekommen, schmolzen sie sofort. Schade, dachte Leda, denn etwas Weiß auf der grauen Erde hätte ihr jetzt gut gefallen.

David hielt sein Gesicht geradewegs nach oben gerichtet, um möglichst viele tanzende Flocken abzufangen.

»Himmel, wie schön das ist, ich habe schon so lange keinen Schnee mehr auf der Haut gespürt«, sagte er, während er die feuchte, kalte Luft tief einatmete, als tanke er nach dieser schweren Stunde eine neue Dosis Lebensenergie.

»Jetzt glaube ich Hughes«, sagte Leda.

»Das freut mich«, antwortete David.

»Möchten Sie auch ein Stück laufen?« fragte Leda.

»Nichts lieber als das.«

Sie schlenderten ziellos durch die weihnachtlich geschmückte Fußgängerzone der Innenstadt, über die Piazza del Nettuno, vorbei am gotischen Palazzo Communale bis zur Kirche des Bologneser Schutzpatrons San Petronino.

»Ich würde gerne kurz hineingehen«, sagte David.

»Sie müssen jetzt mit Gott reden, nicht wahr?«

David nickte.

»Va bene, ich komme mit.«

David kniete sich in eine der ersten Bankreihen. Er betete eine ganze Weile. Leda schaute sich unterdessen die Kirche an. Sie spürte, wie ihr aufgewühltes Inneres im Gotteshaus langsam zur Ruhe kam. Sie setzte sich in eine der hinteren Bankreihen und betrachtete David, der seine Hände vor dem Gesicht gefaltet hatte und tief versunken Zwiesprache mit dem Unsichtbaren hielt.

Erst als jemand auf der Orgel zu spielen begann, zunächst Tonleitern in verschiedenen Tonarten, dann Akkorde und schließlich ganze zusammenhängende Stücke, hob er den Kopf und hörte zu.

Plötzlich drehte er sich um und suchte Leda. Als er sie entdeckte, winkte er ihr zu, kam zu ihr und setzte sich neben sie. Der Organist intonierte das Weihnachtslied »Adeste Fideles«, »Herbei, o ihr Gläubigen«. Leda und David sangen leise mit.

Die Schneeflocken tanzten noch immer vom Himmel herab, als sie San Petronino verließen.

»Ich finde, wir haben uns jetzt eine Tasse heiße Schokolade mit Sahne und Kuchen verdient«, sagte David, hakte Leda unter und zog sie mit sich in einen der für Bologna so typischen Bogengänge.

Wenig später fanden sie ein hübsches Café, wo sie seinen Vorschlag in die Tat umsetzten. Leda kramte aus ihrem Sack für alle Fälle das Telefonino heraus und rief Paolo an.

»Ciao, wie war's?« begrüßte er sie erfreut.

»Schrecklich.«

»Wieso?«

»Das erklären wir dir später in Ruhe. Was machst du gerade?«

»Wir tafeln hier noch fröhlich. Kommt ihr auch?«

»Wo wohnen deine Freunde? Wie heißen sie noch mal?«

»Cosimo und Stefania Monego. Sie wohnen mitten in der Altstadt in der Via Rizzoli. Wo seid ihr denn?«

Leda erklärte es ihm und ließ sich die Anschrift geben.

»Haben Sie überhaupt Lust, zu Paolos Freunden zu gehen?« fragte Leda David.

»Sehr sogar. Ich freue mich immer, neue Menschen kennenzulernen. Ablenkung kann außerdem nicht schaden.«

Sie zahlten und gingen los. Draußen war es dämmrig geworden. Dicke Wolken hingen am Himmel und schütteten ihren weißen Inhalt auf die Erde. Durch den Vorhang aus Schnee ließen sich die Häuser auf der anderen Straßenseite nur schemenhaft erkennen.

Leda und David wurden von Stefania und Cosimo begrüßt, als kannten sie sich seit Jahren. In der Wohnung war es mollig warm. Leda merkte gleich, wie ihr Gesicht von dem Temperaturumschwung zu brennen und zu kribbeln begann. Schüsseln mit verschiedenen Olivensorten, zwei Käseplatten, Brotreste, zusammengeknüllte Papierservietten und Rotweinflecken auf der Tischdecke zeugten von einem üppigen Mahl. Ein dicker Pandoro stand noch unangeschnitten in der Mitte des Tisches.

»Ihr kommt genau richtig zum Kuchen«, meinte Cosimo und rückte ihm mit einem riesigen Messer zu Leibe. Stefania brachte ein Tablett mit Kaffeetassen.

»Was habt ihr eigentlich bei unserem alten Kardinal gemacht?« fragte sie neugierig. Paolo hatte ihnen offensichtlich nichts über den Grund des Besuchs gesagt, wofür Leda ihm dankbar war.

»Es ging um notwendige Veränderungen innerhalb der Kirche. Pater David arbeitet daran. Und da ich mich dafür interessiere, hat er mich freundlicherweise mitgenommen«, sagte Leda ausweichend.

»Der Alte und Reformen! Daran glaube ich nicht«, warf Cosimo lachend ein.

»Gruciolo ist so konservativ, daß man den Papst im Vergleich dazu als revolutionär bezeichnen könnte.«

»Das stimmt so nicht«, erwiderte seine Frau. »Kardinal Gruciolo hat sich beispielsweise als einer der wenigen Kirchenoberen für die Abtreibung ausgesprochen, falls die Schwangere vergewaltigt wurde oder sehr krank ist. Außerdem plädiert er seit Jahren für eine Kurie in Rom, die transparenter arbeitet und deren Beschlüsse den Bedürfnissen der heutigen Gesellschaft eher entsprechen.«

»Und welchen Eindruck hat er auf euch gemacht?« erkundigte sich Paolo.

»Daß er durchaus Reformen im Vatikan anstrebt, aber sich aufgrund seines hohen Alters außerstande sieht, diese noch aktiv betreiben zu können«, antwortete David.

Es entspann sich eine angeregte Unterhaltung über die Kirche im allgemeinen und den Vatikan im besonderen, über Priestertum, Glauben und alles, was damit zusammenhing. David machte es offensichtlich Spaß, mit den beiden Ärzten und Paolo über Gott, die Welt, das Gute und das Böse zu philosophieren. Cosimo öffnete eine Flasche köstlichen Rotwein aus der Toskana, und die Stunden vergingen wie im Flug. Als er gegen sechs Uhr die zweite Flasche aus der Küche holte, sagte Paolo:

»Laß sie zu, Cosimo. Wir müssen noch fahren.«

»Nach Rom zurück? Du machst wohl Scherze, schau mal aus dem Fenster! Es schneit immer noch wie toll. Ihr kommt heute gar nicht mehr über den Apennin. Die Autobahn ist garantiert gesperrt.«

Ein Blick aus dem Fenster bestätigte Cosimos Befürchtung.

»Dann gehen wir eben ins Hotel«, meinte David, der über die Entwicklung des Abends gar nicht unzufrieden war.

»Schlaft doch hier. Die Kinder sind beide gestern abend übers Wochenende zum Skilaufen gefahren, und ihre Zimmer sind frei«, schlug Stefania vor. Leda und Paolo akzeptierten das Angebot. David zog es vor, ein Zimmer in einer kleinen Pension um die Ecke zu reservieren.

XX

Die Rückfahrt gestaltete sich überaus beschwerlich. In der Stadt war der Schnee zwar geschmolzen, auf der Autobahn in den Bergen lag er dafür um so dicker. Die Räumfahrzeuge mit ihren breiten Schaufeln hatten zwar einen Gutteil des nächtlichen Schneefalls zur Seite geschoben, wurden aber der nachkommenden Niederschläge nicht mehr Herr.

In den Bergen legten Paolo und David die Schneeketten an. Zum Glück hatten sich außer ihnen in den frühen Morgenstunden nur wenige Fahrer auf die Straße gewagt. Langsam, aber stetig kamen sie voran. Sie sprachen kaum, und Leda bewunderte die weiße Pracht der Natur.

»Was hat Gruciolo nun eigentlich gesagt?« erkundigte sich Paolo irgendwann. David berichtete ihm ausführlich von dem Treffen.

»Wie furchtbar muß das für den alten Herrn sein«, meinte Paolo mitfühlend.

»Für deinen Fall bedeutet es doch, daß ihr jetzt tatsächlich in der obersten Etage des Vatikans angekommen seid. Meine Güte, Leda, daran hast du wohl nicht gedacht, als du an den Tiber gefahren bist, um dir den Toten anzusehen.«

Gegen Mittag erreichten sie Rom, luden David zum Essen ein und brachten ihn anschließend nach Hause.

»Was machen Sie eigentlich zu Weihnachten?« fragte Leda ihn.

»Ich fliege Dienstag zu meiner Familie nach New York und feiere dort auch Silvester.«

»Schade, sonst hätten wir zusammen feiern können.«

»Danke, das ist lieb von Ihnen. Aber ich sehe meine Familie meist nur dieses eine Mal im Jahr, und das ist mir heilig.«

Sie wünschten sich frohe Festtage und nahmen Abschied, mit dem Gefühl, daß aus Bekanntschaft eine Freundschaft geworden war.

»Vielen Dank für Ihre Hilfe«, sagte Leda zu ihm, bevor sie winkend davonfuhren.

»Läßt du mich bitte ein Stück von der Wohnung entfernt raus?« bat sie Paolo.

»Du bist verrückt! Was, wenn in deiner Wohnung etwas angestellt wurde oder dort ein Gangster auf dich wartet?«

»Deshalb bleibe einfach zehn Minuten lang in der Nähe des Hauses. Wenn ich dich bis dahin nicht angerufen habe, komm bitte.«

»Leda, du hast ja Angst. Das kenne ich gar nicht von dir!«

»Ich hatte es auch noch nie mit der Kirche und Kardinälen zu tun.«

»Denen traust du offensichtlich viel Böses zu!«

»Inzwischen ja.«

Leda ging die letzten dreihundert Meter zu Fuß. Das tat nach der langen Fahrt und dem Essen gut. Eine kurze Inspektion der Wohnung ergab nichts Ungewöhnliches. Beruhigt rief sie Paolo an.

»Was machst du heute noch?« fragte er sie.

»Ich will nachher noch mal losfahren und einen Weihnachtsbaum holen.«

»Einen großen oder einen kleinen?« fragte er.

»Einen großen, für die Kinder.«

»Wie wirst du ihn transportieren?«

»Im Auto.«

»Soll ich dir helfen?«

»Danke, das schaffe ich schon allein. Wenn nicht, rufe ich dich an. Mach dir also keine Sorgen. Ciao, bacio.«

Leda merkte, daß sie todmüde war und sich unsäglich schmutzig fühlte. Seit gestern trug sie dieselben Kleider auf dem Leib. Sie war froh, sie endlich loszuwerden, und nahm eine heiße Dusche. Noch dampfend schlüpfte sie in ihr Bett und schlief auf der Stelle ein.

Drei Stunden später erwachte sie durch ein Kitzeln an der Nase. Paolo saß lachend am Bettrand.

»Groß kann deine innere Unruhe in Sachen Kirchenverbrechen nicht sein! Ich puste dir seit Minuten in die Nase, und du regst dich nicht einmal. Wenn dich jemand klauen will, kann er das getrost tun. Du würdest nichts davon mitbekommen.«

»Oje, wie lange habe ich denn geschlafen? Wieviel Uhr ist es?« fragte sie verwirrt.

»Gleich sechs Uhr, und draußen ist es dunkel.«

»Was machst du denn hier?«

»Komm mit und schau mal, was ich gezaubert habe.«

Er war aufgeregt wie ein kleiner Junge, holte den Bademantel und reichte ihn ihr, während sie sich langsam aus dem Bett rollte. Noch schlaftrunken schlurfte sie mit nackten Füßen hinter ihm her ins Wohnzimmer. Dort stand neben dem Kamin ein mindestens zwei Meter hoher, dunkelgrüner Tannenbaum in einem großen Topf.

»Paolo, der ist ja wunderschön. Wo hast du den her?«

»Von der Gärtnerei bei mir um die Ecke. Als ich auf dem Heimweg daran vorbeifuhr, sah ich, daß sie offen hatte, und habe ihn gekauft. Nach Weihnachten fahren wir irgendwo aufs Land und graben ihn in die Erde, damit er weiterwachsen kann.«

»Und wie hast du dieses Riesenstück ins Auto bekommen?«

»Ich habe die Rücksitze umgeklappt und ihn reingeschoben. Das Auto sieht jetzt aus wie nach einer Schlammschlacht. Unten habe ich deinen Nachbarn Francesco getroffen, der mir geholfen hat, ihn hochzuschleppen.«

Leda ging um den Baum herum und bewunderte seinen regelmäßigen Wuchs.

»Danke, Paolo. Das ist der schönste Weihnachtsbaum, den ich je gesehen habe!« Sie umarmte ihn und gab ihm einen Kuß. Dann ging sie in Flavias Zimmer, um die Tüten mit Weihnachtsschmuck zu holen, den sie eingekauft hatte.

»Möchtest du einen Kaffee?« rief Paolo aus der Küche.

»Danke, gern.«

Leda breitete auf dem Eßtisch ihre weihnachtlichen Neuerwerbungen aus. Dabei fiel ihr ein, daß im Wandschrank im Flur noch eine Kiste mit Weihnachtsschmuck sein mußte. Sie hatte mit Thomas und den Kindern jedes Jahr auf dem Weihnachtsmarkt der Piazza Navona mindestens ein Schmuckstück dazugekauft. Eine ganze Sammlung von Engeln, Kugeln und Sternen war im Laufe der Zeit entstanden.

Leda begann im Schrank herumzuräumen. In der hintersten Ecke entdeckte sie die Kiste, zog sie hervor und stellte sie auf den Tisch. Als sie sie aufklappte und die säuberlich in Papier eingehüllten Sachen sah, stieg in ihr die Erinnerung hoch, wie einst Flavia und Marco mit ihren kleinen Händen Stück für Stück aus der Kiste genommen und an die unteren Zweige des Baums gehängt hatten, weil sie oben nicht herangereicht waren. Wie viele Glaskugeln waren dabei zu Bruch gegangen! Aber das hatte eben dazugehört. Leda fragte sich wieder einmal, warum sie solche Momente damals nicht genug hatte schätzen und lieben können.

Sie legte den gesamten Inhalt der Kiste auf den Tisch und hängte ein paar Kugeln an die grünen Zweige. Es würde ein sehr bunter Baum werden.

»Man muß erst die Lichterketten um den Baum hängen. Sonst fallen die Kugeln wieder runter, wenn man anschließend daran wackelt«, erteilte Paolo den fachmännischen Rat eines geübten Weihnachtsbaum-Schmückers.

Eine Stunde lang vergnügten sie sich wie Kinder mit dem Baum, bis die Lichter blinkten und ganz oben auf der Baumspitze ein Glasstern prangte.

»Hast du keine Krippe?« fragte Paolo, als er das Fehlen der weihnachtlichen Hauptdarsteller bemerkte.

Leda wühlte wieder im Wandschrank herum und fand das Gesuchte in einer weiteren Kiste. Außer dem Stall mit Hirten und Tieren kam ein ganzes kleines Dorf mit seinen Bewohnern zum Vorschein. Paolo machte sich begeistert daran, die Holzfiguren auf der Kommode aufzubauen.

Plötzlich klingelte das Telefon.

»Ciao, Flavia. Wir bauen gerade die Krippe auf. Erinnerst du dich an die vielen kleinen Häuser und Figuren?«

Statt einer Antwort hörte Leda ihre Tochter am anderen Ende schluchzen.

»Was ist passiert?« fragte Leda beunruhigt.

»Philipp kommt nicht mit nach Rom.«

»Warum denn das?«

»Es ist Schluß«, jammerte Flavia.

»Wieso? Ihr wart vor ein paar Tagen doch noch sehr verliebt.«

»Waren wir auch, und ich liebe ihn genauso wie früher. Aber er ist so eifersüchtig.«

»Und was hast du angestellt?«

»Gestern abend habe ich längere Zeit mit einem anderen getanzt und ein bißchen geflirtet. Philipp hat nichts gesagt und ist einfach gegangen. Heute morgen habe ich ihn angerufen, und da hat er mich angeschrien, ich solle ihn in Ruhe lassen. Er sei kein Besenstiel, den man in die Ecke stellen kann. Dabei habe ich ihn gar nicht in die Ecke stellen wollen, sondern einfach nur mal mit einem anderen getanzt.«

»Hast du ihm das denn nicht erklärt?«

»Ich wollte es tun, aber er hat nicht zugehört und nur gesagt, ich könnte mit dem anderen, dem Martin, nach Rom fahren.«

»Ich dachte immer, die deutschen Männer seien nicht eifersüchtig«, meinte Leda.

»Hast du eine Ahnung! Die sind schlimmer als jeder Sizilianer. Zumindest diejenigen, mit denen ich es zu tun habe. War Papa früher eifersüchtig?« fragte Flavia.

»Nein, ich kann mich jedenfalls nicht erinnern.«

»Und Paolo?« forschte Flavia weiter.

»Ich glaube auch nicht. Aber ich tanze in seiner Gegenwart auch nicht mit anderen Männern«, erwiderte Leda.

»Aber nur deshalb, weil du nie tanzt«, entgegnete Flavia.

»Das stimmt nicht. Letzte Woche war bei uns in der Questura Weihnachtsfeier, und ich habe das Tanzbein geschwungen. Allerdings nur, weil ich dazu gezwungen wurde«, mußte Leda gestehen. Flavia war ruhiger geworden.

»Rede noch mal mit Philipp. Ich bin sicher, daß er seine Meinung wieder ändert. Und wenn nicht, suchen wir dir hier einen schönen Römer. Was hältst du davon?«

»Gar nichts, weil ich Philipp nun mal liebe.«

»Dann sag ihm das unmißverständlich.«

»Meinst du, ich soll ihn jetzt noch anrufen?«

Leda schaute auf die Uhr.

»Ja, natürlich. Es ist doch erst halb zehn. Sag mir hinterher Bescheid, wie es ausgegangen ist.«

Als Leda ins Wohnzimmer zurückkam, lag Paolo auf dem Sofa. Er war inmitten der Lichterpracht des Baumes tief und fest eingeschlafen. Leda beschloß, ihn zu wecken, damit er wenigstens noch duschen konnte, bevor er sich der endgültigen Nachtruhe hingab. Benommen tat er, was ihm gesagt wurde.

»Rufst du bitte meine Mutter an und sagst ihr, daß es mir gutgeht?« bat er sie, verschwand im Badezimmer und anschließend im Bett.

Nach dem Telefonat erkundigte sie sich bei Ugo nach dem Gesundheitszustand seiner Mutter.

»Sie hat immer noch fast vierzig Grad Fieber. Der Arzt sagt, wenn es bis morgen nicht besser ist, muß sie ins Krankenhaus. Alte Leute verlieren vom hohen Fieber so viel Flüssigkeit. Bereiten Sie sich also innerlich darauf vor, daß ich morgen nicht ins Büro komme.«

Leda konnte aus Ugos Stimme die Sorge um seine Mutter heraushören. Er erkundigte sich nicht einmal danach, wie es in Bologna beim Kardinal gewesen war. Sie bot ihm ihre Hilfe an, falls er sie bräuchte, wünschte seiner Mutter gute Besserung und ging in die Küche.

Ein Bärenhunger hatte sich in ihrem Bauch breitgemacht. In einem Schrank entdeckte sie einen Beutel Fertigmischung für Paella. Sie brauchte nichts weiter zu tun, als Wasser zum Kochen zu bringen, das Gemisch hineinzuschütten und hin und wieder umzurühren. Nach zwanzig Minuten häufte sie sich einen Berg Reis mit Meeresfrüchten und Gemüse auf den Teller.

Um elf Uhr teilte Flavia ihr mit, daß Philipp ihre Entschuldigung und die Liebesschwüre angenommen hatte und sie nun doch gemeinsam kommen würden. Leda ging ins Bett. Sie fühlte sich erholt wie nach zehn Tagen Urlaub.

XXI

»Buon giorno, Commissaria. Sind wir nicht die Größten?« begrüßte Mario sie am nächsten Morgen strahlend.

»Ganz gewiß. Nur verrat mir kurz, warum«, erwiderte Leda, die keine Ahnung hatte, wovon Mario sprach.

»Haben Sie etwa unseren Sieg gegen die Gelb-Roten verpaßt?«

Fußball, natürlich! Heute war Montag, fiel Leda ein.

»Ich war unterwegs. Wie habt ihr denn gespielt?«

»3 zu 1, und es war das beste Spiel, das ich seit einem Jahrzehnt gesehen habe. Unsere Weiß-Blauen waren unschlagbar gut. Sie haben AS Roma in Einzelteile zerlegt. Die wußten zum Schluß nicht mehr, wo sie hinlaufen sollten. Unsere Abwehr hat sie kaum noch über die Mittellinie kommen lassen.«

Vor die Theke hatte Mario eine große weiß-hellblaue Fahne gespannt, ins Schaufenster Luftballons in den Farben des Clubs und an die Wände die Bilder sämtlicher Spieler der Saison gehängt, die teilweise sogar mit Autogrammen versehen waren.

»Wenn die Jungs so weitermachen, haben wir gute Chancen, nächstes Jahr wieder italienischer Meister zu werden.«

»Paolo sagt, das haltet ihr nicht bis zum Sommer durch.«

»Das hat er letztes Jahr auch behauptet«, lachte Mario siegesgewiß. »Und wer hat in den letzten drei Spielen noch Kraftreserven mobilisiert? Wir!« Mit stolz geschwellter Brust stellte er ihr den Cappuccino und ein Cornetto mit Cremefüllung hin. Aus dem Zigarettenarsenal fischte er ein Paket mit Ledas bevorzugter Marke.

»Haben Sie den Fall mit dem Tibertoten eigentlich inzwischen aufgeklärt?« erkundigte er sich, während sie frühstückte.

»Nein, immer noch nicht.«

»Ist er denn so kompliziert?«

»Ja, ziemlich.«

»Wissen Sie denn wenigstens, ob es Mord oder Selbstmord war?«

»Nicht einmal das.«

»Dann würde ich an Ihrer Stelle die Akte zumachen. Sie können doch nicht jahrelang ermitteln, und jede Menge andere Mörder kommen ungeschoren davon, weil sich niemand um sie kümmert.«

»Den Tibertoten bearbeiten wir erst seit knapp drei Wochen. Außerdem beginnen Mordfälle manchmal ganz bescheiden mit einem Toten. Später merkt man dann, daß er nur ein Opfer eines riesigen Bandenkrieges ist und vor ihm schon ein Dutzend Leute von Kugeln niedergestreckt wurden.«

»Er war also in einen Bandenkrieg verwickelt?«

»In eine Bande vielleicht, in einen Krieg glaube ich nicht. Das eben war nur ein Beispiel, das mit dem Tibertoten nichts zu tun hatte.«

»Drogendealer?« bohrte Mario erbarmungslos weiter.

Leda mußte lachen: »Nein, nein, Drogen nicht. Schmutzige Geldgeschäfte.«

»Also Mafia«, entschied Mario.

»Na ja, sagen wir: eine Art Mafia.«

»War der Tote ein Guter oder ein Böser?«

»Mario, wenn ich das schon wüßte, wäre ich ein glücklicher Mensch.«

Aus unerklärlichen Gründen floß der römische Verkehr an diesem Morgen ohne größere Hindernisse langsam, aber stetig vor sich hin. Leda erreichte ihr Büro früher als erwartet.

Sie machte sich gleich an den Bericht über das Gespräch

mit Gruciolo. Da sie auch niemand anrief, war sie innerhalb einer halben Stunde fertig und ging damit zu Alesi. Sie klopfte an seine Tür und trat nach seinem »Avanti« ein. Er hatte den Telefonhörer am Ohr. Als er Leda sah, winkte er ihr, sie möge zu ihm kommen, und drückte auf den Knopf zum Mithören. Cremonese war am Apparat.

»Leda Giallo hört jetzt mit«, sagte Alesi zum Bankpräsidenten.

»Buon giorno, Commissaria. Übers Wochenende habe ich in allen fraglichen Filialen Prüftrupps mit Vertrauensleuten eingesetzt. Die Ergebnisse sind erschreckend. Bitte kommen Sie sofort zu mir.«

Nicht einmal eine halbe Stunde später saßen Leda und Alesi in Cremoneses Büro. Er referierte mit tief besorgtem Gesicht:

»Es hat sich folgendes Bild ergeben: In Cosenza und Neapel wurde völlig identisch gearbeitet. Kardinal Carducci erteilte seinem Bruder Stefano Vollmacht über Konten, die er in beiden Städten hatte und hat. Von diesen Konten wurden zunächst mittelhohe Summen von fünftausend bis fünfzigtausend Euro abgehoben und später von Stefano inklusive Zinsen wieder eingezahlt. In beiden Städten hat Stefano Carducci jeweils unter Ausnutzung der Geldgier unserer Filialleiter nach gleichem Strickmuster gearbeitet, nämlich die Kirchengelder als Kredite zu absoluten Wucherzinsen ausgegeben. Das wissen Sie ja im wesentlichen schon, weil es so auch in Puccios Berichten steht.

Was Sie aber noch nicht wissen, ist die Tatsache, daß dieses Wucherspiel sich offensichtlich auf ganz Italien erstreckt. Geldbewegungen weisen darauf hin, daß Stefano Carducci bei den verschiedensten Banken in den verschiedensten Orten Konten hat. Zwischen diesen Konten findet ein verwirrender und reger Geldverkehr statt. Ein klassisches Signal für Geldwäsche. Das müssen wir noch im Detail und vor allem in Zusammenarbeit mit den anderen Bankhäusern prüfen.

Da die Kirchenkonten und auch die Privatkonten von Kardinal Carducci in diesen Überweisungszirkus einbezogen sind, müßte er eigentlich davon wissen. Von den Konten wurden auch mehrfach hohe Beträge sowohl ins Ausland als auch an die Vatikanbank überwiesen. Ebenfalls klassische Signale für Geldwäsche.«

»Wie hoch schätzt du den Geldumlauf insgesamt ein?« fragte Alesi.

»Das können wir im Moment nicht sagen, weil die Prüfungen bei anderen Banken noch ausstehen. Ich kann aber versichern, daß es sich im Laufe der Jahre um Millionen und Abermillionen von Euros gehandelt hat.«

»Wieso wurden keine Anzeigen erstattet?«

»Weil das Ausmaß dieser Geschäfte in den Berichten nicht erkennbar ist. Das Direktorenkollegium muß angenommen haben, es handele sich um relativ kleine Verfehlungen, um die man kein großes Aufsehen erregen wollte. Man glaubte offensichtlich, daß mit der Trennung von den beiden Filialleitern die Sache beendet sein würde. Da die beiden Carducci-Brüder mit der Zeit über ausreichend Eigenkapital und ein gut organisiertes System für das gewaltsame Eintreiben von Krediten à la Mafia verfügt haben dürften, brauchten sie unsere Leute auch nicht mehr.«

»Hat die Banca di Credito Abfindungen an die ausgeschiedenen Mitarbeiter gezahlt?« fragte Leda weiter.

»Keinen Cent. Aber ich brauche Ihnen ja nicht zu erzählen, daß Schweigegelder bei der Mafia gang und gäbe sind«, antwortete Cremonese.

»Bologna?« gab Alesi das nächste Stichwort.

»Dieser Fall liegt gänzlich anders und einfacher. Dort hat ein zunächst relativ erfolgloser Finanzmakler namens Cesarini vom Kardinal die Prokura über die Kirchenkonten bekommen. Von diesen Konten überwies Cesarini im Prüfungsjahr dreimal hohe Geldbeträge von mehreren hunderttausend Euro auf das Privatkonto eines unserer Mitarbeiter, Romero Santilli. Es entzieht sich meiner Kenntnis, wofür. Da auch unser Mann, ein kleiner Bankangestellter, auf seinem Konto wesentlich mehr Geld hatte, als er bei uns verdiente, wurde er vom Filialleiter zur Rede gestellt. Statt zu antworten, kündigte er und verschwand aus Bologna. Cesarini ist inzwischen wirklich reich. Die Kirchengelder wurden anfangs wohl nur als Startkapital genutzt.«

»Warum wurde wieder keine Anzeige erstattet?«

»Immer der gleiche Grund. Im Bericht wird die Problematik der Bestechungsgelder weit unter das tatsächliche Ausmaß heruntergespielt. Deshalb kam das Direktorengremium offensichtlich zum Ergebnis, daß der Wirbel, den ein Prozeß auslösen würde, dem öffentlichen Ansehen der Bank schaden könnte. Sie brauchen mir nicht zu sagen, daß dies ein Skandal ist. Ich weiß es!« griff Cremonese jedem Einwand Alesis oder Ledas vor.

»In Mailand haben wir uns vor allem die Konten dieser Fare-Bene-Events und die des Finanzberaters angeschaut«, fuhr er fort. »In diesem Fall hat Puccios Bericht nur noch soviel mit der Realität zu tun, als sich die beiden in der Tat in kürzester Zeit zu den wichtigsten Kunden dieser kleinen Niederlassung unserer Bank entwickelt haben. Mit keiner Zeile wird erwähnt, daß ein Zusammenhang zwischen beiden Kunden besteht. Puccio muß vor der Prüfung einen Hinweis auf die Sachlage erhalten haben, da er diese Konten ganz allein geprüft hat.

Wir haben folgendes festgestellt: Der Finanzberater D'Alma, Inhaber der Fare-Bene-Events, eröffnete für diese Firma, für seine neue Finanzberatung und für sich privat drei Konten bei unserer Bank. Ursprünglich wurde das Fare-Bene-Konto von Carducci aus Neapel aufgefüllt – und zwar mit etwa einer halben Million Euro. D'Alma hat das Geld in Tranchen abgehoben. Seitdem fließen auf dieses Konto viele kleinere Einzahlungen, die allesamt als Spenden deklariert werden. Diese überweist D'Alma regelmäßig an die Vatikanbank, auf Konten von Fare-Bene-Events in Venedig und auf Kirchenkonten in Neapel.

Auf sein Beraterkonto reicht er laufend Schecks aus allen Teilen Italiens ein, die als Beratungshonorare bezeichnet werden. Davon fließt wiederum ein Teil auf sein Privatkonto. Wir haben viele Hinweise darauf gefunden, daß D'Alma auch mit anderen Banken zusammenarbeitet und daß es sich um ein riesiges Kreditkarussell mit Wucherzinsen handelt. In Puccios Bericht fehlt jeder Hinweis darauf. Für die Bank sind D'Alma und Fare-Bene-Events angesichts der Milliardenumsätze in der Tat zu sehr wichtigen Kunden geworden, wenn man nur die nackten Zahlen betrachtet.«

Cremonese atmete tief durch. Dann fuhr er fort:

»In Venedig wurde eine neue Kombination erfunden. Hier gehört Fare-Bene-Events dem Bauunternehmer Rossi. Das Konto wurde ursprünglich aus den bekannten Quellen in Mailand und Neapel gespeist und nach Überzeugung meiner Leute zur Zahlung von Bestechungsgeldern benutzt. So wurden beispielsweise hohe Summen an drei Privatpersonen weitergeleitet, von denen wohl nicht zufällig zwei in der venezianischen Bauverwaltung und einer im Stadtrat sitzen. Wenig später erhielt Rossi den millionenschweren Auftrag für den Neubau eines Unigebäudes und eine entsprechende Vorauszahlung. Einen Teil davon überwies er an unseren Mann, und der zahlte das ›ausgeliehene‹ Geld mit Zins und Zinseszins plus einer kräftigen Spende an die Geldgeber zurück. Eine, sagen wir, Vermittlungsgebühr behielt er für sich selbst. Rossi entwickelte sich innerhalb kürzester Zeit zu einer großen Baufirma, deren Konten Umsätze aufwiesen, von denen der Inhaber ein oder zwei Jahre zuvor nicht einmal zu träumen gewagt haben dürfte.

Anschließend erfolgten wiederum Kreuz- und Querüberweisungen auf Konten, die wir aus den vorangegangenen Fällen kennen. Auch hier muß Puccio vor der Prüfung über die Zusammenhänge Bescheid gewußt haben. Und der Bericht entspricht nicht im entferntesten der Wahrheit.«

»Erkennst du einen roten Faden, der diese Vorfälle miteinander verbindet?« fragte Alesi.

»Ja, natürlich. Es gibt, bis auf Bologna, eine klare Konten- und Personenverbindung.«

»Ist eine federführende Institution oder Person erkennbar?« wollte Alesi wissen.

»Das ist der Punkt, der mich zur Zeit noch verunsichert«, antwortete Cremonese.

»Verdone?« bohrte Alesi erbarmungslos weiter.

»Sein privates Konto weist auf keinerlei Geldeinnahmen aus bankfremden Quellen hin. Das muß aber überhaupt nichts bedeuten. Er kann bei anderen Banken im In- und Ausland Konten haben, von denen wir nichts wissen. Denn Tatsache ist, daß er erstaunlich viel Geld hat. Das bezieht er jedenfalls nicht von uns.«

»Habt ihr euch auch Fare-Bene-Events in Rom angesehen?«

»Ja. Inhaberin ist Pia Mastella, Verdone hat die Kontovollmacht. Auf diesem Konto laufen zwar zwei- bis dreimal jährlich hohe Summen ein, was für Spendenkonten ungewöhnlich ist. Diese Gelder werden aber nicht wie in den anderen Fällen in alle Himmelsrichtungen überwiesen, sondern in ihrer Gesamtheit an die Vatikanbank.«

»Also ist Verdone sauber?« fragte Alesi.

»Das kann nicht sein, weil er zuviel Geld hat!« antwortete Cremonese seufzend und fuhr fort:

»Ich habe ihn heute morgen sehr früh zu mir kommen lassen, weil ich sehen wollte, ob er etwas von unserer Wochenendaktion erfahren hat. Soweit ich es beurteilen kann, ist das nicht der Fall. Außerdem habe ich ihn mir natürlich genau unter dem Aspekt angeschaut, ob er die Graue Eminenz dieses Finanzimperiums sein könnte. Über eine Stunde lang habe ich mich mit ihm unterhalten. Entweder ist er ein phantastischer Schauspieler, der mich in jeder Hinsicht täuschen kann. Oder mein Eindruck stimmt, daß er zu solch einer Regie überhaupt nicht in der Lage wäre.

Verdone hat die Charaktereigenschaften eines gut funktionierenden Rades im Getriebe, mehr traue ich ihm keinesfalls zu. Er selbst hat übrigens während des Gesprächs immer wieder betont, daß er mit seinem Posten zufrieden ist und keinen anderen haben möchte«, sagte Cremonese.

»Hältst du es denn für möglich, daß er Einfluß auf die Berichte genommen hat?«

»Das müssen ja entweder er oder Puccio selbst gewesen sein. Dessen Konten habe ich mir übrigens auch angeschaut. Da war auch nichts Außergewöhnliches zu finden.«

»Und was hast du jetzt vor?« fragte Alesi seinen Freund.

»Verdone ist als Chef der Abteilung für Außeninspektionen für diese falschen Berichte verantwortlich, und ich werde ihn dafür zur Rede stellen, selbst wenn Puccio sie gefälscht haben sollte«, antwortete Cremonese.

»Könntest du damit noch ein paar Tage warten? Ich meine, wir sollten vorerst noch die Fahndung in die Büros aller Fare-Bene-Events schicken und Material beschlagnahmen lassen. Sonst laufen wir Gefahr, daß Beweismaterial verschwindet«, erklärte Alesi ihm.

»Das heißt, ich lasse im Moment auch die Außenprüfungen in aller Ruhe so weiterlaufen wie geplant?«

»Ja, bitte.«

»Glaubst du, daß Verdone der Drahtzieher ist?« fragte Cremonese.

»Nein, nur der Erfüllungsgehilfe anderer. Frag im Moment bitte nicht, wer das ist. Wir haben bisher nur einen vagen Verdacht, der aber auch völlig verkehrt sein kann. Deshalb möchten wir jetzt keinesfalls Pferde scheu machen«, erklärte Alesi.

Nun wurde Cremonese ungehalten.

»Entschuldige, Erman, so kann das aber nicht laufen. Ich habe in aller Offenheit als oberster Verantwortlicher meiner Bank mit dir zusammengearbeitet, weil wir befreundet sind und ich dir und deinen Leuten vertraut habe. Das hätte kein anderer in meiner Position so für dich getan.

Und nun willst du mir verschweigen, worum es geht? Und ich kann nicht einmal einschätzen, ob ich dabei meinen eigenen Kopf und Kragen und das Wohlergehen meiner Bank riskiert habe. Ich möchte klar wissen, wen du außer Verdone verdächtigst, mit Hilfe der Banca di Credito krumme Geschäfte zu betreiben«, rief Cremonese aufgebracht.

»Du hast recht, entschuldige bitte, aber dieser Fall bringt mich noch um den Verstand. Also, wir haben Hinweise, daß oberste Kirchenleute im Vatikan in Mafiamanier Geld machen.«

Alesi begann ihm die gesamte Ermittlungsgeschichte darzulegen. Da Leda wußte, daß dies einige Zeit beanspruchen würde und die beiden Herren anschließend noch ihr weiteres Vorgehen absprechen mußten, ließ sie sich ein Taxi bestellen. Sie wollte so schnell wie möglich ins Büro zurück, um die Durchsuchungen bei den Fare-Bene-Büros in Mailand, Venedig und Rom vorzubereiten und den Bericht über Cremoneses soeben erfolgte Aussage zu schreiben.

»Was ist denn los? Sie waren vorhin so schnell wie ein Blitz fort. Wo ist der Vice-Questore?« erkundigte sich die völlig verschnupfte Silvia nach dem Verbleib ihres Chefs.

»Ciao, Silvia, Sie hat es ja heftig erwischt.«

»Das kann man wohl sagen. Am Samstag nachmittag

ging's los. Ich wache jede Nacht mindestens zehnmal auf, weil ich keine Luft mehr bekomme. Und wie ich aussehe! Ist Ugo auch noch krank?«

»Er hat gar nichts. Seiner Mutter geht es nur sehr schlecht. Wahrscheinlich muß sie ins Krankenhaus gebracht werden, weil das Fieber zumindest bis gestern abend nicht gesunken war. Ich rufe Ugo jetzt gleich an und sage Ihnen dann Bescheid.«

Kaum hatte Leda ihr Büro betreten, klingelte das Telefon.

»Ugo«, schoß es ihr durch den Kopf.

Statt dessen meldete sich Chiara Puccio.

»Ich weiß, wo der Computer meines Mannes ist. Haben Sie Zeit zu kommen?« fragte sie Leda.

Der Computer, die Berichte! Leda ließ sich die Anschrift geben. Sofort rief sie Alesi an, der noch bei Cremonese war. Sie schilderte ihm in drei Sätzen die Situation und gab ihm die Adresse.

»Wir treffen uns dort in zwanzig Minuten.«

Leda bestellte einen Fahrer. Wenig später hielt der silbergraue Alfa-Romeo der Questura in der Via dei Tre Pupazzi. Alesi wartete bereits vor dem Haus. Leda klopfte wie mit Chiara Puccio verabredet an die Tür einer Bar, an deren Glastür das Schild »chiuso« hing. Nach ein paar Sekunden schaute sie aus einem Fenster im oberen Stockwerk und rief:

»Moment, wir machen auf!«

Ein Mann in den Fünfzigern öffnete und verlangte, ihre Ausweise zu sehen. Schweigend griffen Leda und Alesi in ihre Manteltaschen und zogen sie hervor. Er ließ sie eintreten und schloß sorgfältig die Tür hinter ihnen.

»Entschuldigen Sie bitte, aber Signora Puccio sagte mir, ich müßte sehr vorsichtig sein. Ich bin Federico la Valle, Eigentümer der Bar. Bitte folgen Sie mir nach oben.«

Sie kletterten die schmale Treppe hinter der Bar ins erste Stockwerk hinauf.

»Buon giorno, Vice-Questore Erman Alesi, Chiara Puccio, die Witwe des Toten vom Tiber«, stellte Leda die Anwesenden kurz untereinander vor.

»Kommen Sie«, sagte Chiara Puccio und öffnete eine der Türen im dunklen Flur.

Sie betraten ein Zimmer, durch dessen Fenster nur wenig Tageslicht hereinfiel. Die Wände waren grau und unansehnlich, genauso wie das spärliche Mobiliar: Ein ehemals rotes, abgeschabtes Samtsofa, ein ebensolcher Sessel und eine Stehlampe, deren Schirm aus vergilbter Seide einmal gelb gewesen sein mußte, ein Vitrinenschrank voller Aktenordner und ein Tisch mit einer modernen Halogen-Schreibtischlampe, die gemeinsam mit dem kleinen, tragbaren Computer die Umgebung noch erbärmlicher aussehen ließ. Der Bildschirm war aufgeklappt und mit Staub bedeckt.

»Das ist das Zimmer von Gianpiero«, unterbrach Federico das Schweigen.

»Wieso hatte er hier ein Zimmer?« fragte Leda.

»Davon hatte ich auch keine Ahnung, bis mich heute morgen Federico anrief. Es ist die frühere Wohnung meiner Schwiegereltern«, erklärte Chiara Puccio bedrückt. »Ich wußte nur, daß Gianpiero in der Bar öfter mit alten Freunden aus dem Borgo Karten spielte.«

»Er hat mir die Wohnung billiger verkauft und wollte dafür das Zimmer hier benutzen können. Da ich sowieso allein lebe, war mir das egal. Nach dem Kartenspiel Sonntag nachmittags ging er oft noch ein paar Stunden hoch und hat hier geschrieben. Das durfte ich nur niemandem sagen.

Als ich hörte, daß Gianpiero tot ist, wußte ich nicht, was ich machen sollte. Der Computer und der Papierkram waren ja noch hier. Heute morgen habe ich Signora Puccio dann angerufen. Vielleicht war das falsch, aber was soll ich mit den Sachen anfangen?« meinte Federico, während er entschuldigend die Schultern hochzog.

»Signor La Valle, Sie haben goldrichtig gehandelt«, wandte Alesi sich an ihn und fuhr fort: »Haben Sie irgendwem – und überlegen Sie bitte genau – nach Puccios Tod gesagt, daß er häufig bei Ihnen war?«

»Nein, ich schwör's bei Gott, niemandem. Gianpiero war mein Freund, und er hatte mir das streng verboten. Ich hab mich dran gehalten, bis heute morgen.«

»Demnach ist auch niemand zu Ihnen gekommen und hat nach Signor Puccio oder seinen Sachen hier gefragt oder gar das Zimmer betreten?« fragte Alesi weiter.

»Nein, absolut niemand. Nicht einmal Gianpiero selbst hatte den Schlüssel für das Zimmer. Der liegt immer in der Schublade unter der Theke zwischen allen anderen Schlüsseln«, sagte Federico.

»Es wäre auch in Zukunft besser für Sie, darüber zu schweigen wie ein Grab«, erklärte Alesi mit mahnender Stimme. »Hat er den Computer eigentlich immer hier stehenlassen?«

»Nein, den hat er jedesmal in einer Tasche mitgebracht und wieder mitgenommen. Nur die Sachen im Schrank ließ er liegen.«

»Und wann war Signor Puccio das letzte Mal hier?« fragte nun Leda.

»Am Montag vor drei Wochen, nach der Arbeit. Das war merkwürdig, denn er kam sonst nie unter der Woche. Er blieb auch bis sehr spät abends hier und schrieb.«

»Hat er etwas gesagt, als er ging? Hat jemand auf ihn gewartet?«

»Nein. Er meinte nur, daß er jetzt nach Hause gehe und den Computer hierlasse, weil er sich am nächsten Tag, also Dienstag, krank melden und wiederkommen wollte.«

»War er nervös oder irgendwie anders als sonst?« fragte Leda weiter.

»Als er kam, hatte er es sehr eilig, in sein Zimmer zu kommen. Er wollte sich kein bißchen mit mir unterhalten. Als er ging, war er müde, aber ruhiger. Wir haben bei mir im Wohnzimmer noch geredet, weil ich die Bar schon um acht Uhr geschlossen hatte.«

»Worüber haben Sie an dem Abend noch gesprochen?«

»Über Fußball.«

»Er hat nichts über seine Arbeit erzählt?« fragte Leda.

»Nein, wir haben nie von seiner Arbeit gesprochen. Höchstens mal über die Familie. Aber auch das nur selten.«

»Würden Sie uns bitte einen Augenblick allein lassen?« bat Alesi, woraufhin Chiara Puccio und Federico das Zimmer verließen.

Alesi zog ein blütenweißes, gebügeltes Taschentuch aus der Jackettasche, fuhr damit über den verstaubten Bildschirm des Computers und schaltete ihn ein.

»Na, dann wollen wir mal.«

Leda öffnete die Glastür des Vitrinenschranks und nahm eine Box mit Disketten heraus. Sie trugen alle ein Etikett mit Datum und Ortsbezeichnung und waren chronologisch geordnet. Leda zog eine heraus, die die Aufschrift »Venedig, September 1998« trug. Alesi schob sie ins Laufwerk. Drei Textdateien waren abgespeichert: »1. Version«, »2. Version« und »Bemerkungen«.

Alesi öffnete die erste Datei. Auf dem Schirm erschien, was sie beide erwartet hatten: Puccios Prüfungsbericht. Auf fast zwanzig Seiten war all das niedergeschrieben, was Cremoneses Prüfungstrupp am vergangenen Wochenende entdeckt hatte. Alesi scrollte schnell Seite um Seite weiter. Den Inhalt kannten sie im wesentlichen. Unter »2. Version« entdeckten sie den zugunsten von Rossi und Fare-Bene-Events umgeschriebenen Teil, den sie bereits gelesen hatten.

»Er hat den Bericht also selbst gefälscht«, konstatierte Leda.

Alesi öffnete die dritte Datei. Der Text war kurz:

»3. September. Seit dreieinhalb Tagen prüfen wir hier. Jetzt ist Donnerstag nachmittag. Eben hat V. mich angerufen. Die Niederlassung ist Aktionspunkt. Die Kunden Fare-Bene-Events und Rossi gehören zur ›Familie‹. Ich muß vorsichtig sein, weil Esposito die Akten bereits in den Fingern hatte. V. hat wieder mal nicht aufgepaßt. Hoffentlich reitet er sich bald selbst gegen die Wand! Der Schuft! Immer muß ich den Karren aus dem Dreck ziehen. Noch 183 Tage, dann ist es vorbei. Ich kann nicht mehr!« lasen sie.

»Gib mir ›Mailand, Dezember 1997‹«, sagte Alesi.

Auch das Inhaltsverzeichnis dieser Diskette zeigte drei Dateien, die Alesi eine nach der anderen aufrief. Wieder wichen die Inhalte der Berichte völlig voneinander ab, und wieder erklärten die »Bemerkungen«, was passiert war:

»4. Dezember. V. hat mir die Gruppe für Mailand zusammengestellt. Die ›Familie‹ hat dort einen Sitz. Ich kenne von der Gruppe nur Brindisi, und der ist gründlich. Montag geht's los. Ich habe V. nochmals gebeten, meine Nachfolge zu regeln, damit ich endlich aufhören kann. Er sagt, das geht nicht so einfach. Bei mir hat er es doch auch geschafft! Ein einziger durchgeschnittener Bremsschlauch hat gereicht!«

»Mein Gott, das darf nicht wahr sein«, stöhnte Alesi und schloß die Datei. »Schnell, gib mir die nächste.«

Leda zog die Diskette mit der Aufschrift »Bologna, November 1996« aus der Box und reichte sie ihm. Sie merkte, wie ihre Hände vor Aufregung zitterten.

»21. November. Der schwärzeste Tag in meinem Leben, ich bin V. ausgeliefert. Wir haben gestritten, doch er sagt, er steht selbst unter Druck. Er wollte nicht, daß Camilla so schwer verunglückt, und hat sich dafür entschuldigt. Ich habe ihm gesagt, daß ich ihn anzeige, und wollte kündigen. Er hat gelacht, dann geht es Michele an den Kragen. Es gibt niemanden in der Bank, der den Dreckskram machen könnte. Er läßt mich nicht gehen. V. ist der Teufel.«

»Basta, das reicht, wir haben ihn«, sagte Alesi plötzlich, schloß die Datei und schaltete den Computer aus.

Er war vollkommen ruhig. Die Routine eines erfahrenen Kriminalisten leitete sein weiteres Handeln. Aus der kleinen Ledertasche, die an seinem Gürtel hing, zog er sein Telefonino, rief in der Questura bei Silvia an und trug ihr auf, von Richter Marroni einen Haftbefehl für Verdone und seine Frau ausfertigen zu lassen. »Verdacht auf Mord im Fall Gianpiero Puccio und versuchten Mord an der Tochter Camilla Puccio.«

Leda trat auf den dunklen Flur hinaus und ging zu einer geöffneten Tür, die in die Küche führte. Dort saßen Chiara Puccio und Federico mit Kaffeetassen am Tisch. Chiara Puccios Augen waren rot vom Weinen.

»Ihr Mann hat, soweit wir es beurteilen können, zwar falsch gehandelt. Aber nur, um Sie und die Kinder zu retten. Camillas Autounfall war ein Anschlag, um Ihren Mann unter Druck zu setzen. Er mußte gegen seinen Willen Bankberichte fälschen«, erklärte Leda der schluchzenden Frau. »Das Zimmer, von dem niemand etwas wissen durfte, hat er dazu gebraucht, um die Beweise sammeln zu können. Ich vermute, daß er mich vor seinem Tod angerufen hat, um mir die ganze Geschichte zu erzählen. Wir müssen Ihrem Mann sehr dankbar sein. Er war ungeheuer tapfer«, sagte Leda und hoffte, sie ein wenig trösten zu können.

»Das haben die Einbrecher also bei uns gesucht! Die wußten, daß Gianpiero wichtige Unterlagen hatte.«

Leda sah, daß sie am ganzen Körper zitterte.

»Sie müssen es zumindest befürchtet haben. Wahrscheinlich hat Ihr Mann gedroht, sie anzuzeigen«, antwortete Leda.

»Wer hat ihn umgebracht?« fragte Chiara Puccio.

»Das kann ich Ihnen noch nicht mit letzter Gewißheit sagen, aber soweit wir es überblicken können, war sein Chef

Verdone mit für seinen Tod verantwortlich«, antwortete Leda.

Sie bat Federico um zwei Plastiktüten. Während er in einem der Küchenschränke danach suchte, bot Leda der Frau an, sie nach Hause zu bringen.

»Danke, aber ich denke, ein paar Schritte an der frischen Luft tun mir gut. Es ist ja nicht weit«, lehnte Chiara Puccio ab.

»Ich kümmere mich um Signora Puccio, machen Sie sich keine Sorgen«, sagte Federico und reichte ihr die gewünschten Tüten.

Leda und Alesi packten den Computer, die Disketten und sämtliche Unterlagen aus dem Vitrinenschrank ein und verließen das Haus.

Aus dem Auto rief Alesi bei Cremonese an.

»Luigi, wir haben die Disketten mit Puccios Originalberichten gefunden.«

Leda konnte nicht verstehen, was Cremonese antwortete, sondern hörte nur, was Alesi sagte:

»Nein, außer Verdone steht in der Bank niemand unter Verdacht. Ich wollte dich als ersten darüber informieren, daß wir ihn verhaften müssen. Es wäre dir sicher genauso lieb wie mir, dies ohne viel Aufsehen zu erledigen. Deshalb wollte ich dir vorschlagen, daß du ihn später in dein Büro kommen läßt, wenn wir schon da sind. Dann können wir ihn durch den Seitenausgang mitnehmen.«

Alesi sagte wieder eine Weile nichts, hörte Cremonese zu und nickte hin und wieder, als könne ihn der Bankpräsident beim Gespräch sehen.

»Es tut mir wirklich leid, Luigi, aber der Mann ist mit allerhöchster Wahrscheinlichkeit an einem Mord und einem versuchten Mord beteiligt. Das läßt sich nicht elegant lösen, wie du es nennst. Es geht nicht mehr nur um Geld, sondern um zwei Menschenleben. Ich verspreche dir, die ganze Sache so diskret wie irgend möglich über die Bühne zu bringen.«

Alesi hörte wieder zu und schaute dabei aus dem Autofenster zwei in elegante Pelzmäntel gekleideten Frauen hinterher, die mit großen Einkaufstüten bepackt und fröhlich plaudernd den Bürgersteig entlanggingen.

»Und es ist sicher, daß er heute nicht mehr ins Büro zurückkehrt? Um acht Uhr, hat er seiner Frau ausrichten lassen? Wo ist er jetzt genau?« fragte Alesi und signalisierte Leda, daß sie mitschreiben sollte.

Auf dem Grund ihrer Tasche fand sie einen Kugelschreiber und einen Briefumschlag. Sie notierte mit krakeliger Handschrift, was Alesi ihr diktierte:

»Kongreß für Mitarbeiterführung, Hotel Intercontinental, Via Sistina. Nein, nein, keine Sorge, wir nehmen ihn dort nicht fest. Wir müssen nur aufpassen, daß er nicht verschwindet. Ciao, Luigi, und nochmals danke für deine Mitarbeit. Ich lasse von mir hören.«

Kaum hatte Alesi aufgelegt, nahm Leda ihr Telefon und wählte Ugos Handynummer. Er meldete sich aus dem Krankenhaus. Seine Mutter hing am Tropf, es ging ihr schlecht.

»Ugo, es tut mir so leid. Bitte grüß sie von mir. Ich komme, sobald ich Luft habe. Braucht sie dich im Moment sehr dringend?« fragte Leda ihren Mitarbeiter.

»Nein, sie schläft ununterbrochen. Ich sitze einfach nur bei ihr, falls sie Durst bekommen sollte oder mich sehen möchte.«

»Meinst du, daß du sie für ein paar Stunden verlassen könntest, um Verdone bis etwa acht Uhr heute abend zu überwachen? Ich muß mich um den Haftbefehl und die Finanzpolizei kümmern«, erklärte Leda und berichtete Ugo, was inzwischen geschehen war. Ugo erklärte sich bereit zu kommen, bat allerdings um die Hilfe eines weiteren Kollegen in Zivil: »Vier Augen sehen mehr als zwei.«

»Nimm bitte ausnahmsweise ein Taxi, es muß schnell gehen.«

Der Alfa stand inzwischen eingekeilt im Verkehr und kam nicht voran.

»Machen Sie das Blaulicht an«, sagte Alesi zum Fahrer.

Der nickte nur kurz, zog eine Lampe mit einem Spiralkabel hervor, öffnete das Fenster, klebte die Lampe mit dem Gummipfropf aufs Dach, und wenig später jaulte die Sirene des Polizeifahrzeugs los. Langsam schoben sich die Autos um sie herum zur Seite, und der Fahrer bahnte sich mit sichtlichem Vergnügen seinen Weg durch die blecherne Umgebung.

»Wir müssen auch vor seinem Privathaus Leute postieren«, brüllte Leda gegen die Sirene an. Alesi nickte nur.

Zehn Minuten später rasten sie in den Hof der Questura, und als der Fahrer die Sirene ausschaltete, hatte Leda das Gefühl, sie sei taub, so still war es plötzlich geworden. Außerdem wurde ihr bewußt, daß sie furchtbaren Hunger hatte. Als könne Alesi Gedanken lesen, fragte er sie:

»Was essen wir eigentlich? Ich muß unbedingt etwas in den Magen bekommen.«

»Heute abend wird es sicher spät werden. Die Pizzeria a taglio unten an der Ecke hat durchgehend geöffnet«, sagte Leda.

Alesi wandte sich zum Fahrer und bat ihn, schnell etwas zu holen. Der strahlte bei der Aussicht auf Eßbares und erklärte sich sofort bereit, den Auftrag zu erfüllen. Alesi nahm ein paar Scheine aus dem Portemonnaie und gab sie ihm.

»Kommen Sie anschließend zu mir hoch ins Büro«, bat Alesi ihn.

»Natürlich, Signor Vice-Questore.«

»Ich trommele schnell die Mannschaft für die Überwachung und die Festnahme zusammen«, sagte Leda zu Alesi und machte sich auf den Weg zu ihrem Kollegen Nicola. »Wir kommen gleich zur Lagebesprechung.«

XXII

Punkt halb sieben hielten sie am geschlossenen schmiedeeisernen Tor vor Verdones Latifundien in Olgiata. Es war bereits stockfinster, und Ledas Herz klopfte so laut, daß sie dachte, Nicola müsse es hören. Doch er achtete gar nicht auf Leda, zu sehr war er in seine eigenen Gedanken versunken. Er schaute sich um, ob die beiden Zivilfahrzeuge sich unauffällig am Straßenrand plaziert hatten.

»Wir können!«

Leda stieg aus und klingelte. Es dauerte eine Weile, bis sich durch die Gegensprechanlage jemand meldete. Leda fror in der kalten Winternacht.

»Pronto, wer ist da?«

»Buona sera. Hier ist Leda Giallo. Ich möchte zu Signora Mastella.«

»Einen Moment, bitte«, sagte die Frauenstimme, und der Lautsprecher knackte leise.

Es kam Leda wie eine Ewigkeit vor, bis sich Pia Mastella selbst meldete:

»Wer ist da, bitte?«

»Buona sera, Signora Mastella, hier ist Leda Giallo, von der Questura. Ich war kürzlich bei Ihrem Weihnachtskonzert, vielleicht erinnern Sie sich an mich. Ich muß mit Ihnen sprechen.«

»Ist etwas passiert?«

»Ja«, erwiderte Leda nur kurz.

Mit einem leichten Surren rollten die beiden Torflügel zur Seite und verschwanden im Grün der hohen Hecke hinter der Mauer. Langsam fuhren sie den spärlich beleuchteten Weg zum Haus hinauf. Nicola pfiff leise, als sich die Aussicht auf das beleuchtete Haus eröffnete.

»Das schaffen Einfachverdiener wie du und ich nie. Wir haben doch die falsche Karriere gemacht.«

»Dafür landen die hinter Gittern«, bemerkte Leda kurz angebunden.

»Und wenn er nach ein paar Jährchen wieder rauskommt, ist dieser Verdone immer noch reich und wird in Freuden alt. Nach dem, was ihr vorhin erzählt habt, hat der doch sein Geld längst auf Konten in der ganzen Welt verteilt, an die wir nie rankommen.«

Das stimmte wohl, überlegte Leda. In diesem Moment klingelte ihr Telefonino.

»Wo sind Sie?« fragte Ugo.

»Ich fahre gerade Verdones Auffahrt hoch. Hast du ihn im Auge?«

»Ja, hier ist alles in Ordnung. Er ist an der Garderobe und holt seinen Mantel ab«, berichtete Ugo.

»Paß gut auf ihn auf. Vielleicht hat die Mastella ihn schon angerufen.«

»Glaube ich nicht. Er hat in der letzten halben Stunde nicht telefoniert.«

»Ciao, Ugo, wir sehen uns dann in etwa einer Stunde hier.«

Leda stellte den Wagen direkt vor der geöffneten Haustür ab. Pia Mastella wartete bereits auf sie. Anders als beim letzten Treffen, als sie in feinstes Tuch gehüllt und geschminkt gewesen war, wurden Leda und Nicola heute abend von einer sehr blassen Frau mit tiefen, dunklen Augenringen in Jeans und braunem Strickpullover begrüßt:

»Was ist denn um Gottes willen passiert? Ist meinem Mann etwas zugestoßen?« fragte sie, während sie Leda und Nicola die Hand reichte und sie hereinbat. Bevor Leda antworten konnte, erklang eine Kinderstimme:

»Mama, wer ist denn gekommen?«

Es war der kleine Jacopo, der sich neugierig dem Besuch näherte.

»Buona sera, Jacopo. Ich bin Leda und habe dich vor vierzehn Tagen hier beim Konzert gehört. Du spielst sehr schön, meinen Glückwunsch.«

»Das sagen alle. Kannst du Klavier spielen?« fragte sie der Junge und betrachtete sie mit großen, neugierigen Augen.

»Nur sehr wenig, und das auch noch schlecht«, antwortete Leda entschuldigend.

»Hast du denn ein Klavier?« fragte Jacopo weiter.

»Nein, leider nicht mehr. Es steht bei meiner Schwester. Ihre Kinder spielen darauf.«

»Du kannst unseres benutzen, wenn du möchtest«, bot Jacopo ihr großzügig an.

»Vielen Dank. Aber wenn ich mal spielen möchte, gehe ich zu meiner Schwester. Da schäme ich mich auch nicht so sehr, wenn andere mich hören.«

»Du brauchst dich nicht zu schämen. Jeder macht mal Fehler. Komm«, meinte Jacopo und ergriff eifrig ihre Hand, um sie ins Musikzimmer zu ziehen.

»Mein Schatz, jetzt bitte nicht. Signora Giallo ist gekommen, um etwas Wichtiges mit mir zu besprechen«, wiegelte Pia Mastella den Eifer ihres Sohnes ab. »Geh am besten wieder zu Palma in die Küche. Dann könnt ihr schon das Abendessen vorbereiten.«

Grollend zog Jacopo ab.

Sie betraten nun das Wohnzimmer, das ohne die vielen Gäste noch riesiger wirkte, und Pia Mastella bat sie, auf einer der Sitzgruppen Platz zu nehmen.

»Was ist denn nun geschehen?« drängte sie erneut.

»Signora Mastella, bitte sagen Sie mir, woher Sie so viel Geld haben«, bat Leda sie geradeheraus.

»Was soll die Frage? Ich dachte, Sie wollten mir etwas sagen?« antwortete Mastella nervös.

»Ich möchte Sie bitten, meine Fragen ohne weitere Gegenfragen zu beantworten. Sie stehen gemeinsam mit Ihrem

Mann unter Mordverdacht«, sagte Leda und legte dabei einen strengen Ton in ihre Stimme. »Also bitte, woher haben Sie das Geld?«

»Ich denke gar nicht daran, Ihnen etwas zu sagen, bevor ich nicht mit meinem Anwalt gesprochen habe«, antwortete Mastella.

»Wie Sie möchten. Dann fahren wir jetzt gemeinsam in die Questura. Von dort aus können Sie Ihren Anwalt anrufen. Bis dahin werden Sie mit niemandem sprechen.«

Leda und Nicola standen auf, während Mastella sie mit haßerfüllten Augen anstarrte.

»Dann müssen Sie ja wenigstens einen Haftbefehl gegen mich in der Tasche haben«, fuhr sie Leda an.

»Den habe ich«, sagte Leda ruhig, zog ein Blatt Papier aus der Manteltasche und las vor:

»Haftbefehl gegen Pia Mastella, Ehefrau des Gianni Verdone, wegen des Verdachts der Teilnahme an der Ermordung von Gianpiero Puccio und des versuchten Mordes an dessen Tochter Camilla Puccio. Bitte schön, lesen Sie selbst.« Leda hielt ihr das Blatt hin. Pia Mastella riß es ihr aus der Hand und überflog es kurz.

»Was ist mit der Tochter passiert?« fragte sie mit schriller Stimme.

»Sie hatte einen schweren Autounfall, weil die Bremsschläuche durchgeschnitten waren«, antwortete Leda ruhig.

»Ach, und die soll ich durchgeschnitten haben? Wieso denn?«

»Um ihren Vater, Gianpiero Puccio, unter Druck zu setzen, damit er das tat, was er nicht tun wollte. Nämlich Bankberichte fälschen. Sie ist nur knapp mit dem Leben davongekommen und hat deshalb im achten Monat ein Kind verloren. Noch heute leidet sie an den Folgen. Und das alles nur, weil Sie unbedingt reich werden wollten und geworden sind«, antwortete Leda.

Sie merkte, wie sie allmählich die Geduld mit dieser Frau verlor. Eindringlich schaute sie ihr in die Augen. »Signora Mastella, ich weise Sie darauf hin, daß Sie wegen dieser Delikte lebenslange Haft erwartet und Ihre Kinder ohne die Mutter aufwachsen werden. Es würde Ihre Lage vor Gericht mit Sicherheit günstig beeinflussen, wenn Sie zur Zusammenarbeit mit uns bereit wären. Bedenken Sie dabei, daß auch der Vater Ihrer Tochter, Kardinal Vinciguerra, sich nicht um die Kinder kümmern wird, so wie ich ihn einschätze.«

Der letzte Satz wirkte wie ein Bombe. Der Einschlag war so heftig, daß Pia Mastella die Beine unter dem Körper wegknickten und sie auf den Rand des Sofas sank. Jeglicher Kampfgeist war plötzlich verschwunden. Sie flüsterte leise:

»Woher wissen Sie das?«

»Oberin Claudia von Ihrem ehemaligen Orden hat es mir erzählt. Ich soll Ihnen ausrichten, daß sie Ihnen nicht mehr böse ist und für Sie betet«, sagte Leda und nahm wieder Platz, zog aber zuvor noch ihren Mantel aus und legte ihn auf einen freien Sessel.

»Wir sind keine Mörder«, flüsterte Pia Mastella und hielt ihre zitternden Hände vors Gesicht.

»Und warum sollten wir Ihnen das glauben? Alle Indizien sprechen dafür«, griff Nicola ins Gespräch ein.

Er fuhr sich dabei immer wieder mit einer Hand über die Haare, weil das Blatt einer Palme ihn kitzelte und er die Quelle der Störung in diesem Moment nicht ausfindig machen konnte. Es herrschte Schweigen im Raum. Leda signalisierte Nicola, daß er sich auch setzen sollte.

»Ihre Familie ist nicht reich, wie Ihr Mann behauptet. Wir haben das in Peschici untersucht. Woher haben Sie also so viel Geld, und warum mußte Puccio sterben?« fragte Leda erneut.

»Ich weiß es nicht, wirklich nicht. Ich habe meinen Mann

früher öfter gefragt, weil ich selbst weiß, daß ein Bankdirektor so viel auch wieder nicht verdienen kann. Er hat mir gesagt, daß er nebenher als Finanzberater für die Kirche arbeitet und große Finanztransaktionen für sie durchführt. Beispielsweise sorgt er für die Finanzierung wichtiger Hilfsprojekte in der Dritten Welt. Ich hatte zwar den Eindruck, daß vielleicht etwas nicht stimmte, aber ich durfte ihn nicht fragen«, erklärte Mastella.

Sie sah aus wie ein hilfloses Mädchen, so klein und zierlich, als könnte der geringste Windhauch sie zu Boden werfen.

»Warum durften Sie ihn nicht fragen?«

»Weil er dann außer sich geraten wäre. Er hat mir gedroht, sich scheiden zu lassen und Jacopo mit sich zu nehmen. Er weiß, daß Virginia nicht seine Tochter ist. Der Name des Vaters ist ihm allerdings unbekannt. Bitte, sagen Sie ihm nichts davon!«

Pia Mastella schaute Leda flehend an und die Kommissarin erkannte in den braunen Augen der Frau abgrundtiefe Angst.

»Ich habe ihm gesagt, es sei ein junger Priester gewesen, den ich bei Innocenzo kennengelernt habe. Diese Version hielten der Kardinal und ich für die beste. Und sie ist es ja auch bis heute. Die einzige, die bisher die volle Wahrheit wußte, war Schwester Claudia. Und jetzt Sie.«

»Und Vinciguerra natürlich!« warf Leda ein.

»Ja. Er hat Gianni damals gebeten, mir in meiner schwierigen Lage zu helfen. Gianni war sofort bereit, mich zu heiraten, weil er mich schon seit langem sehr mochte und mir das immer wieder zu verstehen gegeben hatte.«

»Ihr Mann hatte nichts gegen das Kind des anderen Mannes einzuwenden?«

»Nein, das sah er als das Ergebnis einer menschlichen Schwäche an, die ihn selbst immerhin vom Priesteramt abgehalten hatte. Er hat meine Tochter vom ersten Moment an wie seine eigene geliebt.«

»Es war also eine Liebesheirat?« fragte Leda.

»Von Giannis Seite aus mit Sicherheit.«

»Und von Ihrer Seite?«

»Ich war Gianni dankbar.«

»Die Liebe ist aber für Virginias Vater reserviert, nicht wahr?«

Mastella antwortete mit einem leichten Nicken.

»Und das hat Ihr Mann gemerkt?«

Wieder nickte die Frau.

»Aber es wurde ihm erst vor etwa vier Jahren richtig bewußt, als sich meine Depressionen plötzlich verschlimmerten.«

»Und die wurden so schlimm, weil Sie mit ihrer Ehe nicht fertig wurden und mit dem vielen Geld, von dem Sie nicht wußten, woher es kam?« fragte Leda nun ganz leise.

Mastella nickte. Wieder traf Leda dieser unendlich traurige Blick.

»Ich werde vor allem mit meiner Schuld nicht fertig. Ich hatte Innocenzo verführt, Gianni in eine Ehe gezwungen, und nun brachte ich auch noch den Kindern Unglück mit meiner nicht endenden Traurigkeit. Gianni hat recht, wenn er sagt, daß ich eine Nutte mit Heiligenschein bin, daß alles, was ich anfasse, zum Unglück verdammt ist«, meinte sie unter Tränen.

»Nach meinem Kenntnisstand war es doch viel eher der Kardinal, der Sie verführt hat, als umgekehrt«, warf Leda ein, erstaunt über Mastellas Sicht der Dinge.

»Nein, das ist verkehrt. Mich trifft die Schuld. Ich hätte seine Freundlichkeit und sein Entgegenkommen niemals ausnutzen dürfen. Ich habe ihn schwach gemacht, weil ich schwach war. Dafür muß ich büßen«, erwiderte Mastella sehr entschieden, wobei ihr weiter die Tränen übers Gesicht liefen.

Leda war klar, daß diese Frau völlig in der Rolle der schuldigen Büßerin aufgegangen war, die entweder im Wahnsinn oder in einer langjährigen Therapie enden würde. Es hatte jedenfalls keinen Zweck, die Frage nach ihrer moralischen Schuld oder Unschuld zu vertiefen.

»Weil das alles so war, durften Sie also nicht wagen, Ihrem Mann irgendwelche Fragen zu stellen. Sie leben sozusagen in getrennten Welten«, stellte Leda sachlich fest.

Wieder nickte Mastella.

»Ja. Ich versuche, mein Bestes für die Kinder zu geben, und arbeite für Gott und die Kirche mit allen mir zur Verfügung stehenden Kräften«, erklärte Mastella nun etwas ruhiger.

»Meinen Sie für Fare-Bene-Events?« fragte Leda und merkte, wie Nicola langsam nervös wurde.

Sie hoffte inständig, daß er nicht mit seiner typischen Ungeduld in ihr Gespräch von Frau zu Frau eingreifen würde. Nicht jetzt! Sie sah ihn an und schüttelte ganz leicht den Kopf. Er verstand und schwieg.

»Ja, das war ein Einfall von Gianni, um mir zu helfen. Er wußte, wie wichtig mir der Kontakt zur Kirche war. Ich wollte trotz all meiner Verfehlungen nicht ganz von ihr ausgeschlossen werden. Gianni hat einen Weg gefunden. Ich bin ihm sehr dankbar dafür. Auch Vinciguerra unterstützt meine Tätigkeit nach Kräften. Er ist es, der immer dafür sorgt, daß meine Veranstaltungen von allerhöchsten Herren der Kirche besucht und sie deshalb zu einem Ereignis besonderer Art auch für die anderen Gäste werden. So kommen sehr hohe Spendensummen zusammen, die für gute Zwecke eingesetzt werden können«, erklärte Pia Mastella.

»Wer macht eigentlich die Buchhaltung von Fare-Bene-Events?«

»Mein Mann.«

»Sie hatten nie das geringste damit zu tun?«

»Nein, er ist der Spezialist in Geldfragen.«

»Haben Sie sich jeweils einen Überblick über die Spendenhöhe nach einer Veranstaltung verschafft?«

»Mein Mann hat mir immer gesagt, wieviel es war.«

»Wußten Sie, daß es auch in anderen Städten Italiens die Fare-Bene-Events gibt?« schaltete sich Nicola ein.

Mastella schaute ihn aus geröteten Augen an und schüttelte den Kopf.

»Die können aber nichts mit uns zu tun haben«, antwortete sie sichtlich verwirrt.

»Woher wissen Sie das so genau?« bohrte Nicola weiter.

»Weil ich noch nie etwas davon gehört habe.«

»Und wenn ich Ihnen sage, daß sie alle Konten bei der Bank Ihres Mannes haben?«

Mastella zuckte lediglich mit den Schultern.

»Kannten Sie Puccio persönlich?« fragte nun Leda.

»Ja, er war einmal bei uns. Am Sonntag abend vor seinem Tod. Deshalb hat mich der Fund seiner Leiche auch so getroffen, weil ich ihn doch einen Tag vorher noch lebend gesehen hatte«, antwortete sie.

»Was wollte er?«

»Er wollte meinen Mann sprechen und war sehr unfreundlich. Die beiden haben hier im Wohnzimmer heftig gestritten«, erklärte Mastella. »Gianni hat ihn schließlich rausgeworfen und den ganzen restlichen Abend telefonierend in seinem Arbeitszimmer verbracht.«

»Mit wem hat er gesprochen?«

»Ich weiß es nicht! Ich weiß es nicht!« schrie Mastella beinahe hysterisch.

»Als Sie von seinem Tod erfuhren, kam Ihnen da keinerlei Verdacht, daß Ihr Mann damit in Verbindung stehen könnte?«

»Nein, mein Mann ist kein Mörder«, erwiderte sie.

»Haben Sie ihn nicht einmal da gefragt, was zwischen den beiden vorgefallen war?«

»Ich habe Ihnen bereits erklärt, daß ich Gianni nichts fragen darf. Ich kann doch nicht die Existenz meiner Kinder aufs Spiel setzen, nur weil mein Mann Krach mit einem unfähigen Mitarbeiter hat.«

»Hat Ihr Mann hier zu Hause öfter Arbeitsbesuch empfangen?« fragte Leda scharf.

»Was heißt Arbeitsbesuch? Ich weiß nicht, wann wer arbeitet«, konterte Mastella ebenso scharf.

»Fragen wir also anders. Kamen öfter Herren her, die sich mit Ihrem Mann zum Gespräch zurückzogen?«

»Ja.«

»Wer?«

»Verschiedene«, wich Mastella erneut aus.

»Signora Mastella, ich frage Sie zum letzten Mal, bevor wir in die Questura fahren: Wer? War Vinciguerra hier?«

Mastella nickte.

»Häufig?«

»Es kommt darauf an, was Sie häufig nennen. Er kommt mindestens einmal im Monat und bringt oft noch jemanden mit.«

»Wen?«

»Giannis ehemaligen Chef, Emiliano Nucci. Manchmal auch andere, die ich aber nicht kenne. Sie wurden mir ...« Mastella unterbrach sich selbst, weil in diesem Moment ein Lichtkegel ins Zimmer fiel.

Ein Auto fuhr vor. Mastella sprang auf.

»O Gott, mein Mann.«

»Bleiben Sie ganz ruhig. Das ist am besten für uns alle«, sagte Nicola und schob sie aufs Sofa zurück, während er sich selbst erhob.

Sie hörten, wie die Haustür aufgeschlossen wurde, Jacopo seinen Vater freudig begrüßte und ihm mitteilte: »Papa, wir haben Besuch.«

Mit dem Jungen auf dem Arm betrat er lächelnd das

Wohnzimmer. Doch sein Lächeln gefror ihm buchstäblich im Gesicht, als er Leda, Nicola und seine weinende Frau auf dem Sofa sah. Mastella sagte:

»Bring das Kind raus.«

»Dürfte ich vielleicht erfahren, was hier los ist?« fragte Verdone mit eisiger Miene.

»Signor Verdone, tun Sie, was Ihre Frau gesagt hat. Es wäre besser für Jacopo«, sagte nun auch Leda und ging auf ihn zu, um den Jungen auf den Arm zu nehmen.

»Ich denke gar nicht daran. Was gibt es, was Jacopo nicht hören soll?«

Er hielt das Kind wie ein Schutzschild an den Körper gepreßt. Jacopo fühlte, daß etwas nicht stimmte, und begann zu weinen:

»Papa, was wollen die?«

Nun stand Pia Mastella auf, entriß ihm den Kleinen und verließ das Zimmer. Leda folgte ihr.

»Mamma, ich will zu Papa.«

»Später, mein Schatz. Jetzt mußt du erst einmal bei Palma in der Küche bleiben. Wir müssen sehr wichtige Dinge besprechen. Ich erkläre dir nachher alles«, tröstete Mastella ihren Sohn.

Als sie ins Wohnzimmer zurückkehrten, hatte Nicola Verdone bereits den Haftbefehl vorgelesen. Verdone stand sprachlos vor ihm und rang um Fassung.

»Sie glauben, ich hätte Puccio umgebracht?« stotterte er.

»Alle Indizien weisen darauf hin«, erklärte Nicola sachlich. »Ich habe sie Ihnen soeben aufgezählt. Was haben Sie uns dazu zu sagen?«

»Erstens, daß ich nichts, aber auch gar nichts mit seinem Tod zu tun habe, und meine Frau noch weniger. Und zweitens, daß wir überhaupt nichts ohne unseren Rechtsanwalt sagen werden«, erwiderte Verdone, der sich allmählich wieder faßte.

»Ihre Frau hat bereits ausgesagt, daß Puccio Sie kurz vor seinem Tod hier aufgesucht hat und es zu einem so heftigen Streit kam, daß Sie ihn rausgeworfen haben. Worum ging es bei dem Streit?« fuhr Leda dazwischen.

»Es waren berufliche Fragen, die Sie nichts angehen«, antwortete Verdone kurz angebunden.

»Und warum haben Sie anschließend stundenlang in Ihrem Arbeitszimmer telefoniert?« fragte Leda und sah Verdone dabei unablässig an.

»Wieso erzählst du diesen Leuten da irgendwelchen Quatsch?« fuhr Verdone seine Frau an.

Sie stand wie gelähmt neben ihm, und ihr Blick verriet große Angst. Sie schwieg. Verdone packte sie bei den Schultern und begann sie zu schütteln.

»Welche Lügenmärchen hast du denen noch aufgetischt? Es geht andere Leute nichts an, was in diesem Haus passiert.«

Nicola war mit einem Schritt bei Pia Mastella und befreite sie aus dem Griff ihres Mannes. Der tobte jetzt, und Leda verstand, warum Pia Mastella solche Angst vor dem nach außen so charmanten und freundlichen Mann hatte. Sein Gesicht war hochrot angelaufen, und er brüllte sie an:

»Nichts als Unglück bringst du jedem Menschen, der in deine verdammte Nähe gerät! Du bist geisteskrank, und ich hätte mich längst von dir Hure scheiden lassen sollen. Hat sie Ihnen vielleicht auch gesagt, daß ich Puccio umgebracht habe?«

»Haben Sie es denn getan oder veranlaßt?« fragte Leda.

»Nein. Und jetzt möchte ich meinen Anwalt anrufen.«

»Sie werden niemanden anrufen, weil die Gefahr besteht, daß Sie weitere Mittäter informieren. Falls Sie hier nicht aussagen wollen, fahren wir gemeinsam in die Questura und vernehmen Sie dort. Zu einem gegebenen Zeitpunkt werden wir Ihren Anwalt anrufen. Ganz, wie Sie möchten«, sagte Nicola.

»Ich sage gar nichts, und meine Frau auch nicht«, wiederholte Verdone stur.

Nun griff Nicola nach seinem Funksprechgerät und bat zwei der draußen wartenden Kollegen, sie ins Polizeipräsidium zu fahren.

»Falls Sie sich wehren, müssen wir Ihnen Handschellen anlegen«, teilte Nicola ihm sachlich mit.

»Sie überschreiten Ihre Befugnisse bei weitem. Das wird Folgen für Sie haben«, zischte Verdone ihn mit zusammengekniffenen Augen an.

»Lassen Sie das mal unsere Sorge sein. Möchten Sie ein paar Sachen zusammenpacken?« erwiderte Nicola, unbeeindruckt von der Drohung, die so oder ähnlich bei fast allen Verhaftungen ausgestoßen wurde.

»Die Kinder, was machen wir mit ihnen?« fragte die leichenblasse Pia Mastella.

»Palma ist da, und wir kommen ja später wieder. Also reg dich nicht auf. Es ist doch völliger Irrsinn, daß wir etwas mit dem Tod von diesem verdammten Puccio zu tun haben sollten«, sagte Verdone und machte dazu eine verächtliche Handbewegung. Leda wandte sich an Pia Mastella und fragte:

»Haben Sie hier in Rom Verwandte, wo die Kinder bleiben könnten?«

»Nein, sie sind alle in Peschici.«

»Dann müssen Sie mit Palma sprechen. Ich nehme an, sie ist Ihre Haushälterin?« sagte Leda, und Mastella nickte.

Die beiden gingen die Küche, wo Jacopo weinend auf dem Schoß einer etwa fünfzigjährigen rundlichen Frau saß, die eine weiße Schürze umgebunden hatte. Sie schaute Leda mit der Feindseligkeit einer Mutter an, deren Kind zu Unrecht Leid erfahren muß.

»Palma, wir müssen für ein paar Tage weg. Kannst du mit den Kindern allein hierbleiben?« fragte Pia Mastella sie unter Tränen.

»Ja, Signora«, antwortete Palma, ohne nach dem Warum zu fragen. Sie hatte begriffen, daß sich im Haus eine Katastrophe abspielte, für die sie irgendwann eine Erklärung erhalten würde.

»Virginia übernachtet sowieso bei Jonna. Ich hatte mit ihrer Mutter vereinbart, daß sie morgen ihre Sachen mit in die Schule nimmt und ich sie dort abhole. Das müßtest du auch übernehmen.«

»Ja, Signora.«

»Und ihr braucht noch Geld.« Mastella zog aus ihrem Portemonnaie ein paar Scheine und gab sie Palma, die das Geld schweigend in die Schürzentasche steckte.

»Mamma, ich will mitfahren«, meldete sich Jacopo zu Wort.

»Das geht nicht, wir müssen arbeiten. Da langweilst du dich viel zu sehr. Bleibe lieber hier bei Palma. Und ich rufe euch abends an«, erwiderte Pia Mastella, die sich vor ihren Sohn gehockt hatte. Die Tränen liefen ihr dabei weiter übers Gesicht, aber sie sprach, ohne zu schluchzen. »Das darf ich doch, oder?«

»Natürlich können Sie Ihre Kinder anrufen.«

»Warum weinst du denn die ganze Zeit?« bohrte Jacopo weiter.

»Weil ich überhaupt keine Lust habe wegzufahren«, antwortete Pia Mastella. »Wenn du jetzt mit hochkommst und mir beim Packen hilfst, wird es vielleicht besser.«

»Ich will nicht packen, wenn ich nicht mitfahren darf«, antwortete der Junge trotzig und schmiegte sich an Palma. »Darf Virginia denn mitkommen?« erkundigte er sich.

»Nein, mein Schatz. Sie bleibt auch hier.«

Es beruhigte ihn sichtlich, daß die Schwester keine Vorteile genießen würde.

»Und du spielst ordentlich Klavier, versprochen?«

»Versprochen!«

Leda bewunderte in diesem Moment Pia Mastella, die mit aller Kraft versuchte, die Situation für das Kind erträglich zu gestalten.

»Mamma, bringst du mir Schokolade mit, wenn du wiederkommst?« bettelte der Kleine und signalisierte der Mutter damit, daß ihre Bemühungen Erfolg hatten.

»Mache ich«, lächelte sie ihn unter Tränen an und küßte ihn auf die Stirn. »Wenn wir weg sind, mußt du aber gleich ins Bett gehen.«

»Dann gehen wir mal packen«, meinte sie und zog Leda mit sich aus der Küche.

Es klingelte. Leda nahm den Hörer von der Gegensprechanlage. Es war Ugo, und sie drückte auf den Knopf, der das große Einfahrtstor öffnete.

Fünfzehn Minuten später saßen Verdone, Nicola und zwei weitere Kollegen in dem einen und Leda mit Pia Mastella und Ugo im anderen Wagen. Die abendlichen Verkehrsstaus hatten sich bereits aufgelöst, und sie sausten ungehindert durch das beleuchtete Rom.

Die Lichter spiegelten sich in den Pfützen auf der Straße. Ein paar mit Regenschirmen bewaffnete Menschen eilten die Bürgersteige entlang und versuchten, den Wasserfontänen auszuweichen, die die vorbeifahrenden Autos bis an die Häuserwände spritzten. Pia Mastella sah während der gesamten Fahrt schweigend aus dem Fenster, als betrachte sie das Leben dort draußen zum letzten Mal. Ihre Tränen waren versiegt. Leda hatte das Gefühl, daß sie betete.

Es wurde eine lange Nacht. Leda rief Alesi an, der sich gemeinsam mit Nicola Verdone vornahm, während Leda und Ugo mit Mastella sprachen. Gegen elf Uhr gelangten sie zur Überzeugung, daß Pia Mastella von Anfang an die Wahrheit gesagt hatte und weder in die Geldgeschäfte ihres Mannes noch in den Todesfall Puccio verwickelt war.

Allerdings bestätigte sich erneut der Verdacht, daß Verdone eine Hauptrolle in diesem Drama um Geld und Tod spielte. Pia Mastella berichtete, daß er häufig nachts in seinem Arbeitszimmer am Computer saß und schrieb. Einmal hatte sie, während er arbeitete, das Zimmer ohne seine Zustimmung betreten und gesehen, wie er Disketten in den Safe legte.

»Hat der Safe ein Zahlenschloß oder eines mit Schlüsseln?« wollte Leda wissen.

»Er hat einen Schlüssel, den er bei sich am Schlüsselbund trägt.«

Leda schickte Ugo sofort ins Nachbarzimmer, wo er unter einem Vorwand Verdones Schlüsselbund holte. Es dauerte eine Weile, bis Ugo zurückkam. Leda erfuhr unterdessen, daß Verdone seiner Frau die Fare-Bene-Events mit dem organisatorischen und repräsentativen Teil überlassen und ihr damit das Gefühl gegeben hatte, tatsächlich etwas Gutes für ihre Kirche tun zu können. Jeder Einblick ins Geschäftliche war ihr systematisch verwehrt worden.

»Meine Güte, das war schwierig. Er wollte die Schlüssel unter keinen Umständen rausrücken, jetzt haben wir sie aber.« Ugo zeigte sie stolz wie eine Trophäe nach einem errungenen Sieg.

Pia Mastella unterschrieb das Vernehmungsprotokoll mit fester Hand. Anschließend sollte Ugo sie mit einem Fahrer nach Hause bringen und dort den Inhalt des Safes holen. Leda bestellte einen Wagen der Nachtbereitschaft, und sie begleiteten Pia Mastella durch den schwach erleuchteten Flur der Questura zur Toilette. Während sie erschöpft vor der Tür warteten, sagte Leda zu ihm:

»Die Frau kann einem leid tun. Ich würde das alles nicht aushalten.«

»Offen gestanden habe ich Angst, daß sie sich etwas antut«, meinte er.

»Das glaube ich nicht. Sie ist nach wie vor viel zu tief in

ihrem Glauben verwurzelt und sieht sich heute mehr denn je in der Verantwortung für ihre Kinder«, antwortete Leda, die sich in der vergangenen Stunde während des Verhörs diese Frage öfter gestellt hatte.

»Wir haben deine Mutter vergessen«, fiel Leda plötzlich ein.

»Keine Sorge. Ich habe stündlich im Krankenhaus angerufen. Sie schläft ununterbrochen, und das Fieber ist gesunken.«

Nachdem die beiden fort waren, signalisierte Ledas Magen ihr eindeutig, daß er nicht bereit war, auch nur eine weitere Viertelstunde auf Nahrungszufuhr zu verzichten. Sie eilte in ihr Büro zurück, kramte in der untersten Schublade des Schreibtischs und fand zu ihrer großen Freude ein Päckchen mit Keksen. Schon nach dem fünften Stück schmeckte es abscheulich. Sie goß Mineralwasser nach, und in ihr stieg die Vision eines Tellers voller Linguine mit Nußcreme auf …

Im anderen Zimmer warteten Alesi und Nicola mit Verdone bereits auf sie. Als sie die Tür zum Büro öffnete, schlug ihr eine Wolke von Zigarettenqualm entgegen. Der Aschenbecher auf Nicolas Schreibtisch quoll von Kippen und Asche über. Leda bekam Luftnot.

»Stört es Sie, wenn ich das Fenster kurz öffne?« fragte sie höflich.

»Wenn es dich nicht stört, daß wir weiterrauchen«, gab Nicola zurück.

»Wo ist meine Frau? Was hat sie Ihnen erzählt?« wollte Verdone wissen.

»Ich habe sie eben nach Hause fahren lassen. Sie war sehr erschöpft.«

Alesi gab ihr ein Zeichen, daß er sie draußen unter vier Augen sprechen wollte.

»Möchten Sie einen Kaffee?« fragte Leda Verdone.

»Ach, das ist wohl die neueste Masche beim Verhör: den

Mordverdächtigen mit Freundlichkeiten zu überhäufen! Vielleicht wird er dann weich und gesteht«, antwortete Verdone mit einem gewissen Sarkasmus.

»Nein, ich wollte Ihnen lediglich einen Kaffee anbieten, weil ich uns jetzt welchen holen werde.«

»Also gut, dann einen mit Zucker.«

»Aber gerne doch«, antwortete Leda, während Alesi sie zur Tür hinausschob.

»O Gott, der ist ja immer noch so aggressiv. Hat er wenigstens gestanden?« fragte Leda ihren Chef.

»Nein, den Mord nicht. Zuerst hat er eine Stunde lang ein Mordstheater veranstaltet. Wir haben kaum seine Personalien korrekt zusammenbekommen. Er hat ununterbrochen gedroht, daß er einflußreiche Leute kenne, die für das Ende unserer Karriere sorgen würden. Wir haben ihn toben lassen, denn wir wollten ohnehin auf dich warten. Du steckst tiefer in den Details. Er behauptet bisher, Puccio habe die Berichte in Eigenregie gefälscht. Er weiß angeblich nicht, warum. Deshalb hätten sie sich auch so sehr gestritten.«

Die Düse des Kaffeeautomaten war offensichtlich teilweise verstopft. Der Kaffee schoß in unregelmäßigen Schüben mit so hohem Druck heraus, daß Alesis blütenweiße Manschette häßliche braune Flecken abbekam, als er einen Plastikbecher darunterhielt. »Verflixt, das ist aber heiß«, schimpfte er. In ihrer Jackentasche fand Leda eine Packung mit Papiertaschentüchern und versuchte, das Malheur damit zu beheben. Erfolglos.

»Das Hemd kann ich wegwerfen«, stellte Alesi sachlich fest, legte sich zum Schutz vor der Hitze ein weiteres Papiertuch über die Hand und ließ auch die anderen Becher mit Kaffee vollaufen.

»Warum wolltest du eigentlich den Schlüssel haben? Nicola war so sauer auf Verdone, weil er ihn nicht rausgerückt hat, daß er ihm schließlich die Arme auf den Rücken gedreht und die Schlüssel einfach aus der Hosentasche gezogen hat. Unfeine Aktion, aber notwendig.«

Leda berichtete ihm von dem Safe.

»Habt ihr ihm schon was von den Zusammenhängen mit der Kirche gesagt?« fragte Leda.

»Nur kurz. Wir haben ihn darauf hingewiesen, daß wir Mittäter in Kirchenkreisen vermuten. Er hat nur gelacht. ›Hat der Papst persönlich zur Pistole gegriffen, und das in meinem Auftrag? Oder war es umgekehrt?‹« machte Alesi Verdone nach. »Den Mordvorwurf gegen ihn hält er jedenfalls für ungerechtfertigt.«

Dabei sollte es bleiben. Gegen zwei Uhr nachts, nachdem die von Ugo mitgebrachten Disketten aus dem Safe gesichtet worden waren, die eindeutig bewiesen, daß Verdone selbst die ersten Prüfungsberichte umgeschrieben hatte, war dem Banker die Aussichtslosigkeit seiner Verteidigungsstrategie klar. Und er begann zu erzählen.

Wie er bereits als gutgläubiger Student in den Dunstkreis Vinciguerras und später in die berufliche Abhängigkeit von dessen Freund Nucci geraten war, der seine Bankkarriere auf seinen jetzigen Posten zugeschnitten hatte, wo er die internen Prüfungen steuern konnte.

Wie sie ihm gedroht hatten, daß Jacopo etwas geschehen würde, wenn er nicht mit allen Mitteln ihre Goldminen vor Betrug, Erpressung, Bestechung und Geldwäsche schützen würde. Wie er wiederum Puccio als eine Figur in seinem grausamen Spiel benutzt und wie Puccio sich dagegen gewehrt hatte – jahrelang, bis der Anschlag gegen Camilla ihn endgültig gefügig gemacht hatte.

Wie Vinciguerra ihn so reich beschenkt hatte, als er seine geliebte Pia Mastella heiratete, von der er gehofft hatte, daß sie eines Tages seine Liebe erwidern würde. Mit der Zeit hatte er begriffen, daß das niemals geschehen würde. Er sprach von der Liebe seiner Frau zu Vinciguerra, wie sehr sie dem Kardinal verfallen war und ihre Ehe in Wahrheit nicht ertrug. Wie sehr er Virginia liebte, obwohl er immer geahnt hatte, wer ihr wirklicher Vater war.

Wie sich sein Leben unter der Regie Vinciguerras und Nuccis verändert hatte, wie er zur Marionette der beiden und dabei immer reicher und unglücklicher geworden war.

Er gestand alles. Nur mit einem wollte er nicht in Verbindung gebracht werden: mit dem Tod Puccios.

»Wer war es dann?« fragte Leda immer wieder.

»Ich kann es mir nur denken, genau wie Sie.«

In dem Geständnis, das er schließlich unterschrieb, ließ er ausdrücklich seine Unschuld festhalten – was den Mord an Puccio betraf.